北の詩人

新装版

JN083976

松本清張

角川文庫
23145

目次

いま　この
まっ青な鳥は
力なく　はばたき
息も　絶えだえに
冷えてゆく胸をいだき
暗い恐怖
絶望の吐息にふるえている
――どこにも道がない
暗黒の谷間で

林和「暗黒の精神」

1

一九四五年の十月、林和《リムフア》はパコダ広場を過《よぎ》っていた。ソウル（京城）の屋根の上に湖のような空がひろがり、空気が冷たく乾燥していた。地面に砂が舞っている日だった。

今日は身体《からだ》の調子が少し悪い、と林和は歩きながら思った。長い間病気を持っていると、その日の加減で黴菌《ばいきん》の機嫌が大体分る。身体が熱く、眼の奥が潤んでいた。

ソウルから日本の軍隊が引き揚げて間もなかったが、降伏と決まったのちに築かれたバリケードが、雨ざらしの残骸《ざんがい》を見せていた。公園はいろいろな集会に忙しく使われているが、今日は珍しくデモもなかった。パコダの前に陽《ひ》を浴びて悠然と腰をおろしている人間が多かった。通行者の中にもまだ日本人が混っている。横の通りにある闇市場《やみいちば》から騒ぎが聞えていた。

林和は誰かに声をかけられたと思ったが、二度目に、はっきりと自分の名を呼ばれた。

「しばらくですね」

長身の青年が古びたオーバーを着て立っていた。林和はカーキ色の詰襟を着ている。日本の兵隊が着ていたもので、ラシャ地で暖かい。

安永達《アンヨンダル》という男で、林和は労働組合の事務所か何かで二、三回会ったことがある。当人は日本植民地時代から地下に潜《もぐ》っていた労働運動の闘士だった。

「どこに行かれたのですか？」

安永達は、その特徴となっている下がった眉《まゆ》を開いて訊《き》いた。白い歯を見せてにこにしているのだ。

「朝鮮出版労働組合の結成大会に出席して帰るところです」

林和が答えると、安永達は、ご苦労さま、と言って労を犒《ねぎら》った。

「一度、あなたとはゆっくり話し合いたいと思っていたところですが」

彼は人なつこい笑いを見せた。

「いつも忙しいときばかり会っているので、ゆっくりとお話も出来ません。どうです。いま、おひまでしたら、少しその辺を話しながら歩いてみませんか？」

「そうですね」

林和は迷った。熱が出ているので、実は早く家に帰って寝たいところだった。それに解放以来、寝不足がつづいている。徹夜の疲労も重なっている。しかし、林和としては永い間地下に潜っていた労働運動の闘士安永達と話をするのは悪くない。それに、語りながら歩いているうちには身体のけだるい加減も忘れてくるだろうと思った。実際、いままでもそういう経験があったし、気分が変ると案外身体の調子まで直るものだった。

「歩きましょう」

と林和は同意して対手《あいて》と肩を並べた。

「どこに行きます？」

安永達はちょっと足を動かして訊いた。

「どこでもいいです。ただ歩くだけでいいじゃありませんか。わたしの家に来ていただきたいのだが、なにしろ、汚ないところで」

林和が言うと、

「いや、そりゃご迷惑だから辞退しましょう。おっしゃる通り、ぶらぶら歩き回りましょうか」

安永達はそのときになって初めて林和の顔をまじまじ見た。が、病気とは気づかないらしく、

「ずいぶん元気のいい顔色をしてらっしゃいますね」

とのぞきこんだ。

「赤くなっていますか？」

「ええ。マッカリぐらい一杯あがったんじゃないですか？」

「わたしの額に手を当てて下さい」

安永達は冷たい手を林和の額に寄せたが、びっくりした顔をした。

「熱があるようですね。赤いのはそのせいですか？」

「ここが悪いんです」

林和は詰襟の上から胸を叩《たた》いた。対手はおどろいていた。

「大丈夫ですか？　なんでしたら、このままお別れしてもいいんですが」

「大丈夫です。あなたと話してるうちに直るかも分りません。もう、永い病気ですから、よく自分でも調子が分っているんです。人と話してるほうが病気のためにいいんです」

「ずっと前から悪いんですか？」

「若いときからです」林和は言った。「三四年ごろに日本の特高に捕まりましてね。牢屋《ろうや》に入れられていたとき、無理したんだと思います。それからですよ」

安永達は眉をひそめた。

「ずいぶん苦しまれたんでしょうな？」

「いや」

林和は少し狼狽《ろうばい》して否定した。その話題に今すぐ入るのを好まなかった。これはもう少し準備がないといけない。

しかし、安永達はこんなことを言い出した。

「実際、今は、病気をしていても寝ていられない時代ですからね。そういえば、一昨日、ぼくは李允宰、韓澄雨両先生の追悼式に参加しましたよ。ほら、咸興《ハムン》で獄死した李允宰先生ですよ。天道教講堂で行なわれましたがね。あなたは行かれませんでしたか？」

「生憎《あいにく》と」林和は答えた。「出版労働組合の結成準備にかかっていました」

「なるほど、あなたは朝鮮文学建設本部の指導者でしたね。出版労働者とは切っても切れない間ですな」

「お互いに忙しい身体です」

「いや、天道教講堂に行って独立運動のために犠牲になられた両先生の肖像を見たら、泣かされましたよ。もう少し生かしてあげて、今日の解放朝鮮を見てもらえばよかった。あなたも身体だけは大事にして下さい。文化方面には、あなたなんか第一線で働いていただかなければならないんですから」

「どうも」

林和は顔を赧《あか》らめた。

二人は坂道を上っていた。人間は用のないときに歩くと、つい、高い所に上ってみたくなるものらしい。この道の両側は、解放前には日本人の役人が住宅を構えていた。ソウルの市街を海とすると、この高台から北漢山が真向かいなのである。その住宅街も、今は殆《ほと》んどが同胞のものになっている。石段に片膝《かたひざ》立てた老爺が一人、長い煙管《きせる》を唇の先から伸ばして坂道を上る二人を見送った。

「あなたは詩をお書きになるそうですね?」

安永達は訊《たず》ねた。

「いや……下手糞《へたくそ》な詩です」

「いやいや。わたしなんかそういう方面はさっぱりですが」安永達は、いかにも労働者上りといった厚い肩をひとゆすりして言った。「これからはわが人民に情操的にも新しい魂を吹き込まねばなりません。ただスローガンの印刷物や、演説だけでは不満足ですからね。やはり文学から直接に心に愬《うった》えたほうが早いです。一度、あなたの詩を拝見したいものですね」

「いずれ機会がありましたら」

「どこかにご発表になっていますか?」

「いや、旧《ふる》いものは残っていませんが」林和はそこを早口で言った。「今度やっと、金南天、李源朝、李泰俊君などといっしょに、ガリ版ですが、『前進』という雑誌を出しました。それに一篇載せましたから、お見せしましょう」

「ほう。ずいぶんお友達もいらっしゃるわけですね？」

「金南天君や李源朝君などは純文学者です」と林和はこの文学にあまり詳しくない安永達に説明した。「彼らは今まで、プロレタリア文学にあまり興味を持っていませんでした。文学は芸術のためにのみ奉仕するものだと言っていました。日帝時代にも彼らはプチブル的な文学論を展開し、正しいイデオロギーを持ちませんでした」

「そりゃいけない」安永達は顔をしかめた。「そりゃブルジョア芸術です」

「おっしゃる通りです。もっとも、その中の金南天君は、前にはカップの作家でしたが、日帝の弾圧を受けて獄中で転向しました。それ以来、彼はすっかりプロ文学とは手を切り、自分のことと、自分の周辺に起った婦人関係のくだらないことばかり書いています。彼は、それを純文学と心得ていました」

「実にくだらんですな」

安永達は唾《つば》を吐いた。唾は地面の乾いた砂に凝結した。

「やっぱり出生は争われませんね。あの男は慶尚南道か北道かの両班《ヤンバン》の家に生まれました。地主です。そこへいくと、ぼくは農民の子ですからね」

「血でしょうね。それで、金南天君はあなたの言うことを聞きましたか？」

「聞きました。今ではぼくらの仲間になっています。朝鮮文学建設本部の委員です」

ここまで言って林和は、おれは果して農民の子と言えるだろうか、と自分に訊いた。一九〇八年、たしかに馬山《マサン》の貧農の家に生まれている。しかし、四、五歳のとき、父親が商売で儲《もう》けて小企業をいとなみ、十七歳から十八歳のころまではわりと余裕のある家庭環境の中で育った。一九二一年からソウルの普成《ポソン》中学に在学していたが、そのときから林和は文学に興味を覚え、詩を書きはじめた。

二人は坂を上って高台に立った。

一木もない荒削りの岩肌の北漢山が、ぎくしゃくなかたちで前面の距離に聳《そび》えていた。陽が鋭い襞《ひだ》に陰影をつけている。その下に白い巨《おお》きな議事堂まがいの建物があった。元朝鮮総督府で、中央の高い所にアメリカの国旗が翻っている。その下は影のように低く、その低面に屋根が密集し、朝鮮ホテルなどの少し高い建築だけが日向《ひなた》をうけていた。

ここまで来ると風が一そう強い。

「身体のほうは大丈夫ですか?」

安永達が心配そうに訊いた。

「大丈夫です。あなたと話してるうちに元気が出たようです。熱も下がりましたよ」

林和は微笑を見せた。

「そりゃ結構です。やっぱり気持の持ち方で違うんですな」と、安永達は言った。「あなたは文化方面の指導者です。今お話に出た金南天君や、李源朝君などのプチブル的な文学者を、ぐんぐん引っぱってもらうことですな」

「いや、李源朝君などはずっと良くなっています。あの男も金南天君に負けないくらいの純文学論者でしたがね。今ではぼくの片腕になっています」

「そういう人は」と安永達は少し疑わしげな眼で林和を見た。「気をつけないと、途中で挫折《ざせつ》しますよ。われわれは日帝時代から独立運動をやってきているので、骨の髄から鍛えられていますがね。ひよわい連中は、どうかすると日和見《ひよりみ》主義者になります」

「いや、李源朝君は大丈夫でしょう。すっかり今までの誤った文学観念を棄《す》てていますから、ぼくは彼を信じています」

林和はそう言ったが、いま安永達が「われわれ」という言葉を使ったことに多少の怯《ひ》け目を覚えた。この男は、ずっと地下に潜って運動してきている。日本の官憲に捕まえられて投獄されたことも一再ではない。その間に脱獄もやっている。

林和には暗い過去がある。それに対する言い訳を彼自身は持っているが、他人にはうかつにしゃべれないことだった。どのような誤解を受けるか分らないので、もうしばらくは沈黙が必要だった。

林和の暗い過去というのは、のちに彼が裁判で述べたところによると、次のようなことである。

《――自分は一九二一年より京城市普成中学に在学していたが、そのときから文学に興味を覚え、詩を書きはじめ、一九二六年十二月ごろには李箕永、韓雪野などと共に、一九二五年に朝鮮共産党の影響下に組織されたプロ文学団体であるカップに加入し、一九二八年七月ごろよりはカップ中央委員として活動した。

その後、一九三二年四月ごろからは、そこの書記長として朝鮮文学指導部の一人になった。このように活動してきたところ、一九三四年四月と五月に、日本警察の弾圧で、自分と共に活動していたカップの指導者であった韓雪野、李箕永等をはじめとする幹部たちが全羅北道において検挙された。このとき、自分も検挙されたが、病中であったので、これから自分に加えられる日本官憲の弾圧に恐怖を抱いた。文学者はいつの世にも作品を書いて生きてゆけばいいと思い、かえってこれを機会に立とうと思った。

一九三五年六月下旬ごろには、京畿道《キョンギどう》警察部主任であった日本人警部斎賀《さいが》と京城市新設町にある寺院で会った。そのとき、彼は自分にカップを解散させる意志があるかどうかを訊ねたので、自分は前記のような思想的企図を持って、斎賀に自分が署名したカップ解散の宣言書を提出した。その後、プロ文学の階級的立場を離れ、純粋文学を主張した。即《すなわ》ち、一九三五年八月ごろより一九三七年九月初旬ごろまで、慶尚南道馬山市の自分の妻の宅にて病気を治療し、一九三七年九月中旬ごろ、京城に再び戻ってきて、同年十月ごろより、民族解放闘争で変節した者たちの集団である京城市の保護観察所に荷担し、一方、金剛企業主である崔南周の資本の支出の下に、「学芸社」を経営してきた。

一九三九年四月ごろには、「学芸社」を代表し、朝鮮総督府図書課の主催で京城府民館食堂で開催された各出版機関代表者と文壇の重要作家たちの会合に参加した。この席上で、竜山に駐屯していた朝鮮軍司令部報道部の代表である鄭少佐の呼びかけで「時局協力」に呼応した。同年六月ごろには、いわゆる「国民総力連盟」の文化部長であった日本人ヤナベと彼の事務所にて会い、約三十分間の相談を行ない、これより朝鮮人文学者たちが時局に協力し、「内鮮一体」の強化と「国民精神」の培養に努力するという決意を表明した。

このときの会談においては、同報道部のカメラマンも参加し、その会談の場面を撮影し、それを雑誌に発表するようにさせ、多くの文壇活動家と朝鮮人民をして日本のため忠実であるよう誘った。一九三九年九月には、「言葉を移植する」という題目の日本語論文を直接『京城日報』に発表して、朝鮮人作家に日本精神を注ぎ込もうとした。

その後、一九四〇年六月ごろには、「朝鮮反共協会」機関紙である『反共の友』に「北韓山脈」または「泰平洞」等の随筆を発表して、読者に反ソ・反共的思想の影響を注入させた。同年六月ごろより一九四二年十二月ごろまでは、ブルジョア映画会社である「高麗《こうらい》映画社」文芸部の嘱託として働きながら、一九四三年三月ごろに、朝鮮軍司令部報道部において制作した、朝鮮青年たちを日本帝国主義の徴兵として出動させる宣伝映画である『キミとボク』の対話を直接校正し、一九四三年一月より一九四四年十二月ごろまで「朝鮮映画文化研究所」の嘱託をしていた。ここでは反動的内容の『朝鮮映画年鑑』および『朝鮮映画発達史』を編集し、朝鮮文学および映画の発達のためには当然日本と合同するのが正当であることを強調した。──》

雲が動いていた。

その加減で下に展《ひろ》がったソウルの市街に斑《ふ》が出来ている。ひと団《かたま》りの雲の下は暗い穴のようにみえた。林和は、自分の暗い洞穴《ほらあな》をみつめている。

──誰だってあのときは仕方がなかった。肺を侵されているし、監獄に入れば死ぬに決まっていた。しかし、心から日本官憲に屈伏したのではない。あれは見せかけなのだ。偽装「転向」だ。

おれだけではない。ほかにもいろいろと同じ人間がいる。ただ、彼らはおれほど目立たなかったし、解放後もおれのようにはっきりと起ち上っていないだけだ。あの狂人のような日本官憲の弾圧に誰がまともに抗し得ただろうか。身体の丈夫な者はいい。いま自分の横に並んでいる安永達のように地下に潜ることも出来る。亡命も可能だ。しかし、おれにはそれが出来なかった。おれだってその健康があれば、上海《シャンハイ》にでも、アメリカにでも逃げられた。

しかし、おれの身体はそういう実践運動には向かないのだ。丈夫だったら、何回投獄されても、おれだって頑張れた。しかし、死ぬと分っていて、あの地獄のような日帝の監獄に行けるものか。

試しに、監獄に行った人たちの健康と自分とを置き替えてみるがいい。

「少し寒くなったようですね」安永達が石の上から腰を上げた。「あなたさえ差支《さしつか》えなかったら、ここを降りて、もう少し歩いてみましょうか。いや、実はあなたとはもっと話したいんですよ」

林和はそれに賛成だと言った。自分の心の中に開いている黒い穴をのぞかれたくない。いや、それをのぞいているのは自分自身だったが、この労働者出身の闘士と話すことでそれを紛らすことができると思った。かえって勇気が湧《わ》くかもしれない。

二人は高台から逆に南のほうの降り道をとった。すぐ右下に南大門の反《そ》りのある大屋根が見える。林和はこの道が竜山のほうへ向かうことを知っていたし、赤土の切通しが快い散歩道だとかねてから思っていた。今も芒《すすき》が多い。

安永達は話し出した。今、無数の政党が出来ているのは、解放直後の反動ともいえるが、とにかく、夥《おびただ》しい政党が南朝鮮にひしめいている。その中からわれわれは将来真にプロレタリアートのためになりそうな政党を択《えら》び、それを育てなければならない、それが目下の課題だと思う。

「朝鮮共産党、人民党、韓国民主党、国民党などの代表が集まって、統一戦線問題を協議していますね」と、安永達は言った。「だが、問題はアメリカとの関係です。ぼくは、次第にアメリカのやり方に朝鮮が歪《ゆが》められてゆくんじゃないかと思いますね」

「すると、そういう方向が見えてるんですか?」

「見えています。林和さん、これはもっとこれから先の方向を見極めることですね」

安永達はそう言うと、ポケットから汚ならしい手帖《てちょう》を取り出した。「ぼくは八・一五解放以来の日誌をここにつけているんです」

林和はのぞいた。そこには鉛筆で小さな字がぎっしり書き込まれてあった。

「ひとつ、その辺に坐《すわ》って、主な項目だけを読んでみましょうか。そうすると、あなたもわたしの意味が分ると思います」

林和の好きな道に来ていた。芒は風に白くゆれている。ゆるやかな赤土の丘の起伏と、空に伸びたポプラとの間に、黒い低い建物が見えた。元日本軍の火薬庫だったものだが、今はアメリカ軍の倉庫に使用されている。米兵の歩哨《ほしよう》が一人自動小銃を肩にして、所在なげに口を動かして草の上を歩き回っていた。

安永達は腰を降ろす場所を探した。赤土の坂道には人の通行もなかった。草は黄色く枯れている。頸《くび》の白い鵲《かささぎ》が黒い羽を拡《ひろ》げて飛び立った。

安永達は声を出して、自分の手帖から要項だけというのを読み上げた。

一九四五年八月　△十四日　日本政府ポツダム宣言受諾。△十六日　在京革命者大会を徳成高女講堂にて洪南杓司会の下に開催中、ソ連軍が入城するとの風説で散会。十万余群集、ソ連軍を迎接すべくソウル駅に殺到。長安ビルで「革命同志」と「出獄同志」等が集合して李英、鄭柏一派を中心に共産党復活協議。全国各刑務所、警察署に拘禁された政治犯全部釈放。△十七日　建国準備委員会発足。臨時治安維持政権体制を着々整備。残留政治犯全部出獄。△二十日　朝鮮共産党再建協議(朴憲永《パクホニヨン》中心に)。△二十一日　建国準備委員会、宣言と綱領発表。ソ軍元山《ウォンサン》に上陸。△二十二日　ソ軍、平壌《ピョンヤン》に進駐。△二十三日　権威ある側の報によれば、朝鮮が自主独立政府を樹立するまで米ソ両軍が分割駐屯すると報道。△二十九日　ソ軍開城《ケーソン》進駐。△三十日　マ将軍、日本厚木《あつぎ》飛行場に到着。九月　△一日　朝鮮国民党結成(委員長安在鴻)綱領「われらは重慶《チョンチン》にある大韓臨

時政府を絶対支持する」。在京共産主義熱誠者大会召集。大韓民国臨時政府還国歓迎準備会結成。△六日　大韓民主党、韓国民主党七百余名で発起宣言。全国人民代表者大会、会議形式で召集。人民代表委員五十五名、候補委員二十名、顧問十二名選任。朝鮮人民共和国誕生（於京畿高女講堂）。△八日　ホッジ中将麾下《きか》米軍仁川《インチョン》上陸。韓国民主党発議人会で大韓民国臨時政府絶対支持決議。△九日　在朝鮮日軍正式降服調印式。韓国民主党結成。△十日　各政党統一期成準備会結成（李甲成）。△十一日　ホッジ中将、軍の政策を発表。朴憲永の再建共産党、当面闘争目標三項目発表。

林和は耳を澄まして聞いていた。時折り、鵲がおしつぶしたような声で啼《な》いてゆく。

「どうです？」と安永達は眼をすえて林和の顔から反応を確かめるようにした。「アメリカの政策が、最初、われわれが考えているようなものではない方向に向かっていることは分るでしょう？」

林和にはまだよく納得が出来なかった。もしかすると、この労働者出身の安永達のほうが何かの情報を摑《つか》んで正確な判断をしているのかもしれない。

林和は、自分たちがプロレタリア文学だの、舞踊だの音楽だのと言っている間に、実際面から浮き上っているような動揺を瞬間に覚えた。いつの時代にも、文学者は労働者出身の党員よりも非現実的で鈍感のようである。

「もし、アメリカがわれわれの民主主義に弾圧を加えるようになった場合、文学者はどうなるんでしょうか？」

安永達に訊いてもはじまらないことだった。しかし、林和の不安は、自分よりも労働者出身の安永達に背の高さを感じたのである。

「あなたは、自分の芸術が大事だと思ってるでしょうね？」

安永達は訊いた。

「文学はぼくの生命です」

「それだったら、アメリカが朝鮮の文学運動をどんなふうに考えているか、はっきり回答を出してくれる人がいますよ」

「………」

「ちゃんとした朝鮮人で、立派な人です。いま、名前は言えませんがね。この人なら、かなり先のことまで情勢の分析が出来ます。ぼくもよく話を聞いています。あなたは会ってみる気はありませんか？」

林和は黙った。

「あなたはたしか、音楽家も、舞踊家も、その組織に握っていますね？」

「芸術家は一しょにわたしの組織下にあります」

「それだったら尚更です。あなたは、まず、正確な情勢判断を持つ必要がある。こりゃああなたの責任ですよ。そうは思いませんか、林和さん？」

「考えてみましょう」

実際はそれは会ってみようという答えと同じ意味だった。率直に即答が出来なかったのは、実はこの安永達という男とはそれほど深い知り合いでなかったからである。

「ゆっくり考えて下さい、大事なことだから」

と安永達は急がないが、強い調子で言った。

「あなたに連絡したいときは、どうしたらいいでしょうか？」

林和は訊いた。

「さあ、それは、ちょっと連絡の方法はないでしょうね。ぼくはいろいろな仕事をやっていますから、時間と場所とが決まっていません。不便な身体です」安永達は笑ったが、「そうだ、そいじゃこうしましょう。あと五日経《た》って、あなたの家にぼく自身が伺いますよ」

「そりゃ恐縮です」

「なに、ちっとも構いません。お所を聞かして下さい。やはり午前中がいいでしょうね？」

「午後だと出かける用事がありますから、午前中のほうが好都合です」

安永達は、ではそうする、と言って、林和と一しょに坐っていた草の上から尻《しり》を上げた。

「おや、だいぶ顔色の赤いのがさめたようですね」

彼は林和の顔を見て言った。

「そうです、少し直ったようです」

「よかったですな。まあ、身体だけは大事にして下さい」

安永達は言わなかったが、林和の顔色は本当は少し蒼《あお》ざめていたのだった。


日本敗戦による八・一五解放からこの場面の時点まで、朝鮮は大体次のような歩き方をしていた。

八月十五日の翌日、朝鮮のすべての刑務所から厖大《ぼうだい》な数に上る独立運動の闘士たちが一斉に釈放されたが、解放以前およそ三千を超えるといわれた独立運動の地下組織も表面に戻ってきた。京城では、十七日、民主主義者たちの朝鮮建国準備委員会が作られ、委員長には呂運亨が選ばれた。

地方のことをいうと、解放されて十日と経たない間に道、府、郡、面から部落に至るまで民衆の手で保安隊が作られた。建国準備委員会というのが名士中心の中央的組織として出発したのにくらべて、これと同時に朝鮮の各層の民主勢力を結集した人民委員会は共産党中心であった。

建国準備委員会は、九月六日に南北各界各層を網羅した千余名からなる全国人民代表者会議を開いた結果、国号を「朝鮮人民共和国」とすることに決めた。この人民共和国の主なメンバーは、主席李《イ》承晩《スンマン》、副主席呂運亨、国務総理許憲、内務部長金九、外務部長金奎植、軍事部長金元鳳などで、構成は、国の内外にいた主な反日分子の名士が殆んど包括されたが、特徴は李承晩、金九、金奎植などの右翼分子まで包含されたことだった。もっとも、このときはまだ李承晩、金九、金奎植などは帰国していなかった。

一方、一九二五年六月に結成された朝鮮共産党は、解放と同時に朴憲永の指導の下に九月十一日再建された。この再建朝鮮共産党の主要な幹部としては、金日成《キムイルソン》、朴憲永、李《リ》承燁《スンヨプ》、金三竜、崔昌益等が選ばれていた。

のちに朴憲永は書いている。

「もし、アメリカ帝国主義者たちが朝鮮の内政に干渉せず、人民の意志を踏《ふ》み躙《にじ》らなかったら、とっくの昔朝鮮人民は、いま北朝鮮だけで行なわれているような民主的改革を全朝鮮にわたって実施していようし、また人民政権が南朝鮮にも打ち立てられ、全朝鮮が統一・独立・民主国家となっていたであろう。これは何ら疑う余地のないところである」（朴憲永「祖国の統一と独立をめざす南朝鮮人民の英雄的闘争」）

九月八日仁川に上陸し、九日京城に入ったジョン・R・ホッジ中将の率いるアメリカ軍は、太平洋アメリカ陸軍最高司令官マッカーサー元帥の名で次のような布告を発表した。

「布告第一号――本官麾下《きか》の戦勝軍は、本日より三十八度線以南の朝鮮を占領する。本官は本官に与えられた権限をもって、これより北緯三十八度線以南の地域と同地の人民に対して軍政を施行する。政府公共団体その他の名誉職員と雇傭人、公共事業に従事する職員と雇傭人、また、そのほか諸般の重要な職業に従事している者は、別命があるまで従来の職業に従事すること。占領軍に対して反抗的な行動をなしたり、または秩序保安を乱す行為をなす者は、容赦なく厳罰に処す。軍政期間中、英語をもってすべての目的に使用する公用語となす」

つづいてアメリカ占領軍は、九月十一日、軍政庁の設置を発表して、十二日にはアーノルド少将を初代の軍政長官に任命した。

なお、北朝鮮に進駐したソ連軍は、次のような宣言を出した。

「朝鮮人民よ、朝鮮は自由国になった。幸福はあなた方の手中にある。あなた方は自由になり、幸福になった。これからはすべてがあなた方にゆだねられている。ソビエト軍は、朝鮮人民が自由に創造的労働にとりかかれるだけの一切の条件を作ってあげた。朝鮮人民自らが必ず自分の幸福を創造する人民とならねばならない」

翌《あく》る朝、林和は朝鮮文学建設本部の事務所に出かけた。元日本商社の倉庫だったのを、中だけ急に模様替えしたのだ。汚ない建物だった。

そこに行くのに林和はすし詰めの電車に乗った。降りてからゴミだらけの道を歩いた。アメリカ軍のジープが黄色い風を巻いて走っている。運転手は機銃を身体にひきつけていた。草色の服をきたアメリカ兵は自動小銃をもって哨戒《しょうかい》している。

街角には民衆が群れていた。学生保安隊が日本軍の銃を担いで隊伍を組んで歩いている。夥しい政党のポスターがやたらに貼《は》られていた。一時は百五十以上の政党団体があったものだ。夜になると、きまって街のどこかに銃声が起った。

林和が事務所に入ってゆくと、音楽家組織の男に出遇《であ》った。

「いいところへ来てくれましたね、林和さん」音楽家は興奮して言った。「朝鮮人民共和国が解散になりそうなんです」

「解散だって?」

「そうなんです。明日あたり、アメリカ軍政庁からその声明が出そうなんですよ。いま、新聞社からそう聞かされたばかりです」

音楽家も朝鮮共産党員だった。

「本当だろうか?」

林和は首をかしげた。

「本当らしいんです。アメリカは徹底的な軍政を施《し》くらしいんですね」

「しかし、君、朝鮮は独立国だ。われわれが決めた国号をアメリカが認めないという法はない」

「誰だってそう思います。よく分りませんが、ホッジ中将は、現在の政党の中で左右の合同を図っているようです」

「李接野さんはどうしている？」

林和は顔をあげた。

「多分、二階で原稿を書いてるはずです」

林和は古い階段を上った。もともと倉庫に出来ているので、狭くて粗末だった。二階も背の高い男だと立って歩けないくらいだった。その低い天井の下で、六十歳の李接野がおっとりとした顔で何か書いていた。机は日本商社の事務所から取って来たので、建物に似合わず立派だった。

「いま、芸術連盟の規約を書いているんだ」

李接野は林和の顔を見ると笑いかけた。白髪が多いので、赭《あか》ら顔が光って見える。片方の弦《つる》のはずれた老眼鏡を鼻からはずして、

「君、読んでみるか？」

と書きかけの草稿を差し出した。

林和は後輩の礼儀として途中までざっと眼を通した。すべての芸術はマルクス・レーニン主義の下に統一されるという路線で書かれている。消したり、書き加えたり、苦心の痕《あと》があった。

「いま、階下《した》で聞いたんですが」林和は草稿に批評を加えずに返した。「アメリカ軍政庁が朝鮮人民共和国を認めないそうですね。明日、その布告が出るというんですが」

「聞いている」と、李接野はおどろかなかった。「少し、それは大げさに伝えられたんだろう。そんなはずはないと思うがね。いま、その噂《うわさ》を聞いて、朴憲永氏がホッジ中将に会見を申し込んでるそうだ。あの人のことだから、例の気性でかけ合い、そんな布告は取り消さすに決まってるよ」

李接野はいつもの楽天的な口吻《くちぶり》で言った。カップの旧い闘士だったが、人がよくて世話好きなのである。後輩の面倒もよく見る。当人は詩を書いてきたが、林和から見ると、ひどくものの足りないものだった。難渋な観念語だけで作られているものが多い。林和はこの先輩の詩を認めていない。しかし、プロレタリア文学では長老だし、表立ってその欠点を非難する者はいなかった。

「李承晩や、金奎植や、金九あたりが帰って来るそうですね?」

林和は話題を変えた。

「李承晩はハワイから、金九は上海から飛行機で来るらしい。二、三日うちにこちらに来るんじゃないかな」

李接野は相変らずおだやかな顔をしていた。

「しかし、あの人たちには、もう、若い連中から批判の声が上っていますよ。朝鮮人民が苦しんでいるときに、自分たちはのうのうと海外で暮していたんですからね。今ごろ帰って来るのは割切れないというんです」

「まあ、そう言ったものでもない」と、李接野は言った。「今の朝鮮はあらゆる人材を要求している。いま君が名前を挙げた人たちも、それぞれ外国で仮政府を組織していた。あの人たちもまた苦労があったのさ。こういう際だから、過去のことをあんまり詮索《せんさく》するのはよろしくない。やっぱり大きな所に立たないとうまくいかないからね」

李接野は過去のことを詮索しないほうがいいと言ったが、これだけは林和が重く受け取った。彼が黙っていると、

「いま君が話したアメリカ軍政庁のことだがね、わたしはデマだと思う。軍政庁の存在も、ただ過渡期の存在だからね。その辺は民主主義のアメリカだからよく分っているはずだ。日本の植民地政治を徹底的に破壊することをねがっているからね」

「そうでしょうか？」

「そうだと思う。ただ、現在の朝鮮にはあまりに政党が多すぎる。離合集散をくり返している。こりゃ整理しなければならないね。将来は朝鮮共産党の中に包含するんだ

な」

林和は階下《した》に降りて、李接野の話を若い音楽家組織の男に聞かせた。

「アーノルドが朝鮮人民共和国を否定しようという噂は聞いています。そのことで朝鮮共産党は湧き上っていますよ。みんな心配と憤激とで興奮しています。もし、それが本当だったら、われわれは何のために解放を勝ち取ったのだというんです」若い音楽家は口を尖《とが》らしていた。「あなたもご存じでしょう。解放されたとき、どんなに朝鮮人民が喜んだか。奴隷の生活、忌わしい悪夢、暗黒の朝鮮、そのすべてが一ぺんに掻《か》き消えたんです。自分の手で自分の運命を開拓し得る可能性のある生活が与えられたのです。屈辱で踏みにじられた朝鮮は夢と掻き消えました。ぼくらは失われた母国語を自由に取り返したのです。奪われた名字を自分の手に取り戻すことが出来ました。朝鮮の文化を破壊した日帝の支配者どもを追い出すことが出来ました。親日派暗殺名簿が作られたりしたのもそのためです。この熱狂的な喜びは、畢竟《ひっきょう》、朝鮮が独立国になったからです……」

青年は頬《ほお》に血をのぼらせていた。

「それを十分承知の上でアメリカが理不尽なことをすれば、林和さん、こりゃ人民が黙っていません」

「朴憲永氏がホッジとそのことで話し合うということだが」

林和は李接野から聞いたことを言った。

「当然です」青年は昂然《こうぜん》として言った。「朴憲永氏は、ぼくらのたった一人の指導者です。李承晩も、金九も、金奎植もあまり当てには出来ません。海外にいてかなり堕落していたということも聞いています。今度、わが国が解放されてから、いち早く外国で利権の取引に憂身《うきみ》をやつしていたそうじゃありませんか。そんな者は信用が出来ません。われわれは朴憲永だけが指導者だと思っています」

「しかし」林和は言った。「李接野さんは、アメリカがまさかそんなことをするわけはないだろうと言っていた。ひどく楽観的だったよ」

「あの人はいつもそうです。老人ですから正面からは逆らいませんがね。やっぱりわれわれからすれば甘いですよ。悲観的な観測かもしれませんが、アーノルドが朝鮮人民共和国を踏みにじるというのは真実らしいですね」

「そうだろうか？」

林和は暗い顔をした。

「もし、そうなれば、先がどうなるか、大体、分る気がします。アメリカは共産主義者に弾圧を加えるかも分りませんよ。アメリカの軍人の中には、もうはっきりと、次はロシアと戦争をするんだと広言しているのがいますからね。林和さん、こりゃ今からしっかりと覚悟を肚《はら》の中に入れておかなければなりませんな。日帝の植民地時代以上の反動的な弾圧が来そうです」

「そうだな」林和は口先だけで言った。「お互いにそうなったら、思い切りアメリカと戦い抜くことだな」

彼はそれから朝鮮文学建設本部のことで二、三人の文学者と会い、外へ出た。心は暗く動揺していた。

噂は嘘《うそ》ではなかった。アーノルド少将は、その二日後に朝鮮人民共和国の合法性を否認し、「国」の名称を取るべきであるという談話を発表した。

つづいてホッジ中将は厳命した。

「軍政庁は南朝鮮における唯一の政府である。軍政庁は軍政庁本部および道、府、郡を通じ既設の各機関を運営するものである。朝鮮人民は軍政庁の命令に服従せねばならぬ。もし、命令に服さぬか、または故意に軍政を誹謗《ひぼう》する徒輩は処罰されるであろう」

——朝鮮は「国」を喪失したのである。共和国中央人民委員会が、他の政党と同じように単なる一個の団体に転落したのだ。

つづいて何が起るだろうか。

林和が安永達の訪れを待つ気になったのは、ホッジ声明をよんでからだった。

2

安永達《アンヨンダル》が約束の通りに京城嘉会洞の林和《リムファ》の家を訪ねて来たのは、この前より寒い日だった。

林和はこの日も微熱があって寝ていたが、妻の池河連が知らせたので、通すように言ったが、安永達は戸口まで林和に顔を出してもらえないかというのである。

「やあ、こないだは」狭い入口に立った安永達は林和に微笑した。「お加減はどうです？」

林和は今日も眼が熱ぽかった。安永達の顔も、外の風景も、妙に浮き上っていた。しかし、待っていた男なので、

「なに、大したことはありません、どうぞ」

と内に入るようすすめたが、安永達は辞退して外で話さないか、と言った。彼は明らかに林和の妻を回避しているようだった。

林和は支度をした。妻が、大丈夫ですか、と訊いたが、かえって外を歩いたほうがいいと林和は言った。そのくせ、今朝から三人の青年が訪ねて来たときは大事をとって寝て話をしたのだ。三人とも朝鮮文学建設本部の若い作家で、二人は林和の詩の愛

好者であり、一人は理論家としての林和に傾倒していた。その連中と話をしている間、林和は絶えず咳《せき》をしていた。

彼は安永達を待たせて支度をしながら、どうも京城の空気がよくないと妻に言った。

「あんまり身体に障《さわ》るようだったら、馬山に帰ったらどうですか？」

妻は言った。林和も池河連も、馬山の田舎《いなか》生まれである。同じ十月半ばでも、馬山はずっと暖かだった。海が近く空気もほどよく湿っている。

「そうだな」林和は古い麦藁帽《むぎわらぼう》をかむった。「そうしたいが、今はそうもしていられない。これからが大事なときだ」

林和はそのとき、故郷の青い畠や、岬と岬の間にのぞいている湖水のような入江を思い浮かべているようだった。

林和は安永達と外に出た。相変らず米軍の暗緑色のジープが街を走っていた。

「どこに行きます？」

林和は肩を並べた安永達に訊いた。

「この前の通りに、ぶらぶらと行きましょう。昌慶園のほうはどうだろう。しかし、あんたは大丈夫ですか？」

安永達はこの前と同じように林和の額に自分の手を当て、少し熱いかな、と言った。林和は大丈夫だから心配は要らない、と答えた。

林和は仲間達からいろいろな話を耳にしている。それは、アメリカ軍政庁が「朝鮮人民共和国」を否認してからはじまった懐疑だった。それほど軍政庁の声明は同志の間に混乱を起させていた。今までは、アメリカ軍が日本帝国主義統治を排除して、朝鮮人民の独立を手伝ってくれるとばかり信じていたのである。

彼らの話はしかし、いずれも臆測にすぎなかった。いい加減な噂話や、根拠のない又聞きや、アヤフヤな聞き込みばかりだった。同じ話題でも全く逆の話が伝わって来たり、思いがけない新情報が流れて来たりして、どれが本当だか分らなかった。

林和は、自分が殆んど中心になって朝鮮文学建設本部を組織しているので、現下の実際の情勢を知っておきたかった。安永達はそれに答えてくれそうな一人に思えた。

「この前あんたから聞いた人に会えますか？」

林和は相当歩いてから訊いた。

「いつでも会わせますよ。まだ名前は言えませんがね。その男もあんたが朝鮮文学建設本部を作ったことに興味を持っている」

「それは好意のある興味ですか？」

「もちろん、新しい芸術運動を発展させたいと熱心に思っている人です。いや、わたしも同じ意見ですがね」

安永達はこの前と同じ古びたオーバーを着ていた。この前と変らない表情と口調だった。

「ただ惜しいことに、あなたは皆目、現在の政治情勢に疎い。彼はそれを残念がっていたようです」

「そりゃぼくだけではないでしょう」林和は答えた。「みんながアメリカの本当の気持を手探っている。一体、どういうのだろう、アメリカは民主主義の立場から朝鮮民族の味方になっているのではないのですか？」

「そういう言い方では現実的な焦点が外れそうだな」安永達は言った。「問題を観念的に捉《とら》えては、実際の姿が見失われる。われわれは、極めて卑俗だが、事実だけを見極めないと、見透しに錯覚を起しますよ」

林和は、その意見に賛成した。事実、朝鮮文学建設本部の事務所に集まってくる連中には、あまりに政治的な言い方が多すぎ、内容は風が吹き抜けるように空疎であった。彼らが何も知っていないからであった。

「この前、ホッジ中将に呂運亨が会見しましたね。あのいきさつをご存じですか？」

安永達がきいた。

「たしか、今月の四日でしたね。新聞に出ている以上のことは分りません」

「あれなんかの真相は、ホッジが呂運亨を相手にしないで、けんもほろろだったそうです」

林和は愕《おどろ》いて安永達を見たが、彼のうすく生えた不精髭《ぶしょうひげ》の唇のあたりには自信ありげな微笑が見られた。

「どうしてホッジがそんなことをするんですか？　呂運亨はそれほど左翼とは思いません。彼は朴憲永《パクホニヨン》ほどに極左的ではないが、アメリカに気に入られそうな程度の民主主義者です。将来、彼が政党を作るとすれば、一ばん人気のある政党になりそうですがね」

林和は首を傾けた。

「それは、あなたがホッジ中将という人間を知らないからですよ。なにしろホッジは、呂運亨を日本の手先だといって部屋から追い出したそうですよ」

安永達がここまで言ったとき、向うからアメリカ兵士を乗せたジープがやって来たので、彼は口を閉じた。二人は長いジープの列が横を過ぎるまで黙々と歩いた。道端に兵隊が棄てた煙草の残り滓《かす》が烟《けむり》をあげている。おびただしい子供がそれを拾いに殺到した。子供たちはジープのあとを走って次に投げられる煙草を追っている。

「ホッジは頑固な司令官です。いい人だが、要するに軍人だというだけだな。好き嫌いのはっきりした男で、とても民政に向く人ではない」

安永達はつづけた。

「しかし、ホッジが勝手にやってるのではないでしょう。アメリカ本国があるし、東京には彼を監督しているマッカーサーがいるはずです」

林和はいった。

「マッカーサーは日本だけで精いっぱいだからね。朝鮮はホッジに任せ切りです。なるほど、本国政府はあるが、これは結局ホッジのやり方を現地の方針として認めていると言っていいでしょう。これは、ぼくがその男から聞いた話の受け売りだがね。聞いてみて、なるほどと思うことがある。それは、三十八度線の境界線のことです。あれは、将来、アメリカにとって最前線になるかも分りませんよ」

「アメリカにとってだって？　しかし、それはおかしい。あれは暫定的に日本軍の武装解除の分担区域を決めただけじゃありませんか。北はソビエト軍、南はアメリカ軍というふうに」

「どうやら、それが政治的にも固定しそうですよ。朝鮮は二つに分裂するかもわかりませんね」

安永達がむずかしい顔で言った。

「そりゃ、いまは朝鮮人民は南北の境界線で不自由している。だが、これは長い期間ではないはずです。朝鮮は一つですからね。だから、ぼくらが朝鮮文学建設本部を作って、三十八度線の北側の芸術家たちにも重要な役目についてもらっています。当人の承諾は得ていませんがね。いや、これは交通上の条件で得られないわけだが」

「少し休みませんか」

安永達がくたびれたように言った。いつの間にか昌慶園の公園が見えていた。ポプラが伸び、葉を落した森がひろがっている。昨夜降った雨で、防空壕《ぼうくうごう》の廃墟《はいきょ》に水が溜《たま》っていた。

「あなたの言う通りだが」

と安永達は禿《は》げた芝生に腰を降ろした。見回すと、同じように腰を降ろしたり、寝そべったりしている者が多い。どの顔も生気がなく、腹を減らした表情だった。京城は目下、玉蜀黍《とうもろこし》と小麦だけの少ない配給である。

「実を言うと、アメリカは日本の降伏が早かったので慌てたんですよ」と安永達は言った。「抗戦八年を叫んで死物狂いだった日本軍部が、あれほど早く潰《つぶ》れようとは思っていなかった。それで日本が降伏すると、ソビエト軍は北から朝鮮に入って来た。これは海もなければ距離もない。鴨緑江《おうりよつこう》をひと跨《また》ぎすれば、すぐ朝鮮だからね。ところが、アメリカ軍はまだ沖縄にいた。南朝鮮に行くには船や飛行機によらなければならない。これはソビエト軍のように大軍を一どきに移動させるわけにはいかない。狼《ろう》狽《ばい》したアメリカは、とにかくソビエトの朝鮮全土の占有を食い止めなければならなくなった。そこで、大急ぎで三十八度線を区切ってしまう取り決めをしたのです。要するに、アメリカはソビエトにずっと遅れをとったわけだな。だから、今ではその遅れを取り返すために、南朝鮮を必死に固めなければならないのです。こういう情勢を考えたら、アメリカ軍がソビエトに忠実な極左政党をはじめから支持するはずがありませんよ」

安永達はつづけた。

「ぼくはそれを聞いたとき、なるほどそうだと思いましたがね。いろいろ面倒な観測が伝わっているが、こういうふうに割り切って聞かされてみると、なんだか縺《もつ》れている糸が一どきに解けそうな気がする」

林和は熱い額を意識しながら対手の話を聞いていた。

「アメリカは、金輪際《こんりんざい》、この南朝鮮を放しませんよ。放したら最後、極東はソビエトのものになると信じこんでいますからね。ホッジはわけの分らぬ男です。単純で、好き嫌いが激しいんですな。自分の気に入らない者は、呂運亨のように叩き出す男だからね。今に弾圧が始まるかもしれません。日帝時代はまだ朝鮮人のご機嫌を取る宥和《ゆうわ》政策なるものがあった。しかしアメリカはそんな生温《なまぬる》いことをしませんよ。それに、ホッジという男は朝鮮人が大嫌いですからね。彼は、朝鮮人は日本人と同じように猫の種族だと放言しました……」

林和は安永達と別れて電車に乗った。電車もいっぱいだった。みんな食糧を求めて落ち着かない眼をしている。京城に食糧が不足している。ヤミ市では僅《わず》かな量を眼の飛び出るような値段で売っていた。混み合う電車の中で痩《や》せた顔や青ぶくれした顔を見ると、ホッジが「朝鮮人は猫の種族だ」と評したというのを林和は思い出した。ホッジは上陸して初めて朝鮮人という「人種」を見たのだ。

雲がひろがって来ていた。底冷えの激しい日である。

林和は朝鮮文学建設本部の事務所に回った。この事務所には、始終、李泰俊などの「芸術派」の文学者が出入りしている。組織部長格の林和は、顔を出すと必ず誰かにつかまえられた。今も作家と、舞踊家と、音楽家とが彼に話しかけてきた。朝鮮文学建設本部が、以前のカップを復活させて、それを中核に朝鮮民主主義芸術のすべてを包含しようとしていたからだった。

今日も彼らはしきりと政治情勢を喋《しゃべ》り合っていた。特に李承晩がもうすぐアメリカから帰って来るという話で持ちきりで、朴憲永は李承晩を自分の陣営に引き入れる工作をするだろうと話していた。

林和は、先ほど別れたばかりの安永達の言葉がまだ耳に尾を曳《ひ》いていた。

(なにしろ、アメリカ人は、朝鮮でどんなことをしていいかさっぱり分らないでいます。てんで暗闇の中を手探りしているようなものですよ。アメリカ人の軍政庁に一人だって朝鮮語の分る者がいません。みんな通訳です。通訳の言うことを聞いて、盲滅法の軍政を進めてるようなものです……しかしですね、それだからといって、その現象に眼を惑わされてはなりません。アメリカは、ソビエトの動きと睨《にら》み合せて朝鮮をどう持ってゆくか、大まかな肚はちゃんと決まっているんです）

今の情勢では嘘のようだが、民主主義団体に弾圧が来るかもしれない、と安永達は予言した。だから、米国側の情報に詳しい者から話を聞いたほうが戦術のためにいい、と助言するのだ。林和は細かい約束をとり決めて、安永達と別れて来たのである。安永達はいろいろな人物を知っているようだし、林和に好意をもっている。

委員の一人が林和の所にやって来た。ひどく元気そうな顔だった。

「林和さん、全国文学者大会であなたが話される報告は、もう草案が出来ましたか？」

林和は、もう少しでそれが出来ると答えた。大会は近い将来に開かれる予定だった。

「そうだ、ここでつづきを書いておこう」

彼は二階に上った。うす汚ない窓際の机の前に坐った。壁は剝《は》げているし、床の板もめくれている。しかし、とにかく、ここは個室だった。彼は、そのつもりで持って来た原稿を懐から取り出した。用紙がなくて、使った紙は日本商社の名前の入った便《びん》箋《せん》の裏だった。

部屋の中がうす暗くなった。雲が前よりはひろがって多くなり、厚みも増して来たようだった。ふと、下を見ると、狭い路地に人が走っている。何か叫び声が聞えているようだったが、泥棒でも逃げたのかもしれなかった。林和は、これまで書いてきた所を二枚分ほど読み返してみた。

「――そういう際に、良心的な朝鮮の作家と詩人達に協同を促進させた政治的変化がおこった。日本帝国主義がいきおいよく世界戦争の幕をあけたのである。まず一九三一年に満州侵略を開始して、中国に対するいっそう大規模な掠奪《りゃくだつ》戦争をはじめ、すべての種類の進歩的運動と進歩的文学に対するより苛酷な圧迫に着手した。実にこれより朝鮮民族の犠牲を土台として、侵略戦争を成就《じょうじゅ》しようという日本帝国主義の野望は露骨に朝鮮半島において実行され、民族生活は未曾有《みぞう》の苦しみのなかにはいったのである。

朝鮮の文学は一せいに、恐怖と威嚇《いかく》が加速的に度をましていく迫害の渦中にひきこまれながら、だいたいつぎの三つの項目において共同戦線を展開する態勢をとった。一、朝鮮語をまもること。二、芸術性をまもること。三、合理精神を主軸とすること。

朝鮮語の守護は、わが国の作家が朝鮮語をもって自己の思想感情を表現する自由が危険に瀕《ひん》していたことが当時の趨勢《すうせい》であっただけでなく、母語をまもることをつうじて民族文学維持の唯一の方便としていたためである。

芸術性の擁護をつうじてすべての種類の政治性を拒否する姿勢をとったのは、一見、民族主義を内容とした従来の民族文学や、マルクシズムを内容とした従来のプロ文学の本質と矛盾するようなものであるが、この時期の特徴は文学の非政治性の主張が一つの政治的意味をもっていたことである。いいかえると日本帝国主義の宣伝文学となるのを拒否する消極的手段であった。――」

林和はここまで読み返して、次に移る文章を考えていた。これから先の構成も、大体、頭の中に出来ていた。身体にぬくもりがある。先ほど電車から降りたとき寒気がしたが、あれがいけなかったのかもしれない。

林和は次の文字に進もうとしたとき、どうかすると、文章よりも、安永達から聞いた話が相変らず頭の中に残っていて邪魔した。

いま読み返した自分の字句でも、「日本帝国主義が、すべての種類の進歩的運動と進歩的文学に対するより苛酷な圧迫に着手した」が視覚に引っかかる。この前、これを書いたときも、この一行の文字が彼の神経を小突き回したのを覚えている。

――林和の眼には、暗い牢獄と、総督府の日本人官吏の笑顔と、涯《はて》しない曠野《こうや》とが映る。笑顔は直接に自分に向かっていたし、曠野には民衆から取り残されてひとりで立ちすくんでいる自分がいた。

あのときは仕方がなかったのだ、と林和は呟《つぶや》く。あれを拒否していたら、おれは虐殺されていた。だから、詩も論文も書かないで、総督府からおしつけられた映画の仕事を消極的に手伝った。それは生命維持の最大の条件だった。誰があの荒れ狂う弾圧に正面から抵抗できただろうか。朴憲永を見るがいい。いま、共産党を率いていることの闘士も、解放直前までは大邱《テグ》の瓦工場《かわらこうば》の職人だった。韓雪野は故郷に引っ込んで古本屋をしていた。なにも牢獄に繋《つな》がれたり、虐殺されることばかりが英雄的ではない。いや、その牢獄にいる者の方が、孤絶の中で、民衆から取り残される不安感に襲われていたのではなかろうか。

目的を達するまでには、必ずしもその道が直線だけとは限らない。当然、さまざまな屈折がある。それでもおれは「暗い」詩をこつこつと書いていた。朝鮮語をまもること、芸術性をまもること。これがあのときの日帝に対する最大の抵抗だったのだ。弾圧下には避けられなかった文学の屈折である。誰がこれをもって屈伏と呼べようか。

林和は頭を振って原稿の先を進んだ。身体がだるい。

「――戦争は終り、朝鮮民族は自動的に日本帝国主義の羈絆《きはん》を脱した。そうして、政治的、文化的に独自的発展と自由な成長の可能性が展開されるや、文学においても問題は一転して、根本的な地点へと帰ることができた。いいかえると、解放された朝鮮民族が建設する文学は、いかなる性質の文学でなければならないかということを自問しなければならぬ重要局面に立たされたのである。

階級的な文学か、民族的な文学か。

われわれは率直に問題をこのような方式において、主観的に立てた事実を認めなければならぬ。ある人は階級的文学でなければならぬと主張するであろう。それも事実だ。あるいは民族的文学でなければならぬということも事実だ。しかし、このような重大な問題は、つねに客観的に提起されるのが至当である。――」

林和はここまで一気に書いてきて、ひとまずペンを置いた。廊下を人が通る。そのたびに床が揺れた。なかには、ドアを開けてのぞき込み、林和が原稿を書いていると見ると、失礼といって首を引っ込めて行く者もいた。

林和は深呼吸を二、三回した。どうも心臓がどきどきするようだ。彼は気を静めるようにして次に進んだ。

「――では朝鮮文学史上の非常に大きな客観的事実は何であるかというと、日本帝国主義文化支配の残滓《ざんし》が残っていること。封建文化の遺物が清算されないでいることなどであるが、どうしてこのような遺制がまだ残存しているかというと、朝鮮のすべての領域において民主主義的改革が遂行されていないからだということは言をまたない。朝鮮文学の発展と成長の最も大きな障碍物《しょうがいぶつ》であった日本帝国主義が崩壊し去った今日、わが文学がここから発展するのを妨害するこのような残滓の掃蕩《そうとう》が、今度は朝鮮文学のあらゆる発展の前提条件となるのである。

では、このような障碍物を除去する闘争を通じて建設される文学はいかなる文学かというと、それは完全に近代的な意味の民族文学以外にあるはずがないのである。このような民族文学が……」

朝鮮の近代文学は、おびただしい人民の血の上に発生したといってもいい。一九一九年三月一日に朝鮮全土にわたって独立運動が起った。参加者約二百二万四千人、殺された者約八千人、負傷した者約一万六千人、投獄された者約五万三千人であった。いわゆる「万歳《マンセ》事件」である。この独立運動は弾圧を受けて敗北したが、この事実に愕然《がくぜん》となった日本政府は、方針を今までの「武断」政治から「文化」政治に変えた。新聞・雑誌も朝鮮人の手に成るものが発行された。僅かながら自由を取り戻した朝鮮には、ここで初めて新しい文学の光がもたらされはじめた。

朝鮮の文学は、主としてロシア文学から影響を受け、ついで詩の方面はフランスの影響を受けた。皮肉なことに、これらは日本語訳によって読まれたが、日本文学からはさして影響を受けなかった。このころの朝鮮文学は、大体、日本と同じように自然主義的傾向のものが強かった。

この自然主義は次第に成長するに従って二つの方向に分れて行った。一つは李泰俊などの民族主義的または芸術的方向と、一つは韓雪野、李箕永、宋影、金南天らの社会主義的または思想的方向のいわゆる新傾向派文学であった。そのほか、虚無的または頽廃的《たいはいてき》な方面と、浪漫主義の色彩の濃厚なものもあったが、三・一独立運動のあとはプロレタリア文学運動の方向に勢力が加わって行った。

だが、三・一のあとは日本政府が懐柔政策に出て、地主を含むこれらの子弟を下級官吏に採用するというようなことがあったりして、以後の独立と革命運動の主導権は労働者・農民の手に移行した。この時期には、ある作家が言ったように、「朝鮮文学はこれこそ自分たちの作品だと言えるものが一つもない、五人のモーパッサンやゾラはあっても、一人のゴーリキイはなく、幾人かの文芸理解者はあっても、一人のベリンスキイはない」というような沈滞した状態だった。しかし、プロレタリア文学運動が起ってからは、いわゆる民族派と、新傾向派の論争が華々しく行なわれるようになった。民族派は、自分たちは朝鮮民族であると同時に無産階級であり、無産階級であると同時に朝鮮民族であると規定して、民族・伝統・情緒を提起した。これは、文学はそれ自体芸術を尊重すべきものであるという建前で、「芸術派」とも言ってよかった。そのような主張のうえに立って後に現われたのが李泰俊であった。

これに対して、資本主義社会の世界的体系内にある弱小民族の問題は、即ち直ちに無産階級の問題であるとして、国際的プロレタリアートの認識に立った階級文学を強調した一派は、李箕永、金八峯などであった。彼らはカップを組織し、支部も十以上作られ、その組織も二百人以上となった。このままで行くと朝鮮にも独自のプロレタリア文学が成立するかに見えたが、一九三一年に日本が満州侵略を準備しはじめてから、カップは第一次、第二次と組織的な弾圧を受けた。七十余人が検挙され、投獄された。

このころから日本の侵略戦争が大陸に拡がり、三・一以前のような暗黒が朝鮮全土を蔽《おお》ってきた。この時期には朝鮮の文学者たちは、芸術派もなく、プロレタリア派もなく、初めて民族的な統一戦線を張った。朝鮮語をまもること、芸術性を擁護すること、合理精神を主軸にすること、という三つの合言葉は、彼らの巨大な弾圧に対する最大の抵抗線であった。

しかし、日本の対鮮政策は朝鮮を大陸侵略の基地化したため、朝鮮の作家にもいわゆる「報国文学」を要求してきた。一方、朝鮮語による一切の出版は禁止され、朝鮮人の手による新聞、雑誌はことごとく廃刊された。

林和は、その第一次の検挙に引っかかった。彼はカップに属していたから、警察では拷問を受け、特高が怒り狂った鞭《むち》を当てた。林和は転向した。

朝鮮の初期のプロレタリア運動は複雑な構造を持っていた。それは、当時の日本のような単一な性格ではなかった。他国の場合には、独占資本家階級やブルジョアジイに対して闘争の方向を集中できるが、朝鮮ではまず日本帝国主義との闘いがあった。民族としての自覚運動もあった。さらに、日本の資本主義に結びついている朝鮮財閥地主との闘争もあった。この二重構造性へ向けられた闘争は、必然的に民族主義とマルクス・レーニン主義的な階級闘争に二分された。

民族主義を主張する李泰俊の一派は、芸術は政治のみに従属するものではないとの見解を取り、韓雪野などのマルクス・レーニン主義文学者は、文学は革命のための闘争の補助的手段であると主張した。

しかし、林和はカップに属していながら、どちらかというと李泰俊の芸術派的主張にも秘《ひそ》かに心をひかれていた。彼が転向をしたのは、むろん、獄中生活の苦悩と、外側からの誘導とに因《よ》るが、それをたやすくさせたのは、「芸術のための文学」への微かな羨望《せんぼう》が助けなかったとはいえない。

また、カップが弾圧を受けると、数々の同志が検挙され、転向をして行った。これらの逃亡者のためにカップは潰滅《かいめつ》したが、しかし、逃亡者はただに転向者だけではなかった。志操を固く抱いて地下に潜った者も一種の「逃亡者」とみなされないだろうか。なるほど、後らは地下から意志を伝達し、戦術を指導したが、それが何の役にも立っていないことは、日本の敗戦による自動的な独立まで、精神面は別としてもいささかも実効がなかったことでしれる。壊滅した組織に、地下から理論指導をするのは、いわば自慰的満足にすぎぬ。

しかし、林和が「転向」したのは、皆から取り残されてゆきそうな自分を感じてその孤独に耐えられなかったからである。このことが彼にとっては大きかった。朝鮮は他の国よりも民衆がおくれて進んできている。朝鮮における階級闘争は、他の国のように急速に民衆の間に浸透するのではなく、むしろ、階級闘争よりも「民族闘争」のほうに民衆の皮膚と血に愬《うつた》える強さがあった。このことは、三・一独立運動をみても分る。

国語を奪われ、日本語で教育され、さらに総督府の辛抱強い統治政策によって無意識のうちに半日本人化した一般青年層は、他国のようには広汎《こうはん》な労働組織も持たず、マルクス的な学説の学習もなかった。そこに少数のインテリゲンチャの意識と、朝鮮人民大衆とのギャップがあった。

その断層のために同志の逃亡者が出ると、残された者の心細さと絶望感は一層である。同志的なつながりという紐帯《ちゆうたい》に恃《たの》む者ほど、紐《ひも》がばらばらになった場合、組織への依存感が今度は逆に孤立への恐怖感となる。彼は、孤独に寒気立つ。「転向」をただ権力による弾圧の恐怖だけで捉えてはならない。このような内面的な要素が、案外、外的な条件よりもはるかに大きいかもしれないのである。林和のような詩人というロマンチストを兼ねた理論家は、この孤絶を一そう身体に深く感じ取っていた。

しかし、林和がどのように心で言い訳をしても、日本の侵略戦争のための宣伝用映画の手助けをした過去は、暗い劣等感となって彼の心の奥に沈めずにはおかなかった。彼はこの屈辱感を日帝の植民地時代という特異条件の中に嵌《は》め込み、朝鮮が解放をかち取った今、すべての過去を忘れたかたちで新しい出発に心を奮い立たせていたのだった。

カップが弾圧されると、李泰俊などの芸術派が中心となって『文章』という機関誌を持った。これは合法化された有力な雑誌であったので、左翼の文学作品も併せて掲載し、幅広いものとなって、のちに、国語を守り、芸術性を擁護し、合理精神を主軸とするという一つの運動目標になった。解放直後に結成した朝鮮文学建設本部が、ひとまず、この『文章』の性格に従って、民族主義者、芸術至上主義者、共産主義者などを包含したのは、林和の当面の戦術的方針だったのである。

しかし、このような「大同団結」的なかたちで右も左も包含し、混淆《こんこう》させ、(たとえそれが再出発の初期の段階のかたちであるにしても) 自己の過去の屈辱を、その混淆の中に塗り込めようとした意図が林和に全くなかったとはいえない。

十月五日に米軍政長官は金性洙以下の朝鮮人十一名を顧問に任命したが、呂運亨ほか一人は軍政顧問を辞任した。そのため十一人委員会は九人委員会となった。十日には朴憲永が最初の政見発表をし、十六日には李承晩がアメリカから上海経由の飛行機で帰国した。十八日には独立促成連合軍歓迎市民大会に対し軍政庁が無条件中止命令を出した。ソウル市人民委員会主催市民大会の許可が撤回されて市街行進が中止された。人民共和国代表許憲、李康国が李承晩を訪問し、人民共和国主席就任を懇請した。しかし、李は慎重考慮を言明し、あまり熱意のないことを示した。

　晴れているのにときどき粉雪が舞った。安永達が林和を呼びに来た。ちょうど、彼は事務所にいたが、安永達は自宅からこちらに回って来たのだと言った。彼の赤い頬は外の寒さを部屋の中に持ち込んでいた。

「これから出かけませんか？」

　この事務所に出入りしている連中の中にも安永達を見知っている顔が多い。やあ、と笑いながら彼の横を通る者が少なくなかった。彼がここに現われて林和を誘い出しても少しも不自然ではなかった。

「そこに待たせてあるんです」

　表へ出てから安永達は言った。

「その人も、ぜひ、あんたには会いたいと言っていました。ただ、初めて会ってもあまり丁寧な挨拶《あいさつ》はしないで下さい。その男はあんまりあんたに挨拶しないでしょう。知らない顔をしているほうがいいですよ」

「どうして？」

と林和はおどろいて訊き返した。

「いや、それでいいんです。それが向うに都合がいいんですよ」

安永達はおいかぶせるように言った。

林和はそれを単純に解釈した。先方は何かの都合があって林和のような運動家に接近していると見られたくないのかもしれない。彼はうなずいた。

「大分、アメリカさんが露骨になってきましたね」

安永達は、昨日、軍政庁が独立促成市民大会と市街行進を禁止したことを言っていた。

「ぼくの話した通りでしょう？」

林和は同じことを昨日から考えていたので同意した。

「ところで、あんたがここに出て来たので、連絡をつけに若い人があとからついて来ませんか？」

「大丈夫ですよ」林和は答えた。「一時間ばかりしてすぐ帰ってくると言ってある。実際、それまでに帰らないと、会議が二つばかりぼくを待っているんです」

「忙しいんですな」と安永達は気づいたように林和の顔を見た。「おや、今日は熱がないようですな？」

林和の顔は蒼白《あおじろ》かった。

——おれは誰に会いに行くのだ？　安永達という男はこちらの知らない人間をいろいろと知っているらしいが、少し危険ではないかな、と考えはじめていた。

しかし、先日来彼から聞く話には、林和に彼との接触を断わらせないものがあった。安永達は誰かに聞いて情勢をよく知っている。たしかに、かなりな人物がうしろにいるらしい。

林和は、とにかく、何かを教えてくれるというその相手に会いたかった。これまでの闘争が失敗しているのは、一つはアメリカ側の情勢に全く疎かったことが大きく挙げられる。それでは初めから終りまで受身の立場だった。相手の内側に入り込んで正確な資料一つ取ったことがない。ただ向うからくる現象をその場その場の泥縄式《どろなわしき》判断で過してきたにすぎなかった。その点、全く戦術的な欠陥を穴のようにみせていた。

今度は日帝統治時代とは違う。長い間のことで、朝鮮総督府の出方は大体のカンで分りはしたが、アメリカとなると、これは全く判断の尺度がなかった。どのような資料で、どのような状況判断をなすべきか分らない。林和の耳に入って来るのは、情報ともいえないただの騒音にすぎない。これでは組織者として戦術の方向が決まらない。アメリカが何を考え、具体的にどのような政策を朝鮮でやろうとするのか、その路線を正確に知りたかった。

今までは対手に振り回されているだけだった。

ある街角に来た。安永達はあたりをきょろきょろ見回して首を捻《ひね》っていた。どうもおかしい、ここで確かに会う手筈《てはず》になっていたのだが、と呟いていた。不仕合せなことに、二人とも腕時計の持ち合せがなかった。安永達が通りをのぞき込み、時計のある家を探すのに苦労していた。

賑《にぎ》やかな通りで、人がぞろぞろ歩いていた。解放前は黄金《こがね》町といった通りである。

「どうも分らない。不思議だな」

安永達は少し狼狽した顔で戻って来た。

「約束したのだが、先方は何かの都合で来られなくなったのかもしれない」安永達は林和の怪訝《けげん》な視線に出会うと、その理由を初めて説明した。「その人の住所は、ぼくもよく知らないんですよ。不思議な男でね。アメリカさんの内部にかなり喰い入っているらしい。根は愛国主義者ですよ。それはぼくが保証する。ただ、アメリカ軍政庁の内部の人にかなり近づいてるために、向う側からも警戒されているようです……そうだ、こんなことを言っていた。もし、時間までに自分が姿を見せなかったら、自分の身辺に何かの都合ができたと思ってほしい、とね。つまり、警戒してるんですよ」

彼はそう言って、

「どうもご苦労をかけましたね。この埋め合せはきっとします」

としきりに言い訳をした。

「この次はきっと会わせます。あんたが会って決して損になる男ではないから、一度はその男から詳しく聞いて下さい。ぼくも聞いてるが、彼はあんたに会えば、ぼくに言わなかったことも打ち明けると言ってました」

林和は途中で安永達と別れた。

途中である予感が起ったが、彼はそれを打ち消した。しかし、全く消えたのでなく、そんなことがあろうはずはないと思い返したのだ。彼は労働運動の闘士安永達を信頼している。しかし、この危惧《きぐかん》感は要するに心の隅に留めておけばいいのだと思った。どんな場合でも警戒は必要だった。

その日、林和は夜遅く家に帰った。

妻の池河連が机に向かって何か書いていた。

「おや、久しぶりに小説を書いているのかい?」

林和は冷やかすように言った。池河連は彼と結婚する前も文学少女だった。

「お腹《なか》が空いてたまらないから」と池河連は照れたような顔で言った。「それを忘れるために小説を書いているのよ」

「下痢するくらい食べ放題の人物が書かれてるんだろうな」

「反対よ。そんなものを書いたら、余計にひもじさが腹にこたえてくるわ。だから、あんまり人間は出てこないの。山だとか、川だとか、泉だとか、そんな所をわたしが独りで旅している話よ」

「自然主義小説だな」

「あなたもこんなに遅くまで働いて大へんね。でも、身体のほうはいいの？」

「今日は大丈夫だった。忙しいほうがいいとみえるな……寝ようよ」彼は言った。「腹の空いているときは寝るのが一ばんいい。なるべく早く胃に睡《ねむ》ってもらうことだ。今日はあいにくと身体に熱がないから、お前の身体をあたためてやることができないね」

夜が遅かったので翌《あく》る日は朝寝をした。林和は床の中で眼をさまして、今日は二つの戦術会議に出なければならないなと思っていた。大会が迫ってきて、そのほうの準備にもぼつぼつ取りかからねばならぬ。昨日はやっと、どうにか朝鮮文学運動の経過報告の第一回の草稿が出来た。これももう少し練ってみよう。

林和が仰向けになって、草稿の字句の気になるところを考えていると、池河連が起しに来た。

「誰か、あんたに会いたいと言って来てるわよ」

「誰だい？　安永達じゃあるまいな？」

「この間の人と違うわ。朝鮮人のような顔をしているけれど、わりとましな洋服を着てるわ。名乗るのはあんたに会ってからにしたいと言ってるわ」

林和の頭にすぐに浮かんだのは、安永達が紹介するという男のことだった。彼は急いで床に起き、身支度をした。服を着ながら、相手がどうして自宅に来たのか少し不思議だった。街頭でそれとなく会うということだったが、安永達から何の前ぶれもないのもおかしい。

林和が出ると、二十七、八ぐらいの男が、妻の言ったようにわりとましな洋服を着て立っていた。しかし、上衣の冴《さ》えた青い色が少しばかり朝鮮人ばなれしていた。

「あんたが林和さんですね？」

その男は朝鮮語を使った。色の白い、やさしい顔の男だ。そうだ、と答えると、

「今日の午後一時までに、ＣＩＣの事務所まで来てもらえないでしょうか」

と言った。

「ＣＩＣ？」

林和が棒立ちになると、

「ちょっと訊きたいことがあるそうです。すぐ済みますよ。ご心配には及びません。ＣＩＣの事務所は分っていますね？　ほら、中区太平通りにある……」

そこまで言ったとき、林和の妻が奥から顔を出したので、その男は、調子を変えた。

「分ってるでしょう？　じゃ、間違いなく午後一時までに来て下さい。用事は知りません。ぼくはそれをただあなたに伝えに来ただけですから」

表でジープが出発した。

3

午後一時に間に合うよう林和《リムファ》は家を出かけた。

米軍が来て以来、日本人が多勢CICに召喚されていた。また、この機関は日本人の官庁や商社の建物を捜索している。しかし、林和は、自分は何かの参考にちょっとしたことを訊かれるだけだと考えていた。大したことではない。

林和は日本人との交際を考えて、米軍が自分を呼んでもあまり役に立ちそうにないのに、と思った。アメリカ人はまだ朝鮮の事情をほとんど知っていない。この見当違いは、上陸後間もないアメリカ軍によっていたるところで演じられている。

そんなことよりも、安永達《アンヨンダル》が自分に引き合せようとする人物のほうが気にかかっている。この前、約束の場所だと言って街のなかに引っぱり出したが、肝心《かんじん》の対手《あいて》が来なかった。安永達もあわてて一応詫《わ》びたが、どうも訳の分らない話だと思う。今度、あの男に会ったら、その曖昧《あいまい》さを追及してみようと、電車に揉《も》まれている間に考えた。

林和は、混み合う乗客を押しのけて降りた。鼻の先をジープが風を起して過ぎた。自動小銃を持った兵隊が三人、窮屈そうに屈《かが》みこんでいた。黄色く舞い上る埃《ほこり》の中を彼は歩いた。

ＣＩＣのある事務所は、そこから五分とかからなかった。日本の電機会社の京城支店だった建物がそのまま接収されていて、煉瓦《れんが》の壁に淡い陽《ひ》が凍りついたようになっている。入口の前にジープが五台ならんでいた。

入口の古いガラス戸を押すと、スチームのなま暖かい空気が顔に流れてきた。ピストルを吊《つ》った兵隊が立って、チュウインガムを嚙《か》みながら林和を見下ろした。奥は暗くてよく分らない。林和は、この兵隊に断わらなければいけないのか、黙って奥へ入ってもいいのか、咄嗟《とっさ》に迷った。

哨兵は早口で何か言ったが、林和には通じない。哨兵は、パス、とどなった。怕《こわ》い顔つきなので、証明書を見せろという意味だとは分ったが、喚《よ》ばれてきたのに、そんなものが必要だったのか、ととまどった。一瞬、ぼんやり立っていると、ちょうど、横手に付いている階段から、青い背広を着た男が降りてきた。黒い髪と、黄色い皮膚をもっている。その顔を見ると、今朝呼びに来た朝鮮人だと分った。銀縁の眼鏡《めがね》の奥から林和の顔をのぞくと、うす笑いを浮かべながら、気取った歩き方で近づいてきた。

「やあ、来ましたね」

通訳は——多分、通訳であろう、今度は兵隊を見上げて英語で話しかけた。睨《にら》んでいた哨兵は、林和に通ってもいいという合図を顎《あご》で示した。

「きっちり一時ですね」

通訳は背広の袖《そで》をたくってこれ見よがしに金側時計を出した。

「ご迷惑かけました。ナニ、大したことではありませんよ」林和のどんな用事かという質問に、彼はそう答えた。「ちょっと何かを訊《き》かれる程度でしょう」

どうぞ、と言って奥へ導いたが、意外にも裏手の狭い物置のような部屋の中に入れられた。土間の隅はメリケン粉のようなものが雪のように溜っていた。

「ちょっと待って下さい」通訳は出て行った。

林和はそこにつっ立っていた。椅子《いす》も机もなかった。壁際に雑多な箱が積み上げてある。

肥《ふと》ったアメリカ兵が一人、ドアを開けて入ってきた。消火器のようなものを持っている。彼は林和に何か言ったが、いきなり細長い筒先で林和に白い噴霧を浴びせた。あっと思うと、兵隊は彼の肩を押してうしろ向きにさせた。首筋から背中にかけて白い煙が立ち昇った。兵隊が笑い声を立てた。

一人になると、林和はハンカチを出して、首筋、肩、胴体などの白い粉を拭《ふ》き取った。林和はまたホッジ司令官の「朝鮮人は猫の種族だ」の言葉を思い出した。粉は拭いても拭いても白く残った。表のドアが開いて、青い服の通訳が銀縁の眼鏡を光らせて戻ってきた。

「やあ、済みましたか」

林和は顔を赧《あか》らめた。同国人の前でＤＤＴを振りかけられたことに羞恥《しゅうち》を感じた。

「言葉が分らないものだから」と林和は言った。「いきなりで面喰らいました」

「いや、ここに来る人たちは、一応、消毒されることになっています」

通訳には田舎《いなか》の訛《なま》りがあった。江原道《カンウォンどう》あたりの生まれかもしれない。

通訳は林和に親切でもなく、といって突慳貪《つっけんどん》でもなかった。あたかも、朝鮮人とアメリカ人の中ほどで、頃合《ころあい》のところに立っているような感じだった。彼は青い背広の上衣に、兵隊の着るうす茶色のギャバジンのズボンを穿《は》いていた。そのズボンは剃刀《かみそり》のようにプレスが利いていた。

林和は通訳に連れられて階段を上り、二階の一部屋に入れられた。ここはさっき入れられたところよりはずっと上等の部屋だった。椅子が五つぐらいならび、テーブルも置かれてある。

「ここで待っていて下さい」

通訳は忙しそうに出て行った。

部屋の中を見回すと、壁や柱のペンキの色が新しい。原色に近い色彩であらゆる場所が塗り替えられていた。寒い冬のために、どの窓も二重になっているが、これには戦争中、爆風を防ぐため日本人が貼りつけた紙テープが斜め十字にそのまま残されていた。日本が敗けたのに、アメリカ人はこれを工芸品として保存しているのかもしれなかった。

林和は平静でいられた。気分もいい。今は久しぶりに身体が熱くなかった。顔だけが火照《ほて》っているのは、スチームがきき過ぎたせいである。

靴音がドアの外に来た。入って来たのはアメリカ軍人と朝鮮人二世だった。軍人は少し年齢《とし》を取っている。茶色の髪をきれいに撫《な》で上げた図体《ずうたい》の大きい男だ。二世は背広だったが、これも背が高い。口をきいたのはこの男で、

「よく来てくださいました」と朝鮮語で言った。「どうぞ、お掛け下さい」

軍人は椅子に掛けると、シャツのポケットからラッキーストライクを出し、指先で袋の底を弾いて一本をとび出させ、黙って林和の前に突きつけた。甘い匂《にお》いが微かに鼻に来た。

林和は要らないという身振りをした。

軍人はうなずき、それを自分の口に咥《くわ》えて、ライターを鳴らした。彼は蒼い烟《けむり》を散らして通訳に何か言った。通訳が林和の顔を真直《まっす》ぐに見て、

「あなたが林和さんですね？」とやさしく訊いた。朝鮮語がぎこちなかった。

「そうです」

「朝鮮文学建設本部の組織部長をしている林和さんですね？」

「そうです。その通りです」

この辺のやり取りは、横で黙って見ているアメリカ人にも了解出来るのであろう。彼の階級は分らなかったが、むろん、将校である。

「通訳さん」と林和は言った。「今日、わたしがここに呼ばれたのは、どういう理由ですか？」

眉《まゆ》の下がった、額の狭い、長頭の通訳は、その言葉を軍人に伝えた。彼は赭《あか》ら顔を左右に振って答えた。髭剃《ひげそ》りの跡が色を塗ったように青い。金色に輝く生毛《うぶげ》の指に、太い金の指環が差し込まれていた。手首には認識標の輪が光っていた。

「べつにご心配なさることはありません。アメリカ軍政庁の治安関係者としては、一応、進歩的なあなた方の意見も聞きたい、……彼はこう言っています」

「この人は、どういう方ですか？」

「ここの或《あ》るセクションの責任者です。階級は中尉です。しかし、名前はいま紹介することが不可能です」

「なぜですか？」

「アメリカ軍は、まだ朝鮮が平静でないと考えています。それで、ときによっては官姓名を名乗らないことがあります」

「ぼくはここに呼び出しを受けて来た人間です。では、用事を伺いましょう」

「朝鮮の文化的な指導者の一人であるあなたの意見では、まず、アメリカ軍政庁の政策をどう考えるかということです」

「むずかしい問題ですな」林和は少し考えて、言った。「われわれとしては、アメリカが朝鮮で実際に民主主義的政策を実行するかどうか、はっきり分っていないのです。その質問は、むしろこちらから訊きたいところです」

「われわれは、民主主義を朝鮮で推進し、朝鮮人の独立のためにはあらゆる援助を惜しまないつもりでいる、……彼はこう言っています」

通訳は、林和と軍人との間で二つの言葉を絶えず忙しく往復させた。その間、軍人は林和の唇の動きにじっと眼を据えたり、通訳が返辞をするとうなずいたり、口を曲げたりした。

スチームが上昇してきたのか、林和の額に汗が滲んだ。

「日本帝国主義の長い統治時代、われわれ朝鮮人は奴隷でした。われわれは絶えず日本帝国主義侵略に反対し、闘争してきました。そのため多くの同志が血を流し、何万人という者が日本官憲のために投獄され、虐殺されました」林和はアメリカ軍人と通訳とを交互に見て言った。「日本人は朝鮮人をこき使い、人種的差別を設けました。朝鮮民族はどのように日本人から蔑視《べっし》され、屈辱を受けたか分りません。彼らはわれわれを滅亡民族と罵《ののし》り、自分たちの下に置きました。朝鮮人の独立運動はいつも血を流して失敗に終りました。多くの闘士が国外に逃れて、朝鮮独立政府を作りました。

しかし、彼らは国外にあったため、朝鮮人民に精神的な援助を与えるだけで、実践運動上の利益はもたらしませんでした。そのうち日本の大陸侵略がはじまり、世界戦争に突入しました。日本政府はわが半島を大陸侵略の拠点としましたが、そのために否応《いやおう》なく朝鮮人を宥《なだ》める政策をとらなければなりませんでした。しかし、われわれは誤魔化されませんでした。遂にわれわれは勝利を得ました。この勝利が朝鮮人自身の手によって独力で成し遂げられなかったのは残念ですが、アメリカが日本の侵略を粉砕し、朝鮮を解放したことに感謝しています。どうか、これからも朝鮮の独立を推進するための援助をしていただきたいのです。その限りでは、朝鮮人民はアメリカの過渡的な朝鮮政策を歓迎するでしょう」

「アメリカは朝鮮に対して何らの野心も持っていない」と軍人は通訳に答えさせた。「アメリカは朝鮮人のための民族独立を助けたい」

「その通りなら、何も言うことはありません」と林和は言った。「アメリカ政府は朝鮮に将来も干渉するつもりはありませんか？」

「多分、ないと確信する」と軍人は口を動かした。「アメリカは日本を占領して、日本軍閥と侵略主義の基幹をなした財閥や政治組織を根底から崩している。これを見ても、アメリカが日本に対して徹底的な改革をやる意志があるのが分るだろう」

「それでは質問してもよろしいか？」と林和は訊いた。「アメリカのその政策は、まことに立派だと思います。しかし、京城の軍政庁には総督府の日本人役人が未だにほとんど全員居残っているのは、いかなる理由によるものでしょうか？　日本民間人のすべては日本に送還されつつあるのに、日帝の役人だけがいつまでも軍政庁に依然として権力を与えられて居残っているのは、なぜですか？」

通訳がこれを伝えると、軍人は上体をうしろに反らせ、両手を拡げた。

「彼らは行政実務に馴《な》れている」と将校は答えた。

「アメリカ人はまだ彼らを利用することが必要である。なぜなら、アメリカ人はまだ朝鮮の事情に通じていない。いろいろの知識を得るまで、アメリカ人は日本人からたくさんな行政実務を聞かねばならない。総督府の日本役人は、約半世紀にわたって朝鮮の統治政策を行なった。彼らの或る者は能吏である」

林和は、それを通訳の口から聞かされたとき、微かな不安が起きた。それは朝鮮人全体の不安ではなかった。林和自身の中に起った一点の黒い雲のようなものだった。

林和は訊いた。

「それなら、いつまで日本の役人を留用しておくつもりですか？」

「なるべく近い将来に解雇したい」と二世通訳は軍人の言葉を口移しした。「あとは、むろん、朝鮮人を起用する。アメリカ軍政庁は、多くの有能な朝鮮人の協力を期待している。われわれはたくさんの意見を朝鮮人自身の間から聞かねばならないし、特に、朝鮮の伝統的な民族感情には協力したい。しかし」と軍人は口調を変えた。「朝鮮はあまりに多くの政党が作られすぎている。このおびただしい政党はどのような異なった考えをもち、相互間にどのような反対意見があるか、アメリカ人は弁別に苦しんでいる。われわれは多数の政党の急速な統合を望んでいる。むろん、それに干渉するつもりはないが、そのことは朝鮮の民主主義を進行させる上に大事なことだと考えている。そこで、あなたの朝鮮文学建設本部はどのような政党を支持しているかを参考のために聞かせてほしい」

「われわれは朴憲永《パクホニヨン》の朝鮮共産党に同情的です」

「それでは、君はコンミュニストなのか？」

「わたし自身は共産党員ではありません」と林和は唾《つば》をのんで答えた。「しかし、われわれ芸術家は、今までの行きがかりを捨てて一つの旗の下に集合しなければいけないと思っています。そのため、朝鮮プロレタリア文学同盟と合同を考えています」

「朝鮮プロレタリア文学同盟は共産主義者の文学団体か？」

「非常に近いとは言えます」

「あなたの朝鮮文学建設本部はどのようなテーゼを持っているのか？」

「一口にいって民族の芸術です。われわれは日帝統治時代に自己の芸術を圧殺されていました。八・一五独立は、われわれの芸術を回復しました。実に三十五年ぶりです。

今こそ自由に何んでも書け、何んでも謳《うた》えるのです。この点、われわれは、朝鮮を解放してくれたアメリカに感謝しています。私は、日帝時代に圧迫されていたあらゆる芸術家、たとえば詩人、作家、映画人、舞踊家、演劇家、画家などに呼びかけ、逸早《いちはや》く八月十六日に京城で朝鮮文学建設本部を組織しました。日本敗戦の翌日にこれが結成できたのは、京城では早くから日本の敗戦が知られていたので、ひそかに準備していたのです」

「朝鮮プロレタリア文学同盟が出来たのは？」

「これは、われわれより一日おくれた十七日でした。この文学団体はわれわれとは別個の結成でした」

「なぜか？」

「プロレタリア文学同盟はより政治的な団体だったからです」

「では、君たちは〝芸術至上主義者〟か？」

「強いて言うなら、民族主義の上に立つ芸術派といえましょう」

「二つの文学団体が近く合同するということだが、本当か？」

「多分、そういうことになるでしょう」

「なぜ、色彩の異なる二つの団体《グループ》が合同するのか？」

「朝鮮は解放されたばかりです。これから民主主義朝鮮を大急ぎで建設してゆかなければなりません。それなのに、多少のニュアンスの相違があるからといって、対立を来たすようでは朝鮮文化新建設の上で損失です。われわれは芸術派だといっても、虐げられてきた朝鮮民族のための芸術であり、民主主義のための芸術ですから、プロレタリア文学同盟諸君の意見とそう違うものではありません。とにかく、芸術の大同団結を図って、強力な文学運動を展開することがいまの朝鮮には必要なのです」

「現在、合同の話合いは進んでいるのか？」

「両団体から代表を出して共同委員会をつくり、私も朝鮮文学建設本部を代表した委員になっています。合同は決定しています」

「それは、どのような方向になるのか？」

「両団体の合同総会がもたれ、朝鮮文学同盟といったものが来年一月までに出来るでしょう。しかし、これは京城中心ですから、仮りの団体です。将来は、三十八度線の北側の文学者の参加を得て、真の全国的統一組織にする目的でいます」

「その全国組織は共産党の路線になるのか？」

「それは統一委員会と全国文学者の総意によることで、その決議をみるまでは、私には答えられません」

中尉は唇を曲げ、太い指でその端を掻《か》いた。

「それらの芸術家は、日本統治時代にはすべて独立運動に参加した人びとか？」

「非常にむずかしい質問です」と林和は長い問答にやや疲れて答えた。「ご承知のように、日本統治時代には極めて厳しい弾圧が行なわれました。従って非合法活動のために地下に潜《もぐ》った者もいれば、息を殺して沈黙した者もいた。だが、われわれのすべてが愛国者であったことに変りはありません」

「あなた自身はどうか？」

スチームが急にきいてきたように林和には感じられた。首筋に気味悪く汗が流れた。

「わたし自身の経歴を言えば……」

と林和はハンカチを出して答えた。

「わたしは、一九二六年の末ごろ、プロレタリア文学団体カップに加入して、一九二八年夏からカップの中央委員として活動してきました。これは、朝鮮における非合法独立運動の芸術戦線でした。しかし、一九三四年の春と初夏にカップの幹部たちは日帝の特高に検束されました。カップは潰滅に瀕したが、わたし自身も数か月牢獄生活を送りました。しかし、わたしは肺結核を患っているので、それが亢進《こうしん》し、そのため敵はわたしの釈放を余儀なくしました。以上のような肉体的条件のために、わたしは苛烈な地下運動に携わることが不可能でした。しかし、絶えず良心を持ちつづけ、日帝に対する反抗運動を後退させませんでした」

「あなたは立派な闘士だ」

と米軍情報中尉は林和の経歴を聞いて指をぽきぽき鳴らした。

「われわれはあなた方と友人になりたいと思っている。あなたはアメリカの軍政政策に協力してもらえないだろうか？」

「もちろん、われわれの意図にアメリカの政策が外れない限り協力するつもりです。しかし」と林和は少し大きな声で言った。「ホッジ司令官は、朝鮮人民共和国を否認した。また、京城市民のデモを禁止した。われわれとしてはアメリカ軍政庁の方針に疑問を持っています。その理由を訊きたいのですが……」

「朝鮮はまだ混乱している。京城だけでも三百七十以上の政党、社会団体が発生した。このようなことはアメリカとしては考えられないことで、正常とは言えない。われわれは邪魔をするのではなく、このような事態に或る種の制動をかけないと無用の面倒が増大するのをおそれたからだ。われわれは一日も早く朝鮮が正当な建設に着手するのを望んでいる。決して政党の自由を認めないわけではない。市民のデモ行進にしても、混乱がくり返されるし、いま、京城は拳銃《けんじゅう》や爆弾が乱れ飛んで、暗殺や暴力の巷《ちまた》になっている。このような際に刺激の強いデモを行なうことは、さらに過熱状態を激化させる恐れがある。政党も民族、共産、中立の各派が入り乱れて派閥抗争に熱中しているではないか」

「しかし、人民共和国を認めないのは、アメリカが共産党系を支持していないような印象を受ける」

「そんなことはない。日本を見るがいい。日本共産党はアメリカ軍を解放軍として認め、マッカーサー元帥は彼らから感謝されている。われわれは日本の軍国主義の払《ふっ》拭《しょく》に共産党が大いに役立つものと信じている」

「では、朝鮮においても同じ方針ですか？　朝鮮にも日帝時代の残滓《ざんし》があり、これらが極右の擡頭《たいとう》を促していますが」

「われわれの方針に変りはない。ただ、朝鮮はあまりに混乱している。それというのが、朝鮮の解放が自らの手によってでなく、他の国によってもたらされたので、建設の準備時間が非常に少なかったためだと考えている。われわれは決して朝鮮の自主的独立を邪魔するものではない」

「それならわれわれも協力しますよ」

通訳はオフィシャルな問答が終ったことを告げた。

「ご苦労でした」と彼は眉毛をぐっと下げて林和に言った。「あなたは病気だそうですが、今はどうですか？」

「大丈夫です。ときどき微熱が出ることがありますが」

「それはいけませんな」

通訳はそのことを中尉に伝えたらしかった。中尉は眉を寄せて、首を左右に振った。

それから彼は用ありげに、起ち上り、自分のほうから手を出して林和に握手を求めた。彼は微笑して何か言った。

「もう、帰っていいですか?」

中尉の姿がドアの向うに大股《おおまた》で消えたとき、林和は通訳に訊いた。

「ご苦労さまでした」通訳も林和の肩を軽く叩いた。「もう、自由にお引取り下さい」

「またここに呼ばれることがあるでしょうか?」

「多分」と通訳はアメリカ人のような身振りで肩をすくめた。「もう、その必要はないと思います。入口までお送りしますよ」

「いや、結構です」

「中尉がそうわたしに言いつけました」

情報将校は、朝鮮人が一人でこの建物の中を歩くことを好まないようだった。そういえば、先ほど廊下を歩いてきたが、どの部屋も内から鍵を掛けたように戸が固く閉っていた。

通訳は林和のうしろから歩いた。階段を降り、先ほどの哨兵のいる入口に近づいた。入口の前を人がよぎって歩いている。林和は急に娑婆《しゃば》に戻ったような気になった。冷たい空気が彼の顔を襲った。

林和は道を歩いた。通行人が彼の傍をすり抜け、彼を追い越して行く。彼は思わずうしろを振り返った。誰も彼のあとを尾行して来る者はなかった。彼の知った顔には誰も出会わなかった。

林和はほっとした。それから、あの情報中尉との問答を頭の中に繰り返して思い出した。そのときの些細《ささい》な言葉も彼は記憶していた。彼はそれを反芻《はんすう》し、自分の答えも低い声に出して手落ちはなかったかと検討した。

しかし、突然、彼の上に起った迷いは、果して自分がCICに呼ばれたことを同志たちに報告すべきかどうかということだった。

なぜ迷う必要があったのか。

林和は、CICの呼び出しを皆の者に素直に報告できないような引っかかりを感じたのだ。情報将校との問答の内容は、取り立てて変ったことではない。間違ったことは答えていないつもりだ。こちらも正面から訊きたいことは訊いたつもりだし、向うも自分の方針を説明した。林和は先方から何も要請はされはしなかった。林和は、アメリカが朝鮮の民主主義を妨げないなら、米軍政庁の方針に協力してもいい、とは言った。これも疚《やま》しいことではない。

だが、林和は、先ほどの問答で気にかかっている部分がある。先方は、林和が日帝の弾圧時代にもそれに抵抗し通したか、と訊いた。林和は自分の答えを憶えている。

先ほどから自分自身で声に出して繰り返しているのは、そのことだった。（一九三四年の春と初夏にカップの幹部たちは日帝の特高に検束された。カップは潰滅に瀕したが、わたし自身も数か月牢獄生活を送った。しかし、わたしは肺結核を患っているので、それが亢進し……しかし、わたしは絶えず良心を持ちつづけ、日帝に対する反抗運動を後退させなかった）

林和の不安は、自身で吐いたこの言葉の底から湧き上ってきている。明らかにその中には除外した答えがあった。同志もはっきりとは知っていない部分なのだ。先ほどから気に病んでいるのはこのことだった。彼は中尉への答弁で、そこだけは回避してまっしぐらに走ったのだった。

米軍政庁は総督府時代の日本人官吏をあまりに長期間に多勢留用しすぎる。情報将校は、彼らは永年の経験で行政実務に練達しているので、しばらくはその助言を必要とするのだと言っていた。これが林和にはイヤでならなかった。早く、日本人官吏を朝鮮から追放してくれないものか。

林和は内心の怖れを振り払うように足を急いだ。

――少し神経質すぎるようだ。秘密はおれだけではない。……

彼はＣＩＣがどのような任務を持っている機関かを知っていた。ここでは民間のあらゆる情報を蒐集《しゅうしゅう》している。林和はＣＩＣに呼ばれたことを当分同志には黙っていることに決めた。これはうっかりすると皆に誤解を受けそうなのである。

その日一日、林和は嫌な気分で過した。

事務所にいても、絶えずCICの情報将校と会ったことが気になっていた。彼は憂《ゆう》鬱《うつ》な思いで前から書きつづけている草稿のつづきに移った。

しかし、昨日はわりと調子よく行ったのに、今日は五行と進まなかった。この草案は、朝鮮文学同盟の結成経過報告草案は、まだ三分の二を過ぎたところだった。この草案は、林和自身がCICの情報将校に説明した朝鮮文学建設本部と朝鮮プロレタリア文学同盟の合同総会の席上で発表される。林和が推されて、その起草委員になっていた。合同総会は十二月初めと決定しているから、身体の弱い彼は今のうちからとりかかっていた。林和は、いま、筆が進まないので、前に書いたところを読み返してみた。すると、昨日は非常に情熱をこめた文章だと思っていたのに、その文章が空疎な文字でしかないことに気づいた。彼は少し慌ててその前を読み返してみた。やはり同じ印象だった。この調子だと初めから書き直さなければならないようだ。林和はがっかりした。しかし、大会までには、あまり日がない。一応、これはこれでまとめなければならないのではないか。

だが、一度おぼえた文章の空疎感や、退屈さ加減や、用語の不適切などが三角波のようになって彼に刃向かい、彼のそれから先に進んで行く気力を奪ってしまった。この気持の鈍磨はどこから来ているのだろうか。それは、必ずしも前に書いた文章が、時間を経た客観的な眼に色褪《いろあ》せて映ったというだけでは解釈できそうになかった。彼は、その心象がやはりＣＩＣ呼び出しに影響されているように思えた。

だが、なぜ、このことがこうまで心理的に影響するのか。平気でいいわけである。ただ、向うは朝鮮文学建設本部の組織者を呼んで、アメリカの方針に対するこちらの意見を聞いただけなのだ。怖れることはないはずだった。

しかし、そう考えようとしても、分離した意識がついてこなかった。彼は、それでも無理をしながらやっと十行ぐらいを書きつづけた。

「……では、このような障害物を排除する闘争を通じて建設される文学はいかなる文学かというと、それは完全に近代的な意味の民族文学以外にはあるはずがないのである。このような民族文学は、いわば高い他の文学の生成発展のただ一つの基礎となることができるのである。これがわれらのこれより建設してゆく文学の課題であり、この文学的課題はまた、これより朝鮮民族が建設してゆく社会と国家の当面する課題と一致し、共通する課題である……」

林和はここまで書いて、もう先を進めることができなかった。彼はいま書いた十行ばかりの文字を見つめていたが、癇癪《かんしゃく》を起して上からインキで黒々と抹殺《まっさつ》した。「民族文学」とは何か。これほど空疎な意味を表現したものはなかった。プロレタリア文学でもなく、また芸術派文学の謂《いい》でもなかった。いわば「民族」の名で両派を便宜的に接合させるための妥協だった。民族といっても、朝鮮民族の規制から追及されてゆかねばならない。歴史観の上でも、社会階級的にも世界史における特殊なこの民族の性格をはっきりさせなければならない。ただ、「民族」とは甘美で感傷的な雰囲気のかたまりだった。このヌエ的曖昧さもまた、それとはっきり意識しない林和に苛立ちを与えた。

——林和の眼は小さい窓の外に投げられた。狭い路地に白い煙が立ち舞っている。アメリカ軍の消毒班がＤＤＴを撒《ま》いていた。

五日経った午後、林和は、事務所の二階で草稿の手入れをしていた。とにかく一応は書き上げたのだ。むろん、気に入らないところは多い。草稿は一応委員会にかけて討議されるのだが、そこへ提出するまでまだまだ手を入れなければならなかった。俄《にわ》かに階下が騒がしくなってきた。初めは言い争いでも起ったのかと思った。声は多勢のものだった。

間もなく、靴音が階段を忙しく上って来た。林和の部屋のドアを開けて若い青年が飛び込んで来た。舞踊のほうの仕事をしている兪基秀《ユギス》という青年だった。

「林和さん、大変ですよ」

その青年のあとからも、若い連中が次々と顔を出した。みんな興奮していた。

「困るな、いま仕事をしてるんだが」

青年はそこから林和の机に置かれている原稿に眼を投げたが、

「すみません……今、面白い事件が突発したものですから」

「何だい？」

「斎賀警部が、たった今、鍾路《しょうろ》の通りで殺されたんです。ほら、あの有名な斎賀警部ですよ」

「殺された？」林和もペンを置いて身体ごと青年たちに向けた。「本当か、君？」

「本当も何も」兪基秀は急き込《せ》んで口ごもった。「いま、鍾路のまん中は大騒ぎなんです」

「道路で殺《や》られたのか？」

「そうなんですよ。多勢の人が通ってるのに、突然、ピストルが鳴ったんですね。すると、黒い外套《がいとう》を着た男がぱったり路に倒れたんです。射った男は群衆の中に逃げ込んで、そのまま姿が分らなくなりましたが」

「斎賀警部に間違いないね？」

「もちろんです。そこに居合せて目撃した者がいるんですから……とうとう、斎賀も天罰を受けましたね。殺《や》ったのは、斎賀のためにひどい目にあわされた人間に違いありませんよ」

「斎賀も殺されたか……」

林和も顔色を変えた。それはあながち彼を取り巻いている青年たちの興奮が伝染しただけではなかった。いや、そういう場合は、話を聞いた人間のほうがかえって落着くものだ。林和はそうではなかった。

斎賀警部は、京畿道警察部に勤務していた特高係だった。警部は、京城でもその敏腕を最も高く買われていた。斎賀といえば、同志の間に名を知らぬ者はない。この男の手でどれだけ同志が逮捕されたか分らなかった。解放前の七月にも反戦グループがこの斎賀の手で検挙された。連中は優秀な短波ラジオを持って組織的な活動をし、尖鋭《せんえい》な反戦闘争を行なっていた。それを斎賀警部が網を打って押えたのである。味方の誰が敵に情報を売ったか未だに分らない。この事件は当時、全朝鮮の反戦陣営に衝撃を与えたものだった。

「斎賀の奴《やつ》、解放後になってからは、ずいぶん用心していたんですがね。あの男は軍政庁に留用されていたが、暗くなってからは決して家に帰らなかったそうです。まさか真昼間の繁華街の鍾路のド真ン中で殺《や》られようとは思わなかったんですね」

と青年は言った。

「見ていた奴の話によると、斎賀はぶらぶらと鍾路の通りを無警戒に歩いていたそうですよ。まあ、これは無理もありませんね。人通りの多い鍾路だから、まさかと思っていたんでしょう。いきなりうしろからピストルを乱射されたんです」

「通行人に怪我《けが》はなかったか？」

「ありません。狙撃者《そげきしゃ》はよっぽどピストルの名手だったんでしょうね。非常に近い距離でしたが、奴は三発ぐらい頭に射ち込まれたそうですよ。通りかかった男の話によると、突然、自動車のタイヤでもパンクしたような音が三つ続いて起ったので、何かが破裂したんじゃないかと思って、はっと見ると、もう黒い外套を着ていた斎賀の姿が道の上に倒れていたんだというんです。いま、鍾路は大騒ぎで、野次馬が物凄《ものすご》く集まっています。MPが来て検視《や》をやってるそうです」

日本人の特高係警官が殺られた。林和は、にわかに明るい顔になった。彼は、自分たちを苦しめた日帝の手先がもっと民衆のテロに遭うべきだ、と即座に言い放った。昂奮からではなく、彼の本心だった。

「そうなんですよ」と青年たちは口々に賛成した。「射った奴はなにも逃げ隠れすることはない。天罰を加えただけなんですからね。きっと、この前に彼によって挙げられた反戦グループの一人が、前からつけ狙《ねら》って射ったに違いありません」

話は、それからこの八月に開城の自宅で殺害された尹致昊《ユンチホ》のことに移った。

「尹致昊などは、未だに誰に殺されたか分らないそうだな。あれは家族が脳溢血《のういっけつ》かなんかで死んだように公表してるので、殺した犯人も大手を振って街を歩いてるわけだ。尹致昊のような者は早いとこ殺されたが、これからもっといろいろな反動分子の大立者が殺されるに違いない」

そんな林和の話に、青年たちは眼を輝かして夢中になっていた。

尹致昊は李朝《りちょう》時代の貴族の出身者だったが、キリスト教徒を中心にかなりな信望を全朝鮮人から得ていた。それまで日本の統治政策には批判的だったが、日本の満州侵略につづいて第二次大戦のあたりになると、その言動も積極的に日本側に妥協的となり、一九四四年末には、朝鮮人優遇感謝使節団長として渡日したこともあった。朝鮮人の反撥を最も買ったのは、彼が朝鮮人の貴族院議員として勅選候補の噂《うわさ》が流れたころからである。

青年たちの話は、テロなしには革命は遂行できないというような議論をしていた。皆が熱に浮かされたようにそんな話をつづけるのは、やはり斎賀警部がたった今射殺されたことが衝撃になっている。それも死体がまだ鍾路に横たわっているという生々しい現実からだ。

林和は、青年たちの話し声がただ耳もとで聞えているだけで、意識は彼らから離れていた。林和もこの京畿道警察部の特高係警部を熟知していた。

一九三四年五月の未明だった。林和は、突然、私服刑事に寝込みを襲われて京城警察署に連行された。彼は二階の一室に一人で待たされたが、しばらくして三十ぐらいの男が入ってきた。その男が斎賀警部だった。額のひろい、眼の細い顔である。

いま、その斎賀が殺されたと知り、大きな安堵《あんど》が、充満してくる水のように林和の身体じゅうにひろがった。林和がこの世で一ばん気にかかっていた男なのだ。

斎賀は殺された。しかし、この優秀な特高係は米軍政庁にあまりに長く留用されすぎたのだ。

これで、とにかく、心のしこりがなくなってしまった。林和は椅子に掛けていても、自分の身体が宙に浮きそうだった。大きな安堵は、彼に新しい勇気を沸き立たせた。もう過去を気遣う必要はないのだ。前に向かって全力で進むだけなのだ。

林和は、青年たちが去ったあと一人になった。

彼は草稿に眼を戻した。すると、今まで無意味な文章だと思っていた原稿の字句が、俄かに生気をとり戻してきたように思えた。彼は錯覚ではないかと思って、前のほうから改めて読み直した。不思議なことに、ちゃんとした字句になっている。先ほど感じた空疎感も、蕪雑《ぶざつ》さも、今度は少しも感じられなかった。文章は新鮮であった。説得力もある。心配はない。文字の上にも明るい陽が当っている感じだった。

林和は、ひとりで叫びたくなった。黙っていることに辛抱ができない。思い切り大声を張り上げて歌を唄《うた》ってみたかった。彼は椅子から立って窓に寄った。相変らず、下の通りを多勢の人が通っている。

——斎賀が殺された。自分の過去の忌わしい「目撃者」は消えた！

十一月のはじめだった。林和はまた例の「青い服」の男に呼び出しを受けた。今日の午後一時までにもう一度来てくれないか、というのだ。

林和は断わるつもりでいた。しかし、彼は結局承諾した。先方は決してご迷惑をかけないと言うし、もう一度あなたの意見を聞きたいから、三十分ぐらいで引き取ってもらうと言っていた。

煩《うるさ》いというだけで、べつに断わる必要もないようにも思われる。アメリカのこの特殊機関に、そうしげしげと出頭するのは喜ばしいことではなかったが、今度はひとつこちらから質問してみたいという気持もあった。この頃になると、朝鮮政策についてアメリカとソビエトとの考えがはっきりと分れていることが知れてきたのである。

林和は明るい気持だった。今度こそ、CICに呼ばれたことを平気で同志に告げられるであろう。そこでの一問一答もメモして詳細に報告しようと思った。斎賀警部が鍾路で殺されて以来、彼は始終青空を見ているような思いだった。

空は、しかし、厚い雲が垂れ下り、凍りついたようになっていた。今日は、また寒い。

青い服の指定は、この前の煉瓦の建物ではなかった。場所の名指しは、あるキリスト教会だった。

「たびたび、あの建物に来てもらうのもご迷惑だと思うので、教会でお話ししたいそうです。ご存じですね？」

林和は、その名前も場所も知っていた。

場所がこの前と違っていたことも、林和の気軽い承諾の一つになった。彼は先方がこの前のように威圧的な態度できていないのが分った。哨兵に睨まれて玄関を通ったり、白い粉を頭から振りかけられたりするのだったら、拒絶していいのだ。

林和は外に出た。今日も身体に熱がない。このところずっと調子のいい日がつづいている。

教会は歩いて十五分ぐらいの所だった。電車に乗るまでもなかった。道が凍《い》てている。零下八度ぐらいはありそうだった。

林和は、午後一時かっきり、その教会の前に立った。誰もいなかった。彼は重い樫《かし》のドアを押した。中に入ると、いきなり広い会堂だった。夥《おびただ》しい椅子が祭壇を取り巻いて整然とならんでいるが、人の影はなかった。しかし、スチームは入っていた。

林和は、祭壇に向かって端のほうに椅子を取った。こうして掛けていれば、誰かがここに来るだろうと思った。指定は、この会堂で待っているようにというのだ。ステンドグラスに透明な色彩が鏤《ちりば》められている。樹木や、湖や、鳩や、白鳥などが描かれてあった。とりわけ赤い色が暖かい。

祭壇と向かい合ってぽつんと二人だけ広い会堂に坐っているのは妙な気持だった。林和は、牧師の出て来るドアから二人のアメリカ人が現われるまで、三度も椅子から立ち上った。

やって来たアメリカ人は、一人はこの前のCICの事務所で会った情報中尉だった。今日はシャツでなく、軍服の上衣を着ていた。一人は背広の男だったが、中尉よりも背が高かった。もう四十を越しているとみえる皺《しわ》の多い顔で、初めからにこにこと笑っていた。いつも人に面会している職業を思わせる馴れた微笑だった。通訳の姿はなかった。

中尉は林和に握手して何か言った。

「この前はご迷惑をかけました」

突然、横合から背広のアメリカ人がうまい朝鮮語で言い出した。

「今日はまたここに来てもらって感謝しています……彼はこう言っていますよ」

この男が、今日の情報将校の通訳なのか。

林和は、アメリカ人がこれほど巧い朝鮮語を使うとは知らなかった。多少、外国人のぎこちなさはあったが、流暢《りゅうちょう》なものだった。

「わたくしは」と通訳は自分のことを言った。「教会の牧師です。アンダーウッドといいます」

では、この教会の人間だったのか。

「違います」と牧師は首を振って林和の質問に答えた。「違う教会です。朝鮮にはもう十五年もいて伝道に従っています」

「道理で」と林和は言った。「朝鮮語がひどくお上手《じょうず》だと思いましたよ」

「ありがとう。これで苦労しましたから……今日はわたくしが通訳させてもらいます」

情報将校は林和を見つめて柔和に笑っている。三人は椅子を置き変えた。ほかに誰も来ない。教会も今日は信者が集まらない日のようだった。

「この前のお話は、大へん面白かったです」

アンダーウッドは、林和の正面に坐っている中尉の言葉をすぐに朝鮮語に直した。

「有益な意見が聞けて嬉《うれ》しかった……こう言っています」

「ぼくもざっくばらんな話が聞けて、大へんに愉快でした」と林和は応《こた》えた。「今日はどういうお話があるのですか？」

この前会ったときと比べて、中尉の表情はひどく変っていた。もっとも、この前は、初対面というぎこちなさが双方にあったのだが、それにしてもあのときの威圧的だった表情はどこにもなく、ひどく親密げであった。

「あまりむずかしい話をしたくありませんね」と将校はアンダーウッド牧師を通じて言った。「われわれは芸術家を尊敬しています。アメリカでも、芸術家というと、大へんに大事にされています。その意味で、わたしもあなたが詩人と聞いて敬意を表しています」

「ぼくはそれほど高く評価される詩人ではありません」と林和は答えた。「ただ、朝鮮人民の民族独立のために、抵抗的な詩と論文を少しばかり書き綴《つづ》ってきただけです」

「結構です。大へんに結構です」将校は言った。「わたしは朝鮮の歴史を研究しました。やはりこちらに勤務している以上、それは必要ですから。それで、日本の帝国主義統治下で朝鮮人民がどのように血をもって抵抗したかを知って、大へんに感動し、尊敬しています。あなたもその中の闘士ですね？」

「ほめていただいて嬉しいですが、ぼくのような者は、ほかにももっと沢山います」

「アメリカは、一日も早く朝鮮が独立して民族の幸福を得るよう惜しまない援助をつづけるつもりです。ただ、アメリカの政策が或る国によって妨害されるのを残念に思っています」

「あなたはソビエトのことを言ってるわけですね？」

林和は問うた。

「非常に残念ですが、ご指摘の通りです」将校はつづけた。「朝鮮にも続々と海外から有力な愛国者が帰って来て、それぞれが指導者になっています。しかし、依然として統一がとれていない。混乱がつづいています。今度はそれが別のかたちになろうとしています。朝鮮の有能な指導者がロシア側の代弁者になりつつあるからです。林和さん、われわれはあなたが組織されようとしている朝鮮文学同盟が、アメリカの政策を分析してどう考えているか教えてもらいたいのですよ」

通訳の言葉は滑《なめ》らかだった。

「ただし、これはあなた方から方針を聞いておくだけで、それに対してべつにこちらから批判をしたり、邪魔をするわけではありません。われわれは本当のところを知りたいのです。あなたはこの前われわれの事務所に来られたとき、アメリカの政策に協力すると言いました。それを信じてあなたに真実のことを教えてもらいたいのです」

「ちょっと待って下さい」林和は慌てて対手の言葉を押し止めた。「誤解をしないで下さい。ぼくはアメリカの朝鮮政策が真にわれわれを援助する意味において協力すると言っただけです。もし、不幸にして、われわれの意図と、アメリカの軍政庁の政策とに相違があれば、残念ながら協力はお断わりするほかありません」

「そこですよ」と情報将校は微笑した。「あなたは今、われわれの政策との間に間隙《かんげき》が生じたらと言いましたね。しかし、それは、あなたのほうの路線がどの方向に向かうかによって決定されます。われわれはなるべくあなた方の意志に副《そ》いたい。しかし、今も言った通り、ソビエトの影響を受けた人たちの意見が、最近、大へんにふえています。これからあなたがたが組織しようとする朝鮮文学同盟もソビエトの影響を受けることになるかどうか、それを知っておきたいのです。いや、現実の問題ですから、そのまま言って下さって一向に構わないのですよ。つまり、われわれは朝鮮の文化人の本当の意志を知っておきたいのです……」

このときだった。牧師の出入りする奥のドアが開いた。背の低い、真黒い背広服の男が、ひょこひょことこちらに歩いてきた。

林和は初め、この教会の人間がほかの用事で歩いているのかと思った。それで、彼はその朝鮮人を一瞥《いちべつ》しただけで、再びアメリカ将校のほうに顔を向けて口を開きかけた。

が、アメリカ人は林和には顔をそむけて、今歩いてきている新しい登場者を迎える眼差《まなざし》になっていた。林和は、彼の用事が済むまで待つことにした。林和もその男を見た。何気なくである。

男は朝鮮人でなく、日本人だった。四十近い、痩せた顔だったが、顔色がひどく悪い。彼は小刻みな歩き方をして、情報中尉の傍に近づいた。アンダーウッド牧師は長い脚を組み替え、通訳の仕事をひと休みしてくつろいでいた。

日本人は林和のすぐ前に来た。これは嫌でもその顔をよく見ることになる。両人の眼が合った。瞬間、林和は眼の前が揺らぐかと思われた。

「よう」と、その日本人は林和の顔にニヤリと笑いかけ、ぞんざいな言葉で言った。

「珍しいな。林和君じゃないか」

林和は声が出なかった。頭の中がかすんだ。

男は、斎賀警部のすぐ下にいた京畿道警察部勤務の山田警部補だった。

林和は、この顔を忘れることができない。斎賀警部と同じように、この日帝の手先も林和の過去における忌わしい「転向の目撃者」だったのである。

4

林和《リムフア》はその教会をどのようにして出たかよく覚えていない。記憶は暗い会堂の中で、三つの人影が林和を取り巻いているだけだった。もっとも、あとから登場した男はその場をすぐに出て行ったが。

話し声もそれからは耳に遠くなった。視覚もかすれた。警部補山田が姿を消してからも、林和には感覚が麻痺《まひ》したままに残った。

アンダーウッド牧師が取り次ぐ米情報将校の話は別段のことはなかった。自分たちは朝鮮を長いこと占領する意志はない。秩序が回復すれば、いつでも朝鮮人自らの手に返すつもりである。しかし、それまではできるだけ秩序と治安とを保ちたい。そのためには君たち優秀な朝鮮の指導者に有益な助言を求めたいと言った。これから気さくにここに遊びに来てほしいと言い、何か希望があればどんなことでも遠慮なくアンダーウッド牧師を通じて申し込んでくれとも言った。

二人とも、風のように入って来てすぐに立ち去った山田のことなどは一言もふれなかった。

その山田も、林和君ではないか、と言ったきり、あとは彼に話しかけるでもなく、そこに佇《たたず》むでもなかった。二人のアメリカ人も、知らぬ顔をしていた。

林和は、山田がドアの向うに消えたとき、初めて自分ががっちりとアメリカ人に押えられたことをさとった。

自分の過去の最も有力な目撃者だった斎賀は殺されたが、斎賀の同伴者は生きている。その男にここで出会おうとは予想もしていなかった。

アメリカ軍政庁が日本人官吏をあまりに永く留用しすぎているので、林和はほかの同志とそのことにたびたび抗議してきたが、いま、その理由が彼にはっきりと分った。アメリカ軍政庁の役人は朝鮮人の性格を知りたがっている。それは友人としてではなく、上からの統治者としての立場であった。そのことを最もよく知っているのが総督府の官吏なのだ。そこでアメリカ人は日本人の役人を利用したのだ。

総督府の日本人官吏は、新しい権力者を迎えて、少しでも自分の立場を有利にするためにあらゆるご機嫌取りにかかっている。そのなかでも特に京畿道警察部は朝鮮人の「不穏分子」を知っていた。永い統治時代に総督府特別警察部は克明な調査をつづけ、厖大《ぼうだい》な調書にして保存している。朝鮮の統治を考えているアメリカ人にとって、便利な資料である。ここで軍政庁は日本の警察の機能を高く評価したに違いない。むろん、林和に関する資料もその中にある。

教会を出て道を歩いたが、歩いている眼の前の通路がむくむくと起きて顔へ襲いかかってくるような感じだった。脚に力がなかった。重い。

アンダーウッド牧師と情報将校とが、どのような理由で山田を林和の前に呼び出したかはっきりしている。彼らは林和の忌わしい過去の証人をさりげなく彼の前に引き出してきた。効果はそれで十分だった。何を言うことがあろう。情報将校の話しぶりも、表情も、「証人」が現われる前と同じ調子で一向に構わなかったのだ。いや、さりげない会話のほうが対手の狙いに効果的であった。

帰りも教会の入口でにこやかに笑い、二人は握手を林和に求めた。二人の蒼《あお》い瞳《ひとみ》は何を考えているか見当もつかない。不気味に静まりかえった火山湖の蒼さだった。

林和は歩いた。破滅感が彼の全身から力を抜き去っていた。落下感、自己抛棄《ほうき》、敗北感、そんなものが彼の胸の中に泥のように詰まった。

あれが昨夜の夢のつづきであったら、とふと思う。

それほど山田警部補の出現は彼の眼には短いものだった。時間にすれば二分とは彼の眼には触れなかったであろう。アンダーウッド牧師も情報将校も、山田がそこに来たことなどまるで意識にないふうだった。山田が見えたのは林和だけのようでもある。もしかすると、あれは自分だけの幻視ではなかったか。うす暗い会堂をよぎって過ぎた亡霊ででもあったのか。

だが、それには耳が現実を捉《とら》えている。

（よう、珍しいな。林和君じゃないか）

声は明瞭《めいりょう》に耳底に残っていた。幻覚と思いたい希望をこの声が拒否している。

——一体、山田警部補は林和の過去の記憶の中にも影のような男だった。いつも彼の前面にいるのが斎賀で、山田は斎賀のうしろに隠れている警官だった。

斎賀が林和を取り調べている。山田はいつもその横にいて書きものを取ったり、留置場から出されるとき取調べの準備などをしていた。あまりものを言わない男で、絶えず斎賀の陰に陰にと回っている部下だった。

この山田が何度か竹刀《しない》を持って林和のうしろを回ったことがある。斎賀と向かい合っていたときだ。竹刀は割れた竹の響きを床に立てた。林和は慄《ふる》えた。

（待て待て）

斎賀がうしろにいる山田の襲撃を止める。

（林和、お前いつも蒼い顔をしているが、どこか胸でも悪いのか？）

（そうか。胸が悪かったら、つまらない運動など止して、郷里《くに》に帰って養生せんか。それとも、どうせ死ぬつもりなら、ここで殺されても構わないのか？）

（生まれたら、一度だけしか生きる時期はないのだ。人間、死んだら、それきりだからな。どだい病気の身体でアカの運動をやるのは無理だよ。お前は人がいいのだ。そうだろう？　誰かにそそのかされてこの運動に入ったんだろう？）

（人間の仕合せは、無事平穏なその日その日にあるんだ。お前だって具合が悪くなれば医者にかかるだろう。医者にかかるのは、つまり、生きていたいからだ。生きていたいのは、いつまでも生きていることの仕合せを希《ねが》っているからだ。お前、女房の顔を思い出すだろう。女房が可愛くないか。お前がここに来てから、女房は家でずっと泣き通しだというぜ）

（林和、日本の警察は分らないことは言わない。こっちが道理を説いてもそっちに通じないときは、こりゃどんなことでもする。お前が言いたくないと思っても言わせるようにする。お前だって強情な奴らがどんな目にあっているか、留置場にいてうすうす様子が分っているだろう。その代り、お前のほうで真から自分の悪かったことを認め、縋《すが》ってくれれば、これは人間同士だ、人情も起る。お前のために一生懸命によくしてやろうという気持にもなる。林和、おれだってこうしてお前と向かい合ってる分には、もう、日本の警察官ではないんだ。一人の人間だよ。お前だってアカの組織から離れた一人の人間としておれと話そうじゃないか。裸の人間同士で話すんだ。なあ、林和！）

林和は独房に移される。

斎賀の言葉はただの脅迫ではなかった。林和は留置場に屈んでいて、その眼と耳で虐殺を知っていた。毎晩、柔道の道場から聞える動物的な唸《うな》りと、激しい木刀の音。留置場は地下室になっていて、その上が道場だから、これらは厚い壁を通して上から洩《も》れてきた。人間のうめきや叫びや木刀の音を聞くと、林和はきまって貧血を起しそうになった。

留置場の前を看守に両肩を抱えられて通ってゆくボロ片《きれ》のような人間を見ると、林和は顔を蔽《おお》いたくなる。一晩中、苦痛の呻《うめ》きが耳について離れない。静かになって看守の靴音がのぞき、しばらくすると医者が走ってゆく。やがて留置人の眼にかくれて死体が運び出される。留置人はその間だけ臨時の散歩に屋上へ連れ出される。初めは、屋上で新しい空気を吸わせてくれる理由が林和に呑《の》みこめなかった。不意の恩恵だと考えていたものだ。

林和は怖れた。

彼は、自分の肉体が受けるに違いない数々の苦痛を考えて身慄《みぶる》いした。拷問の話は前から聞いていた。それがわが身にかかってくる。殺されるのだ。殺される前にあらゆる拷問が加えられる。林和は息ができなかった。

警察署には金孝植が検挙されて来ていた。権景観も尹基鼎も来ている。留置場には安弼在がやられたという通報が入った。同志が次々とやられる。暗黒の事態が到来したのだ。

趙達大、朴滋進が捕えられた。金孝植が奪われるとすぐ、権煥が括《くく》られた。敵はあらゆる闘士をマークして、根こそぎに朝鮮独立運動とプロレタリア芸術運動を破壊するつもりなのだ。それだけではない。李越世も、韓星根も、金五稷も、みな敵の手に落ちたという。

だが、そんなことで、地底から盛り上ってくる民族運動を潰滅出来るとでもいうのだろうか。

林和は独房で手をひろげてみる。

おれだってこの通り勇気を持っている。みんながそうなのだ。プロレタリアートは、敵の襲撃を、それ以上の力で反撃する。五を受けたら十を返すのだ。必ず敵の攻撃を受けとめ、その倍も十倍もお返しする。それが独立闘士の限りなき闘魂なのだ。

こうして詩人も、作家も、演劇家も鍛えられて強靭《きょうじん》な革命芸術家に成長し、鋭さを加えるに違いない。また、敵に奪い去られた同志に代った新しい人々は、さまざまな困難な闘争を経て急速に発展し、着実に成長するに違いない。このように敵が逆上《のぼ》せ、血眼《ちまなこ》になって弾圧を加えれば加えるだけ味方の陣営は充実し、闘争はひろがりと深さと強固さとを加えるのだ。それはやがて全朝鮮の農村、工場、町からじりじりと優秀な革命的芸術家の輩出となってくるに違いない。

林和はそう考える。あとつぎが続々とおれたちのあとにつづく。彼は腕を組み、留置場の板壁に凭《もた》れて、独りで笑ってみる。だが、その笑いには声がなかった。笑っているのは口の動きだけで、心からの勝利感はなかった。林和は、突然、暗黒の底に自分の身体が引きずり込まれる思いになる。

孤独な、狭い、不潔な、非人間的な場所に坐らせられて、耐えがたい孤絶感に圧《お》し潰《つぶ》されそうになる。

同志の声が激励の波となって伝わって来るときは、まだ連帯感があり、孤独感から救われた。そんなときに限って異様に胸がふくらむ。だが、それは彼の内面から発生したものではなかった。外から与えられた刺激によって反応があるだけだった。自分の皮膚からでなく頭脳がそれに走るだけだった。

われわれの経験は、運動の主体性の中に一つの手法として学び取られねばならぬ。

このような牢獄生活も、それが闘争の日常的なあらゆる面に連繋《れんけい》し、存在している、と林和は考え直す。これこそ、常に革命的観点で貫かれるべき積極的な対象ではないか。おれはこの憎むべき日帝の弾圧の嵐《あらし》の中に身を縮めて、次なる前進のために冷静に現状を学び取らねばならぬ。そして、明日への課題に役立てねばならぬ。

林和はそんなことを思い、胸を張り、唇に微笑を上せてみるのだが、すぐあとに襲う氷のような孤独感は、ぬくぬくと積み上げられた理念の煉瓦を蹴散《けち》らし去った。

——死にたくない。何とかして生きたい。

この本能は、或る日、留置場を林和の口からこぼれた血で染めたときに起った。健康な人間には、病人がどのように死を怖れているか分るまい。その日から、林和は無性に生きたかった。死が怖ろしくなってきた。

独りで冷たく死んでゆくのが嫌だった。留置場から、蓆《むしろ》を掛けられ、何人かの看守、警官に物体として担ぎ出されるのがたまらなかった。独りぼっちで息を引き取る瞬間の自分がたまらなく怕《こわ》かった。

怕い。

林和は医者が診《み》て病院に入れられた。このときから、林和は斎賀の中に身を投げていた。斎賀といっしょに彼を受け止めたのが山田警部補だった。

《一九三四年四月と五月にカップの幹部たちが全羅北道において検束された。このとき、自分も検挙されたが、病中であったので、将来自分に加えられる日本帝国主義の弾圧をおそれ、むしろこの機会を利用して、日帝につくことによって自分の一身上の安全をはかるのがよいと考えた。一九三五年六月下旬頃、京畿道警察部主任である日本人警部と京城市新設町にある寺院「ダムッ　ドウン　スン　バン」で会った。自分は彼に自分が署名したカップの解散宣言書を提出し、日帝と完全に結託するに至った。その後自分は、プロレタリア文学の階級的立場を離れ、内鮮一体と反ソ・反共の行動を取りはじめた。一九三七年十月ごろから転向者たちの集団であった京城市保護観察所に荷担し、日帝の合法的出版機関である「学芸社」を経営して、いわゆる「国民総力連盟」の文化部長であった日本人ヤナベに会い、朝鮮人文学者たちが時局に協力し、「内鮮一体」の強化と「国民精神」の培養に努力するとの決意を表明した》

と林和はのちの裁判で述べている。

このような作業は、警官、特に斎賀の指示で行なわれた。

斎賀は機嫌がいい。絶えず林和の才能を賞《ほ》め、頭脳の素晴しさを称揚した。朝鮮人として優秀だというのだ。いつも相槌《あいづち》を打つのは山田だった。

林和はしっかりしている。林和は頭がいい。とても日本人はかなわない。そういうほめ方だった。日本人はかなわない。——そこに朝鮮人に対する日本人の優越感、主人感があった。絶えず朝鮮民族を劣弱民族と軽蔑《けいべつ》し、奴隷として見ている日本人の眼だった。

斎賀は林和の詩をむずかしげな顔つきで読む。そのほとんどは林和が前に書いたものだった。お前の書いたものを見せてくれと言うので、林和はその幾つかを斎賀に書いて見せた。

例えば、こんな詩もあった。

この海の荒潮は
夙《つと》にして名高い
だが私達青年は
怖れよりも勇気が先立っていた
山の火が
稚《おさな》い仔鹿《こじか》の群を
荒野へと追い立てたのだ
対馬沖《つしまおき》を過ぎると
水平線のほかには塵《ちり》一つ目に入らない
太平洋の逆巻く濤《なみ》と
南進して来た大陸の北風が　ここでまともにぶつかり合う

山のようにのしかかる波濤《はとう》
雨と 風と 霧と 雲と 雷鳴と――
空には星さえ霞《かす》んで
折ふし遥《はる》かな波の彼方《かなた》に赤い信号燈が瞬《またた》く……
（「玄海灘」）

斎賀は、そうだ、よく出来ている、と言った。玄海灘を何度も通ったが、この通りだ、とも言った。巧い、とても日本人はかなわない。

斎賀が何度も玄海灘を往復したのは、朝鮮の不穏分子の組織と動向とを東京に報告し、向うから指示を貰《もら》って帰るためだったかもしれぬ。カップは在日朝鮮人団体と緊密な連絡をとっていた。林和は、斎賀がまるで無知をムキ出しにして賞めてくれるのを赧《あか》い顔で聞いていた。そのときも痩せた顔の山田は斎賀の横にいて同じ詩を聞き、斎賀に調子を合わせていた。

林和の作業がはじまった。

日本警官の指示や監督のもとに隠微な作業がつづけられた。

（心配しなくてもいいよ、林和。誰にもこれは言いはしないからな。お前だってカップの闘士なんだから、これが分ったら、お前は裏切者になる。そんな、お前を窮地に陥れるようなことは警察はしないよ。なあ、林和……）

「朝鮮におけるプロ文芸運動は、大正十三年八月、北風会系の崔承一、李浩、朴容大、李亮ら三十余名が、京城にプロレタリア芸術同盟を組織したことにはじまる」

と、一九五九年に出版された日本の官憲の資料は書いている。

「昭和二年東京で総会を開いて、京城に『朝鮮プロレタリア芸術同盟』を組織し、東京に支部を置くことを決議し、その綱領に『マルクス主義の歴史的必然性を正確に認識し、無産階級運動の一部門である芸術運動をもって、封建的・資本主義的観念の徹底的排撃、専制的勢力との抗争および意識層の養成運動の遂行を期する』をかかげ、プロ文芸運動の基礎をつくった。京城では、別に創立の形体をとらず、翌三年二月、京城に事務所を移し、開城、水原《スウオン》、任実、錦山、海州《ヘジュ》、平壌、間島、東京の八支部を組織し、機関紙発行などの準備をおこなった。しかし、同年四月、幹部洪陽明が非理論派共産党事件で検挙され、またしばしば集会禁止となり、大した活動もできなかったが、同五年四月、東京の『ナップ』の組織に準じ、内部を改革して各専門部を設置し、その略称を『カップ』と称して活動をはじめた。

ところが、当時のM・L派党幹部韓偉健、梁明らの指令をうけた高景欽、金少翼、金三奎一派は東京に無産者社を創立して、各派の派閥抗争を統一した理論を確立するために『カップのボルシェヴィキ化のために』などのパンフレットを作成し、京城方面に密送した。そこでそれに刺激を受けた『カップ』の幹部林和、安弼在、金孝植、権景観らは同五年六月以降『中外日報』に、林和は『朝鮮プロ芸術の任務』、権煥は『朝鮮芸術の具体的過程』と題する論文を発表して、極左的運動方針をあおった。そして同六年三月中央幹部会を開催し、作家、演劇、美術家、音楽家各同盟の結成と機関紙『前線』の発行などを決定したが、機関紙の発行は当局から不許可処分となり、同年八月には党再建事件に関連して、中心的幹部が拘束調べをうけるにいたった」

輝かしい履歴が林和を包んでいる。この京畿道警察部から命じられた作業は誰にも知られてはならないのだ。少しでもこれがかつての同志の間に洩れたら、林和の英雄的闘争歴は泥濘《でいねい》の中に突き落される。

おれは身体が悪い、と林和は呟《つぶや》く。おれにもっと肉体的頑健さが与えられたら、敵に屈伏などはしない。悪いのはおれの肺だ、と林和は拳《こぶし》で痩せた胸を叩く。

同志は獄窓につながれたり、地下に潜ったりした。しかし、やがて日本の大陸侵略戦争が進み、世界戦争となった。林和の陰湿な作業はその陰で進められてゆく。決して自分の本心ではなかった。それをしなければ殺されたのだ。誰だって生きたい。生きる権利がある。そのためにはこの作業も自分では偽装だと思っている。日本の警官は自分を屈伏させたと思っているかもしれないが、こちらは肚で舌を出していたのだ。

日本が敗けた。朝鮮は解放された。

林和は昔に帰った。獄窓から、地下から、続々と同志が戻って来る。戦列が充実した。——林和は復活した。

　だが、あのことが林和の胸の奥に疼《うず》いている。他人の眼に映るのは表面的な事実だけだった。誤解を受けそうなことは匿《かく》しておくほうがいいのだ。それでなくとも、今は彼の過去を偽装として認めてくれている友でも、いつ、それを卑怯呼ばわりしてくるか分らないのだ。いや、現に牢獄で頑張り抜いた闘士とは、すでに格差がついているではないか。眼立たないように彼らは気をつかっているが、林和にはその差が読みとれるのだ。ましてや、この秘密である。知られてはならない。彼自身がこれを記憶や意識から抹消《まつしょう》するために戦闘的に前進することである。それでいい。うしろを振り向くな。前を見つめて進むことだ。

　誰も林和の真の過去に気がつかなかった。詮索《せんさく》する者すらいない。林和は旧《ふる》い同志なのだ。朝鮮のプロレタリア芸術運動の歴史には、欠くことのできない闘士である。誰が彼を疑おうか。戦争中に彼が皆にかくれて何をしていたか、忙しくて調べる者もない。過去、誰もが鳴りを潜めていた時代だ。誰にしたって身を縮めていた。——

　例えば、朴憲永《パクホニヨン》は地方の瓦屋の職人だったし、いま『解放日報』の主筆をしている李承燁《リスンヨプ》にしたって、仁川で米屋をしていたではないか。米屋だってそれが統制下の食糧配給機関であれば、李承燁だって立派に日帝に協力していたといえる。

今は日帝統治時代とは違う。アメリカは過渡期の軍政を施《し》いているだけだった。林和を利用してどのような計画を立てようというのか。永久的でないアメリカ軍の政治を、日帝の統治時代と等質に考えるのは滑稽《こっけい》な思い過しのようでもあった。アメリカ軍が朝鮮にいるのは、せいぜい半年くらいではないか。

（そうなってほしい）

林和は、いつの間にか事務所に戻った。

今まで感じなかったが、屋内に入ると身体に熱が出ていることが分った。

「林和さん」

彼の顔を見て、演劇組織の若い男が早速に報《し》らせた。

「朝鮮は外国の信託統治をうけるんだそうです」

「なに？」

「いま、情報が入りました。軍政庁に入っている人間から知らせてきました。アメリカとソビエトとイギリスと中国とで共同管理委員会を作り、五か年間、信託統治を行なうんだそうです。近いうちに、アメリカ側から発表されるそうですよ」

「ばかな」林和は一口に吐いた。「反対だ」

「勿論《もちろん》ですとも」

と演劇組織の若い男は、顔を上気させて言った。

「解放されたばかりの朝鮮が、なぜ、外国の統治を受けなければならないんです？　それじゃ、日本の統治がほかの外国に肩代りされるだけじゃないですか。一応、五か年間と期限をつけていますが、それだって当てにはなりませんよ」

「その情報は本当だろうね？」

「誰だって疑いますが、残念ながら真実です。ほかからもそれと同じ確実な情報が入ってますから。それで、みんな激昂《げっこう》しています」

林和は暗い階段を上った。脚の下から軋《きし》んでくる。

アメリカとソビエトなどが信託統治をやる。立っている地面が新しく揺れてくる感じだった。そんなことをされては困る。朝鮮の独立自主のためではなかった。おれが迷惑するのだ。アメリカは早く朝鮮から立ち退いてもらいたい。

せいぜい半年ぐらいだと思っていたのに、五か年もアメリカが居坐ろうなどとはとんでもない話だ。何んだと思っているのだ。それでは、おれはどういうことになるのだ。

五か年といえば、気を失いそうなくらい長い。ほとんど半永久的のように思われる。長い信託統治――外国人に都合のよい朝鮮の政治――そのための策略――使えそうな朝鮮人の利用。

林和は恐怖と怒りとが腹の下からこみ上げてきた。

いま会って来た米情報将校もアンダーウッドもそれについては何も洩らさなかった。こんな重大なことが決定しているのにアメリカ人は一口も言わなかった。それは、山田警部補を小道具にチラリと出して脅迫しながら、われわれのよき助言者になってくれ、これからも遊びに来てくれ、と何喰わぬ顔で言ったやり方と一枚の紙を貼《は》り合わせたようになっている。

熱っぽいのに顔が蒼白くなった。

二階では朝鮮文学建設本部の幹部を下の連中が取り巻いていた。その中で、演劇組織の美術班責任者をしている古い党員の朴基煥が、昂奮したときの癖で、早口でしゃべっていた。

「われわれの民族が独立できないほど無能だと思っているのか。それほど腑《ふ》抜《ぬ》けで甲《か》斐性《いしょう》なしと思っているのだろうか。信託統治だって？　ばかな。たった二年前、ルーズヴェルトとチャーチルと蔣介石《チアンチエシー》とはカイロで、朝鮮は自由な国家として独立すべきだと宣言したではないか。今年の夏にはポツダムでそれが再確認されている。ソ連邦もあとからそれに参加している。いや、ソ連邦は……」

と朴基煥はつづけた。

「一九二六年に朝鮮共産党をコミンテルンが承認している。趙東祐先生がモスクワに行って得たものだ。その前年には、われわれの朴憲永先生を初め、権五稷、金環など二十一名が留学生としてモスクワに行っている。つまり、ソ連邦でも、コーレー・ビューロー（高麗共産党組織事務局）以来、わが朝鮮人の能力を極めて高く評価しているのだ。中国だってそうだ。中日戦争のとき、どのように多数の朝鮮青年が勇敢に日本軍と闘って血を流したか蔣介石が一ばんよく知っているはずだ。それを、君、解放になって、やっとこれから独立しようと準備しているときに、信託統治というバカげたことがあるか。絶対反対だ。四か国に抗議をするんだ」

みんなが口々に賛同し、手を挙げていた。

林和も、むろん、手を挙げた一人だった。いや、彼が最も熱意をこめていたといえよう。これ以上、アメリカに粘られては困る。朝鮮人民のためにも、特に、彼自身のためにはそうであった。

朝鮮に信託管理制を実施するという案はまず、アメリカ国務省の極東局長ヴィンセントによって提唱された。

幸いなことに、この報道が伝わると、各党派が挙《こぞ》って反対を表明した。右派の韓国民主党も、国民党も韓国独立党も、朴憲永の朝鮮共産党も呂運亨の人民党も全部が反対だった。「反託」運動は朝鮮の政界に突風となって吹きまくった。

李承晩を中心とする右派系五十余の政党と団体とが統合して、朝鮮ホテルで「独立促成中央協議会」を結成し、李承晩が会長となった。つづいて、独促協議会は、「四大連合国およびアメリカ民衆におくる決議書」を決議し、信託統治反対の決意をひろく訴えた。

林和がその郵便物を見たのは、そういう激しい反託運動が起っている十一月の末だった。

それは茶色の帯封に巻かれてあった。紙のない時なのに、これはおそろしく上質な紙を使っていた。もっとも、あとで考えると、それほど極上質ではなかったかもしれない。だが、紙らしいものは一枚もない頃だったので、妻の池河連が珍しそうに手で撫でたくらいだった。

それは六ページばかりの小型パンフレットだった。「道しるべ」としてある。発送元のキリスト教会の名前を見て、林和は心臓を握られたようになった。

「あなた、こんな教会に行ったことがあるの？」

池河連がふしぎそうに訊いた。

「ああ……それは、なんだ、ぼくが少し具合が悪いものだから、一度相談に行ったことがある。本町通りを歩いていたとき、道ばたでアメリカ人が伝道をやっていたんだ。朝鮮人も若いのが二人ばかりいてね。面白そうだから聞いていると、そのうちの一人が、あんたは身体が悪いんでしょう、と訊いた」

「まあ、分るのね？」妻は笑った。「それで、その教会に伴《つ》れられて行ったんですか？」

「そうじゃない。ぼくはあとで思い出して、その教会の近くを通りかかったとき、ぶらりとのぞいただけだ」

「忙しい忙しいと言いながら、よくそんなひまがあったものね」

「やっぱり、ぼくだってこんな弱い身体は早く癒《なお》したいからな、そんな気持になったのかもしれない」

「どんなことを言われたの？」

池河連は面白そうな顔になった。

「耶蘇《ヤソ》の伝道というものは、どれを聞いても同じことさ。神を信ずれば心が平和になれる、病気になるのは心が不健康だからだと言うんだ。だから、心が健全になれば病気はなくなると言うんだよ」

「そう、教会に行ったのはそのときだけ？」

「たった一ぺんだけなんだ。すると、もう、こういうパンフレットみたいなものを送ってくる。キリスト教の伝道は熱心だと聞いたが、その通りだな」

「こんないい紙を使って、もったいないわ。やっぱりアメリカ人の経営なので、こんな紙が使えるんでしょうか？」

「そうかもしれないね。とにかく、向うは金持だから、いくらでもこういう贅沢《ぜいたく》な無駄が出来るんだね」

「また出かけますか？」

「いや、もう、その気はないよ」

「でも、出かけたほうがいいんじゃない？　身体のほうが少しでもよくなれば得じゃないかしら」

林和は黙った。

なぜ、あいつらはこんなパンフレットをおれに送って来るのか。開いて見ても、べつにペンで書き加えた文字もなければ、間に手紙がはさまっているでもなかった。平凡な宣伝パンフレットだ。神を信じよ、神はいつも迷える人間を救う、一度教会に来れば、あなたの幸福の門が開かれる——そんな平凡な意味が丁寧に述べられてあった。解放後のことだから、漢字まじりの諺文《オンムン》であった。林和には、その薄ぺらな小冊子が彼に向かって一つの意志を伝えているように感じられた。黙って送りつけられた、この何でもないパンフレットが実は、アンダーウッド牧師とアメリカの情報将校の或る気持を突きつけているのだ。

パンフレットは、それからも五日おきぐらいに林和のところに投げこまれた。

それが三冊、四冊と回数が重なるにつれて、林和はもはや、この送り主の意志をはっきりとさとらねばならなかった。

アンダーウッド牧師もアメリカ将校もあれ以来、二度と彼を呼び出しはしなかった。CICからの出頭命令もないし、教会に来てくれという使いも来なかった。だが、それ以上の呼びかけが定期的なこの小刊行物にあった。

そこには伝道に関する活字以外、一字も肉筆では加えられていなかった。また紙片一枚はさんでもなかった。あくまでも熱心な牧師が信者の増殖に努めているパンフレットだった。

この小冊子が送りつづけられる限り、林和があの二人のアメリカ人を決して忘れないしくみになっている。逆に言えば、林和があの二人の掌握下にあることをこの定期郵便物が無言で教えているのだった。林和はアメリカ人に握られている。少なくとも伝道書が来る間、その意識は持ちつづけることになる。

林和は蒼ざめた。

不安は次第にかたちをつくってくる。自分の身体が日本官憲からアメリカ軍政庁にそのまま引き継いで渡されたように思える。京畿道警察部は消えた。しかし、そのあとに軍政庁情報部が坐りこんでいる。

しかし、まだ、具体的にはどうという現象はなかった。先方からは、何の意志表示もないし、行動の慫慂《しょうよう》もなかった。だが、五日目には必ず家の中に舞い込む郵便物が彼を正確に捉えていた。

林和は、ふと、こういうときに、あの安永達《アンヨンダル》がやって来るような気がした。安永達といえば、あれきり姿を見せない。

あのとき、彼が黄金町まで誘い出して自分に会わせようとした男は誰だったのだろう。まだ、それが分らないでいる。そのうち彼が来たら訊きたいと思っていたのだが、どういうものかまだ顔を見せないのだ。

だが、こういうとき——こういうときというのも妙だが、とにかく、心の中に妙な真空みたいなものが拡がっているときに、あの安永達がひょっこり姿を見せるような気がしてならない。

あの男は旧い労働者上りの共産党員だった。だから、彼の消息は仲間の誰かに訊けば分るかもしれない。だが、どういうものか、それを訊くのがいやだった。それを口に出すと余計な面倒をひき起しそうな怯《ひる》みをおぼえる。

安永達が林和の前に姿を見せなかった代り、或る日、事務所で林和は一人の新聞記者の来訪を受けた。

その男に見知りはなかったが、使いが持って来た用件の依頼者は趙一鳴《チョイルミョン》という『解放日報』の編集局長だった。『解放日報』は朝鮮共産党の機関紙なのだ。

趙一鳴の名前ならよく知っているし、会合の席でも彼の精力的な顔はたびたび見かけている。ただ、両方とも顔は知っているが、それほどよく話し合ったことはなかった。解放後いち早く出されたこの民主的な新聞は、その社説で激しい調子をもって、旧日帝時代の残滓《ざんし》の掃蕩《そうとう》と、朝鮮人民大衆の勇敢な前進とを掲げていた。

「何の用事だろう、何か書けというんですか?」

林和は使いの男に訊いた。

「ぼくではよく分りませんが、やはりそういうことなんでしょう。編集局長があなたに直接会ってお話ししたいというんですよ」

林和は承知した。

林和は、『解放日報』が原稿を書けというのなら、朝鮮のプロレタリア文学のことでも短い文章にしてくれという注文だろうと思った。紙の不自由な今、『解放日報』もタブロイド判でしか発行できない。

林和が編集局長の趙一鳴に会ったのは、その日の夕方だった。

趙一鳴は豊かな肉づきの、血色のいい男だった。今どきこんないい顔色をしているのは羨《うらや》ましい。新聞社は元日本人の経営していた印刷所を接収したもので、狭いビルだが、それでも四階建になっている。工場には旧式な輪転機が二台据えられてあった。二階は精版社といって、党の印刷物を刷っている。

寒々とした三階に上ると、趙一鳴はその机の前から離れて林和を迎えた。

「上へあがりましょう」


四階は客の応接間や会議室などがあり、別に日本人の経営の社長室みたいな個室があった。そこが主筆の部屋だと趙一鳴は説明した。主筆は李承燁《リスンヨプ》である。

「寒いからそのまま」

と趙一鳴は林和にオーバーを脱がせなかった。石炭の不足で室内の温《ぬく》もりはなかった。壁に嵌《は》めこめられた半筒型のペーチカの鉛色が見た眼にかえって寒い。

冷えた部屋の中できたない机を前にした趙一鳴が林和に依頼したのは、信託統治反対をプロレタリア文学者の立場から評論に書いてほしいということだった。

「書きましょう」

林和は熱をこめて応えた。これはぜひ書かなければならない。特に自分のために。


――

5

林和《リムファ》は鉛筆を走らせた。冷えた部屋だ。咳《せき》がしきりと出た。一時間ばかりかかって二千五百字ぐらいを書いた。原稿を読み返して手を入れた。

外国による信託統治は朝鮮の独立を遅らせ、再び外国勢力による植民地化を招くもので、いかなる国からの干渉も絶対反対だ、という論旨を文学者の立場から述べた。朝鮮民族は決して信託統治を受けるような弱小民族ではない。われわれは日帝統治時代に勇敢な反対運動を起し、三・一事件に見られるような流血をもって抵抗してきた。今ようやく独立の念願は叶《かな》えられ、すべての朝鮮人民が輝かしい建設に振い立っているとき、この外国干渉は断じてわれわれ文学者の受け入れられないところである。もし、それを大国側が強行するなら再びわれわれは血をもって抵抗するであろう。彼はそう書いた。彼はこの文章の中に有名なレーニンの「民族および植民地問題に関するテーゼ」の一部分を引用したりした。

「朝鮮における共産主義者はその活溌《かっぱつ》なる活動によって、プロレタリアートの隊列ならびに労農連盟組織の積極性をあらゆる方向にわたって、向上せしめ堅牢化《けんろうか》すべく努力し、労働階級の最も重要なる層を把握し、経済的闘争と、政治的闘争と、政治的要求を結びつけ、これを貫徹すべく努めなければならない」に始まるレーニンの朝鮮問題の声明は、これまでしばしば朝鮮民族独立闘争の論文に引用されたものである。

林和が読み返しながら手を入れているとき、趙一鳴が入ってきた。彼は林和にならんで椅子に腰を降ろし、その原稿を一枚一枚取っては読んでいた。曇り日で、外から入る光が趙一鳴の横顔に鈍い黄色を与えている。彼は貧乏ぶるいをしていた。

全部を読み終ると、趙一鳴は、ちょっと待ってくれと言い、椅子を引いて立ち上り原稿を揃《そろ》えて片手に握ると部屋を出て行った。

誰かにそれを見せに行くらしいことは分ったが、相手が誰なのか、林和には見当がつかなかった。趙一鳴はこの『解放日報』の編集局長である。彼より上の者だと誰がいるのか。

寒い。オーバーを着たまま林和はペーチカに手を当てた。微《かす》かな温《ぬく》もりがある。粗悪な石炭がそれでもわずかに火をつけていた。林和は、自分の背中をペーチカにこすりつけた。

窓には高い建物ばかりが映っていた。ここは京城でも中心街に当たる場所だ。緑青色の屋根が載っているビルが見えた。鉛色の雲と、よごれたビルのクリーム色とが同じ明度で滲み合っていた。ただ、その屋根の上のアメリカ国旗だけは、背景の灰色の雲にくっきりと浮き出ていた。朝鮮ホテルであった。

階下のほうから喚き声が聞える。それが止むと、表でジープが走り去る音が聞えた。ようやく趙一鳴が戻ってきた。彼は嬉しそうに笑いながら、あの原稿は大へんよく出来ている、とほめた。早速、明日の新聞に出すつもりだ、と言い、林和に礼を言った。

趙一鳴は洟水《はなみず》を出し、それがうすい不精髭《ぶしようひげ》を少し濡《ぬ》らしていた。

「林和さん、主筆があなたに会いたいと言ってますが、会ってくれますか？」

林和は、さっきここに来るとき見た「主筆室」の名札のかかった廊下の部屋を思い出した。喜んでお会いする、と彼は答えた。

『解放日報』の主筆李承燁は、よごれた壁にかこまれた個室の、古びた椅子に坐って林和を迎えた。趙一鳴も李承燁の横にならんだ。

李承燁は林和も何かの会合でたびたび見ているが、いつも遠くから眺めるばかりだった。この共産党の大物は、朴憲永《パクホニヨン》とならんで、以前から名前が高い。

あなたの名前をよく知っている、と李承燁も林和に言った。彼は柔和な眼をして林和の草稿をほめ、これからも『解放日報』のために協力してほしい、と言った。林和が書けば、できるだけいい紙面を提供するように趙一鳴にも言いつけたりした。

「お身体が悪いと聞いていたが？」

李承燁は林和の顔をのぞいた。

「前から胸が悪いんです。しかし今はさいわいに小康状態です」林和は胸を張るようにして答えた。「ぼくは、運動の中に飛び込んでいるときは、不思議と胸のほうも休んでくれます」

李承燁は趙一鳴と声を合せて笑った。

「しかし、ご無理をなさらないほうがいいですな」

李承燁も、一度あなたとゆっくり話したかった、と言い、会合では顔を見ているが、日ごろからあなたのプロレタリア芸術運動には敬意を表している、殊にお身体が弱いのに、その闘志には感服のほかはない、と言った。物資の不自由なときで、コップに水だけが出た。

「われわれは、あらゆる分野を糾合して反動と闘うエネルギーを作らねばなりません」と李承燁は言った。「人民大衆の指導は政治理論だけではできないのです。やはり感情に訴えなければ効果が上らない。革命的な感動を与える仕事が芸術だと思うんです」

話しぶりが熱心になった。

「小説にしても、あなたのやってらっしゃる詩にしても、直接に人民の感情に訴えますからな。これは強い。政治理論は頭脳から大衆を誘導するのだが、文学は感情から捉えます。そこで初めて人民大衆が実際にわれわれについて来るのです。殊に新聞をやっていると、それがよく分るんですな。わたしなどはやさしい用語を使って理論を述べようと思うのだが、いつも堅苦しくなります。こういう表現の点でも、林和さんあたりに教えていただかなければと思っていますよ」

林和が聞いていて面映《おもはゆ》いくらいだった。

「ねえ、趙一鳴君」と李承燁は横に立っている編集局長を振り返った。「どうも紙面が堅いね。もっと人民に親しまれるような構成にしようじゃないか。林和さんにその点をお願いして、文芸欄あたりを拡充することだな」

趙一鳴は主筆の意見に同感であった。

「結構なことですね。ただ、今のところ紙の入手が思うようにならないので、残念ながら、計画が十分に実行できません。そのうち、林和さんの詩などぜひ載せさせていただくことにしましょう」

林和が見て、李承燁も趙一鳴も如才がなかった。このような人柄がどうして激しい闘争運動を過してきたか少し信じられないくらいだった。が、これが実際の闘士というのであろう。猛々《たけだけ》しい人間のほうがかえってまやかしものかもしれないのだ。たしかにこの二人は本物だといえた。

三人は信託統治問題で意見を述べ合った。これは朝鮮民族を侮辱することであり、折角の独立を捥《も》ぎ取ることだ、と言い、どのような手段をもってしても朝鮮人民を強力に組織して、再度の侵略の危機に反対しなければならない。今だったらそれが出来る。朝鮮の歴史でも今ほど民族独立意識の熾烈《しれつ》なときはない。このエネルギーを動員すれば、何でも出来ると李承燁は強い口調で言った。弁舌が巧く、その唇から流れるように話が出てくるのである。

林和は感嘆した。文学理論や詩は書くが、彼は話すほうは不得手だった。

「林和さん、これからも個人的にあなたと会いたいものですな」最後に李承燁は言った。「会などではなく、直接、個人的に話さないと、本当のことは言えませんからな」

この本当のことというのは、公式の発言の裏側を意味しているのであろう。つまり、公的な発言になるまでの作戦的な相談なのだ。林和は喜んで承知した。先方では、場所も、時間も、林和が電話をかけてくれれば、できるだけそれに合せると言った。

林和はそこを明るい胸で出た。二階の精版社で印刷機の音がしていた。


朝鮮を信託統治にするという案は、まずアメリカ側が十月二十日に新聞電報として発表した。

「米国務省極東局長カーター・ヴィンセント氏は二十日（外交政策協会）の会合で演説を行ない、米国のアジア政策を明確に声明した。同演説はジャワ、仏印などにもふれているが、朝鮮関係では現在朝鮮が二つの占領地域に分割されているのは明らかに不都合である。しかし、この状況のつづく間は、米国はソ連との連絡了解を緊密にして行政上の問題を解決してゆくつもりである。しかして、余は朝鮮民族に独立までの準備の時を与えるために連合国の信託統治を提唱する。信託の期間は短ければ短いほどよい。米国の政策は極東の安定のために中国、ソ連と協力することである。しかし、他国と敵対するがごとき政策においてはどちらとも協力しないであろう。米国はソ連の極東における重大な利害を十分に認識している。余はソ連が米国もまた同地域に重大な利害を有することを承認することを期待する――（『ニューヨーク・タイムズ』はこの提唱を解説して）この新提案たる国際信託委任統治制なるものは、去る六月二十五日サンフランシスコにおいて連合国代表間に採択され、すでに過半数各国の批准《ひじゅん》を了した連合国機構憲章中第十二章に規定されているものである。この制度を適用される地域としては、（A）現在委任統治下にある諸地域、（B）第二次世界大戦の結果敵国より剝奪《はくだつ》さるべき諸地域、が包含されるわけで、朝鮮に適用しようというヴィンセント案は、このB項にもとづくものである」

アメリカのこの提唱は、当初の声明通り、ソビエトと朝鮮問題について交渉が行なわれ、つづいて十二月に入るとイギリスを交えたモスクワ三国外相会議が持たれた。終ると方針決定が発表された。

「1　朝鮮を独立国家として復活させ、民主主義の原則による国家の発展と、長期にわたる日本の支配がもたらした破滅的な状態をすみやかに清算するために、朝鮮には朝鮮臨時民主政府をつくり、朝鮮の工業・交通・農業および朝鮮人民の民族文化の発達に必要なすべての処置をとること。

2　朝鮮臨時民主政府の樹立を促進させ、またそれに必要な措置をあらかじめ検討するために、南朝鮮のアメリカ軍司令部と北朝鮮のソビエト軍司令部の各代表からなる共同委員会を創設すること。委員会はその提案を作成するにあたって、朝鮮の民主的諸政党および社会団体との協議をおこなうべきこと。委員会が作成する建議書は、共同委員会に代表をだしている両政府によって最後的な決定をみるまえに、アメリカ合衆国・ソビエト同盟・連合王国〔イギリス〕および中国の各政府による検討をうけるべきこと。

3　共同委員会は、朝鮮臨時民主政府と朝鮮の民主的諸団体の参加のもとに、朝鮮人民の政治的・経済的・社会的進歩、民主的自治の発展および朝鮮の国家的独立の達成を援助・促進（信託統治）する諸方策をも検討するように委嘱をうけること。共同委員会の提案は、朝鮮臨時民主政府との協議をへて、四か国の朝鮮にたいする五か年以内の信託統治にかんする協定の検討のためにアメリカ合衆国・ソビエト同盟・連合王国および中国の各政府の共同審議にかけられる。

4　南朝鮮および北朝鮮にかんする緊急問題の審議のために、また南朝鮮のアメリカ軍司令部と北朝鮮のソビエト軍司令部のあいだに行政・経済分野での不断の協力を確立する方策を検討するために、朝鮮における米ソ両軍司令部の代表からなる会議を二週間以内に召集すること」

この方針決定で重要なことは、米ソ共同委員会が開かれることであった。

この信託問題に関する限り、最初は超党派的に「朝鮮信託管理委任統治制対策委員会」が結成されて、自主独立国家の早急樹立を要請する決議文が各方面に発せられた。

特に独立促成中央協議会は、李承晩が起草したといわれる「四大連合国およびアメリカ民衆におくる決議書」を可決して、これを発送した。

しかし、共産派は「独促協議会」の掲げた朝鮮問題解決の原則条件に反対し、十二月二十四日、遂にこれとの絶縁を発表した。しかし、モスクワ外相会議で信託統治の方針が決定されたと発表されると、直ちに二十九日には「反託国民総動員委員会」が組織されて、各政党を包含した全鮮的な反託運動が起された。

軍政庁の朝鮮人職員が信託統治政策に反対して一せいに罷業《ひぎょう》した。司法官も一せいに辞職した。京城の到る所で抗議のストライキが行なわれた。

林和は同志を動員して反託の運動を起したし、文学評論も書いた。これは『解放日報』がすぐ載せてくれた。彼は李承燁や趙一鳴と急速に親密になって行った。

芸術組織の美術部では、若い芸術家がプラカードや街頭ポスターを猛烈に描きなぐった。音楽部では反託の運動を盛り上げるための愛国組曲が作られた。舞踊部は民族独立意識を高める振付を作った。

京城市民の誰もが外国による信託統治を侮辱と感じていた。わずか数か月前に独立をかち取ったばかりである。そのときの歓喜が、今度は信託という名の間接侵略になろうとしているのだ。朝鮮人はそれほど弱小民族なのか。独立が出来ないほど後進国扱いされねばならないのか。

『解放日報』を見ると、李承燁のサインで反託理論が毎日のように社説として出ていた。それは煽動的な文字で綴られていた。

また、共産党党首朴憲永も激しい意見を発表した。彼は「進歩的民主主義の旗の下で」と題して放送した。李承晩も右翼紙に自分の角度から反託理論を述べた。右翼も左翼も信託統治案に対して一せいに激しく抵抗しはじめたのであった。

そういう或る日だった。

林和が疲れきって夜遅く帰ってくると、妻の池河連が茶色の封筒を出した。

「今日来たのか？」

「ええ」

林和はキリスト教会の封筒を破った。なかは特別なことは何も書かれていない。ただの印刷物だった。すべての悩みは神が救ってくれる、神はあなた方の苦難を背負って十字架にのぼられた、キリストこそあなたを救うただ一つの光である、という相変らずの活字だった。

あなたの悩みか——林和は呟いた。

これで六度目だった。あのときから一か月以上経っている。しばらく来なかったが、もう向うで忘れてしまったかと思っていた矢先だった。先方は決して忘れていなかったのだ。

「キリスト教というのは執念深いのね」何も知らない妻が宣伝文を見て言った。「あなたはたった一度だけここに行ったというんでしょ?」

「そうだ、一度だけだ」

「こちらが熱心でもないのに、どうしてこんなにキリスト教の伝道は執念深いんでしょう?」

執念深く対手は林和を押えていた。この紙一枚が相手の声だった。離脱を許さない警告と恫喝《どうかつ》だった。

軍政庁に勤めている日本人官吏は引揚げを開始していた。残っている者も極めて少ない数になっている。しかし、たとえ山田警部補は日本に帰っても、林和の屈辱的な記録はアメリカ人に売り渡されている。日本官憲が滅亡したと林和が喜んだのは束の間だった。それに代って新しい権力者が相変らず彼を捕捉している。

アメリカ軍政庁はすでに十一月に布告を出していた。

「朝鮮の旧政府(日本および朝鮮総督府を指す)が発布し、法令としての効力をもつ規則、命令、告示その他の文書にして、一九四五年八月九日現在実施中のものは、軍政庁の特殊命令によって廃止されない限り従来の効力を存続する」

日帝統治時代の警察制度もそのまま残すというのだ。すると、林和は依然として自分の過去を朝鮮の支配者に握られているのである。

林和は床に入った。気力が空気を抜くように少しずつ失われた。同志で誰も林和の真の過去を知っている者はいない。林和は今でも優秀な文学者として見られているし、実践的な運動の闘士だとされている。詩人だし、文学理論家なのである。李承燁も、趙一鳴も、その点で林和を高く買っているのだ。

林和は、自分のかくしている過去がアメリカ軍政庁や、それの手先になっている右翼の連中に暴露されるときを考えてみた。それは彼の生命の暗黒を意味した。かつての日帝の手先、裏切者、経歴詐称、偽善者、不純分子、二重人格、スパイ……あらゆる批判が徹底的になされ、致命的な刻印を打たれる。……

解放を迎えた今だ。林和は栄光ある闘士でいたかった。過去永い間、戦闘的なプロレタリア詩人だったのだ。詩も、評論も、朝鮮プロレタリア芸術運動史には残るだろうとみなから言われている。解放前は朝鮮民族の被圧迫的境遇を象徴的な風物詩でうたい、解放後は果敢な革命詩を作った。若い芸術家は林和を尊敬し、林和につづけというのが合言葉になっている。

彼の過去の秘密を敵に暴露されたら……。

林和はこれまで、自分の過去を同志の前に自己批判しようと考えたことが何度かあった。それは敵によって暴露されるよりもはるかに自己を救うことができると思った。しかし、これは実行不可能な勇気を必要とした。林和の場合、ただ獄中で転向を声明したたけではなかった。彼は汚れた手で日帝に協力している。朝鮮人民を敵側に売り渡している。告白の勇気はいつもそのことで挫《くじ》けるのだ。

自己批判のあとにくる転落が怖ろしかった。彼の自己批判は同志たちによって寛容に許される性質とは思えなかった。彼の過去は犯罪であった。告白の瞬間に彼の輝ける闘争歴はいっきょに葬り去られる。

彼は指導者層から転落するだけでなく、同志と大衆の冷たい蔑視《べっし》の中で半生を送らねばならぬ。もはや、林和の輝ける詩はなかった。戦闘的な彼の文学理論も犯罪視されるだろう。

林和が眠っているところに妻が坐り、この前の人が来た、と言った。林和は床から起きた。

安永達が表に立っている。

「やあ、どうも」

安永達は黒い痩せた顔をうす笑いさせていた。

「どうしたんですか?」

「いや、どうも」安永達は恐縮したように頭を下げた。「あれっきりご無沙汰《ぶさた》してすみませんでしたな。実は、病気をして寝込んでしまいましてね。なに、風邪《かぜ》ですが。

早急に連絡を取ろうと思いましたが、こういうことはめったな人に頼めないので、つい、今まであなたのところにこれなかったわけですよ」

「…………」

「大分騒がしくなりましたね。林和さん、今日はこの前の約束を果しに来ましたよ」

「…………」

「そら、この前、黄金町であなたに引き合せるつもりだったが、向うの都合が悪くて来られなかった一件ですよ。わたしはあれから先方に言ってやりました。すっぽかすなんてひどいじゃないですかって。すると、向うでは謝りましてね。急に用事が出来て、出かけることができなかったというんです。用事というのは、聞いてみると無理もないです、公務でしたから」

「公務?」

「林和さん」と彼は池河連に聞えないように顔を近づけた。「とにかく会って下さい。向うでもあなたに興味を持っているんです。あなたにしてもその人に会えば、きっと利益になりますよ。実にアメリカの裏側をよく知っている男ですから。勝手ですが、時間も、場所も、ぼくは決めてきました。午前中ならあなたの都合がいいと思いましてね。あなたのお支度が出来るまで、ここで待ってますよ」

安永達の言葉には林和の拒絶できない強引さがあった。

アメリカの裏側をよく知っているという言葉が林和の心を動かした。いま安永達が不用意に洩らした「公務」という言葉と考え合せると、どうやら、その男はアメリカ軍政庁に勤めている朝鮮人らしいのである。軍政庁の朝鮮人雇員の中には内部の情報を党に伝えてくる党員がかなりあることは林和も聞いていた。

そういう人間と接触すれば、あるいは敵が林和のことをどの程度に知っているか、また日本人警部補の山田がどの程度に林和の過去をアメリカ人に売り渡したかが分ると思った。安永達の紹介する軍政庁の朝鮮人も、あるいは林和のことを聞かされているかも分らないのである。

会おう、と林和は思った。

これはこちらからその人物を探ってみることだ。どのように対手《あいて》がとぼけていても、会ったときのその男の瞬間の眼つき、表情で、林和の過去を知った人間かどうか分るはずだ。

林和はあのＣＩＣの情報将校にその後、呼び出されて何かを頼まれるのを恐れていた。たとえば、朝鮮文学同盟の組織内にある急進分子の動向、数、組織、名簿といったものを出してくれないかというようなことである。

だが、向うの線はまだ来なかった。気味が悪いほど放ってくれている。しかし、相手が林和を忘れていないことは伝道文書の郵送で知れるのだ。林和君、君もおれたちのことを忘れては困る、という絶えざる告知の継続だった。そのうち、何かが来ることは分っている。——

安永達が林和を連れて行ったのは今度も黄金町だった。しかし、街頭でなく、汚い飲食店の奥だった。飲食店の客もアメリカから放出された小麦粉の汁を啜《すす》っていた。三十分ぐらいも経つと、厚いオーバーを着た眼鏡の男が入って来た。安永達はそれを見ると起ち上り、自分の横の椅子を引いてやった。

その男は髪にきれいな櫛目《くしめ》を入れ、うす茶色の眼鏡を掛けていた。でっぷりと肥って血色がいい。今どき、朝鮮人でこんな艶々《つやつや》した顔色を見るのは珍しかった。眉毛がうすく、唇が厚い。ネクタイもきちんと締めていた。要するに、ひと目見ただけでアメリカ軍政庁に働いている通訳のような男だと知れた。

「薛貞植《ソルチョンシク》さんです」安永達は紹介した。「薛貞植さんは、軍政庁弘報処輿論《よろん》局長です」

道理で、と林和は思った。アメリカ二世と思われるような彼の顔つきも、服装も、アメリカ軍政庁の相当な地位にいるからだと分った。輿論局というのは朝鮮人の言論動向を調査するところとなっているが、情報部のような部署だと聞いている。林和は緊張した。

安永達と薛貞植とは前からの知合いらしく、親しそうに二、三自分たちだけの話題を雑談的に話していたが、

「わたしは林和さんには早くから会いたいと思っていました」

と米軍政庁の弘報処輿論局長は言った。

「ほう、どうしてですか」

林和は警戒の眼になった。

「いろいろな面からです……断わっておきますが、ぼくは軍政庁に使われてはいるが、本当は愛国者ですよ。ぼくの役目は、朝鮮の言論機関を英語に翻訳してアメリカ人に提出したり、朝鮮人が何をしゃべっているかを英語に直して見せるだけの役目です。アメリカ人は朝鮮語を知りませんし、読めもしませんからね」

林和は、朝鮮語の巧いこの前のアメリカ人の顔を思い出した。

「それは少しはいますがね」輿論局長は林和の表情を素早く見てから訂正した。「だが、それはほんのわずかな人で、本国からいきなりこちらに来たアメリカ軍人は何も知ってはいません。あの連中の前で悪口を朝鮮語で言っても、一向に平気なんですよ。これは日本人の役人の前でも同じだったですがね」

薛貞植は絶えず店の中に出入りしている朝鮮人のほうを気にし、自分の顔を連中に見せないように気を配っていた。自然と彼は俯《うつむ》向きかげんになり、艶のある広い額だけが林和の前にさらされていた。

「日本人の役人は莫迦《ばか》でした」と彼はつづけた。「総督府の役人で朝鮮語を話したり読んだりする者は、ごく稀《まれ》にしかいなかったようですからね。日本人は統治時代に朝鮮を永久に自分の領地だと思い込んでいたんです。ほら、国語教育というのをやりましたね。朝鮮語を廃して日本語ばかりをしゃべらせるという、あの政策ですよ。だから、自分たちは朝鮮語を研究する必要はないと信じていたんです。呑気《のんき》なものですね。たとえば、日本の外語学校には朝鮮語科はないからね。朝鮮語科があるのはわずかに天理外語一つだけです。これだって布教師のために設けられたようなものです。ばかな話ですよ。朝鮮人を実際に把握《はあく》するには、朝鮮語を習い、朝鮮文字が読めるところまでゆかなければ駄目なのに、どうしてそれをやらなかったんだろう？　日本政府の頭はノロマだね。あれじゃ被征服者を握っていたとは言えませんよ。彼らがこのことに気づいて、朝鮮人と同じように朝鮮語をしゃべり、文字が読めていたら、彼らはもっと巧く朝鮮統治が出来たはずです……その点、アメリカ人は日本人よりも利口ですよ。朝鮮語を勉強していますからね」

薛貞植はうす茶色の眼鏡の奥に細い眼を絶えず瞬《またた》かせていた。彼の顔面は間歇的《かんけってき》に歪《ゆが》んだ。顔面神経麻痺《まひ》か何かの病気に罹《かか》っているようだった。

「いま言ったように、ぼくのところでは、朝鮮の新聞をその日のうちに英語に訳して軍人どもに見せるんだが、いい加減に手を抜くと、奴らはすぐ気づくんですよ。ちゃんと知っているんですね。そりゃ怕《こわ》いもんです。林和さん、あなたがこないだ『解放日報』に載せられた論文も、ぼくの手で訳しましたよ」

うす茶色の眼鏡の下に白い歯が出た。

林和は唾を呑んだ。薛貞植が自分に用事があるというのは、朝鮮文化関係の団体の組織を知りたいのであろうか。この組織には文学、映画、舞踊などがある。それとも彼は林和のあの秘密を当人だけに匂《にお》わせてほのめかそうというのであろうか。しかし、安永達が熱心に紹介するくらいだから、自分にしても輿論局長から何かの利益がとれるとみなければならない。

「林和さん、ぼくはあなたの仕事には大へん興味を持っているんですよ」薛貞植は多少気負った調子で言った。「アメリカ軍政庁もあなた方のしてることに関心を持っています。それで、上のほうからの意志で、ぼくは一度あなたの話を聞いてみたいと思っていたんです。つまり、今度結成された朝鮮文学同盟は共産側についているのか、それとも純然たる民族芸術派なのか、その辺のところです」

林和は安永達の顔を見た。話が違うのだ。乗せられた、と彼は感じた。安永達に巧く乗せられて、このことアメリカ側の傭い人に訊問《じんもん》されている。

だが、それが必ずしもそうでなかったことは、そのあと、飲食店を出てから林和に分った。

三人は道を歩いた。この通りは相変らず人が多い。乾いた風が吹き、顔が痛いくらい冷たい。十二月も残り少なくなっていた。

向うから学生の一団がプラカードを掲げて、労働歌を唄いながら歩いてくるのに出会った。

「明日は大へんですね」

薛貞植はその一行を見ながら林和に囁《ささや》いた。十二月三十日は信託統治反対の市民デモ行進がアメリカ軍政庁に向かって行なわれる予定である。あらゆる団体と、あらゆる市民とがこれに参加し、数万の動員が見込まれていた。むろん、林和も朝鮮文学同盟の委員として芸術家たちの先頭に立つことになっている。

三人は軒下を拾うように歩いていたが、広い街角に出ると薛貞植は立ち止った。彼は道の向うを見すかすようにした。

ジープが一台走ってきて三人の眼の前に止った。運転手は朝鮮人だった。

「乗りましょう」

薛貞植は林和に言った。

林和は、いま、それに乗らなければならないような切羽詰まった気持になった。安永達は素早く前の助手台に上っている。林和が薛貞植のあとにつづいて座席のふちに片脚をかけたとき、急に真赤《まっか》な色彩を見た。黒眼鏡を掛けた女が一人、赤いオーバーを着てアメリカ煙草をくわえて坐っていた。

アメリカの女ではなく、朝鮮人だったが、二人の男が乗りこんできても前を向いていた。薛貞植は林和に、彼女は軍政庁のPXに働いている婦人だと紹介しただけだった。車が走り出たすぐあとである。

「林和さん」薛貞植は女学生の行列がプラカードを振っているのを窓から見てささやいた。「アメリカ人は朝鮮人の反託運動を喜んでいますよ」

「え？」

信じられないという顔をすると、

「それが軍政庁の本当の肚《はら》です。問題は表面から見ただけでは分りませんよ」

と薛貞植は低声《こごえ》になった。

6

ジープは景福宮横の長い塀沿いに走っていた。片側に鉛色に凍った川があった。

「ぼくの家に行きましょう」

薛貞植はそこまで来て林和を誘った。

薛貞植の隣にいる女は、男二人の話には全く関心のないように車の窓から外を見ていた。黒い眼鏡が小さな顔に不似合に大きい。PXに勤めていると聞いたが、派手な模様のネッカチーフも、手を通さないで肩にかけている赤いコートも、見かけはアメリカ人の女と変りはなかった。

林和はアメリカ軍政庁が朝鮮人の反託運動をかえって喜んでいると薛貞植から聞いて胸をとどろかし、その説明を求めた。

「そりゃそうでしょうよ」薛貞植はうすい痘痕《あばた》のある顔を林和に向けた。「四か国信託統治といっても、実際はアメリカとソビエトの共同管理ですから、この二か国の認める朝鮮臨時政府が事実上将来の政府に発展するわけです。勢力比となると、アメリカはソビエトの比ではありませんよ。忽《たちま》ち全朝鮮は共産思想になってしまうでしょうな。アメリカとしてはそれが困るのです。モスクワで三国外相会議を持ったものの、それは一応国際信義にもとづいて開かれているのだが、アメリカの本当の肚は、ソビエトと共同で朝鮮を管理したくないのです」

左手に朱塗りの建春門が過ぎた。長い塀はずっとつづき、岩肌の荒い山裾《やますそ》に向かって勾配《こうばい》になっている。ジープは橋を右に渡った。黒ずんだ長い建物が見える。どうやら薛貞植の家はこの元薬学専門学校の裏にあるらしかった。

林和が詳しい説明を求めようとしたとき、ジープの速度が落ちて坂道の途中の家の前に着いた。このあたりは元朝鮮総督府職員の官舎で、薛貞植はその一軒に入っているらしかった。個人の資格ではなく、軍政庁輿論局長としてアメリカ軍が接収したものを割り当てられているに違いない。それぞれの家は規格化された広い庭をもち垣根にはバラの蔓《つる》が匍《は》っていた。

ジープから降りると、黒眼鏡の女はコートの肩を寒そうに竦《すく》めながら、さっさと玄関から中へ入った。薛貞植は林和が降りるのを車の外で待ってくれた。

林和は、いまの女と薛貞植とは夫婦であろうかと思ったが、その紹介もないので、あるいは彼の恋人かもしれないと考えた。軍政庁に出ている薛貞植がPXの女と同棲《どうせい》する機会を持つのはそれほど奇妙ではなさそうだった。

家の内に入ると、林和の眼には軽いおどろきが浮かんだ。物資のない今、この家は贅沢《ぜいたく》な調度が充実している。むろん前にいた日本人官吏の雰囲気ではなく、そのほとんどがアメリカの製品だった。床は温突《オンドル》だったのを桜材の寄木《よせぎ》に直している。それはワックスで光り、すべりそうなくらい光沢《つや》があった。

「まあ、お掛けなさい」

薛貞植は、これもしゃれた椅子に林和を落ち着けさせた。部屋の隅に赤煉瓦《あかれんが》の四角な暖炉が嵌《は》まり、豊富な石炭が中で燃えていた。ここに入ってきた途端、顔がむっとするくらいに熱かった。

先ほどの女とは違う女中がコーヒーを淹《い》れてきた。砂糖がふんだんに入っていて甘い。林和の舌はひとりでに躍りそうであった。

「美味《うま》いですな」

林和は思わず言ってから顔を赧《あか》らめた。朝鮮人の惨めな生活がいまの言葉の裏から押し出ていた。前にいる薛貞植が朝鮮人の側にいない人物に見えていたのだ。

「果物《くだもの》の缶詰を出させましょう」

薛貞植はそう言うと、ついと立って出て行ったが、やがて蓋《ふた》を切ったパインナップルの缶詰を片手に提《さ》げてきた。

「よかったら、あがって下さい」

この家にはアメリカの製品が氾濫《はんらん》しているらしかった。それは軍政庁の朝鮮人職員としての配給なのか、彼の恋人と思われる黒眼鏡のPXの女が持ち帰ったものか、その辺の見当がつかなかった。

薛貞植は、林和が口を尖《とが》らせてコーヒーを喫《の》んだり、黄色いパインナップルの輪に歯を当てている間、ラッキーストライクを口に咥《くわ》えて、蒼《あお》い烟《けむり》を吐きながら待っていた。

「先ほどの話にかえりますがね」

と薛貞植は林和の問いに答えた。

「ホッジ司令官は極端な右派です。アメリカ当局は初め南朝鮮の司令官としてジョセフ・スティンウェル中将を予定していたところ、蔣介石の希望でホッジに代ったのです。理由は、スティンウェルよりもホッジが右翼だからです。彼は毎日軍政庁の司令官室に出勤しているが、ほとんど朝鮮の政策については企画的な頭を持っていないという評判です。南朝鮮に七十の政党が瞬《また》く間に出来たときなど彼は信じられないという顔で茫然《ぼうぜん》としていただけです。ホッジ将軍の周囲は李承晩、金九などの右派が取り巻き、かつての対日協力者や、疑似インテリや小賢《こざか》しい通訳などが取り巻いています。ただ、ホッジに取柄があると思われているのは、戦争に強いことと、共産勢力を毛嫌いしていることだけです」

薛貞植は煙草を止め、自分もコーヒーを喫みながら言った。

「もし、モスクワの三国外相会議決定による信託統治が行なわれたら、ホッジ将軍としては共産勢力の下風に立つのは我慢のできないことでしょう。またソビエト側も南北朝鮮の比重から北に自己の勢力を置き、南にこれを波及させるようにするでしょう。そういうわけで、アメリカとしてはなまじソビエトと共同管理をしたくないのが本音ですよ。つまり、アメリカは日本の降伏と同時にアメリカ軍より早く三十八度線ぎりぎりまで進駐してきたソビエト軍に対する恐怖がまだ除いていないのですな。世界の眼に遠慮して一応ソビエトと協調して三国外相会議案に調印したものの、ここで朝鮮人の反対を期待し、この会議が崩れることを望んでいるのです。そのあとで、アメリカは自分の言いなりになる朝鮮政府を作りたいわけです」

林和はそれで納得できた。薛貞植は本当のことを教えたと思った。

「それは気がつきませんでしたね」林和は感心して言った。「なるほど、そう聞いてよく分りました。ぼくのほうもその辺を頭に入れて運動方針の参考にしたいと思います」

「そうしたほうがいいでしょう。またいろいろなことが分れば、あなたに連絡しますよ」

薛貞植は愛国者だと林和は思った。アメリカ軍政庁の職員にはなっているが、魂までアメリカ人にはなっていない。

「あなたは、いまぼくにおっしゃったことを誰かに話したことがありますか?」

林和は訊いてみた。

「いや、あなたが初めてです。それというのが、ぼくはあまりこんなことを他人《ひと》には言えない立場ですからね。いわば、自分が軍政庁の中にいて職務上知り得た秘密といってもいいでしょう。こんなケチなことでもぼくの立場になると、秘密漏洩《ろうえい》ということになりそうです。ただ、ぼくは昔から芸術家が好きでしてね、林和さん、あなたの詩も読ませてもらっていましたよ。だから、芸術運動家のあなただけにはこっそりと教えてあげたい、と、こう思ったからです」

林和は、この輿論局長がアメリカ当局から自分に関する過去を知らされていないことを知った。もし、あの経歴が彼に洩らされていれば、彼はこのようなことを教えるわけはない。

林和は今後のことも薛貞植に頼んで立ち上った。例の黒眼鏡の女は最後まで出てこなかった。先方でも終りまで彼女との関係を説明しなかった。

薛貞植は女中を呼び、用意させたらしい包みを渡した。

「砂糖です」薛貞植は微笑しながら言った。「奥さんに上げて下さい」

二人は出口へ歩きかけた。

「反託運動は、表面、軍政庁を当惑させていますが、内心は大いに煽《あお》りたいところなんですよ。そうそう、明日、反託示威の集会が軍政庁前の広場でありますね。何とかという団体の主催で？」

「ええ。反託国民総動員委員会というんです」林和は言った。「委員長は権東鎮さんですが、いわゆる右派も左派も一しょになってやることになっています」

「大へんな人出でしょうね」

薛貞植は眼もとを笑わせた。

「そういう運動は軍政庁の歓迎するところですから、よほどの行過ぎがない限り、絶対に弾圧はしませんよ。アメリカ軍は反託運動に手を焼いているような恰好《かっこう》に見せかけて、その実、手を叩いています」

壁にラケットが二個吊り下っているのが林和の眼に初めて止った。

「おや、テニスをおやりですか？」

さすがに軍政庁の職員だと思った。玉蜀黍《とうもろこし》と小麦粉のわずかな配給で栄養失調になっている朝鮮人の中で、薛貞植は悠々とスポーツを愉《たの》しんでいる。

「ナニ、いたずらにやっているだけです。アメリカ人が好きなものだから、つき合いの上で仕方がないのです」

薛貞植は弁解したが、もう一個のラケットが誰のものか言及しなかった。

「今後の連絡はどうしましょう？　あまりたびたびお宅にあがってもご迷惑だと思いますが」

林和が気をつかって言うと、

「安永達君に連絡させます。お会いする場所はその都度指定することにしますが、今日ここに呼んだのは、わたしの家がここだというのをお知らせして、あなたにぼくを信用してもらいたかったのですよ」

信託統治反対の市民示威運動行列が、反託国民総動員委員会の指令で行なわれようとする三十日の未明に、韓国民主党首の宋鎮禹が暗殺された。韓国独立党員数名によって拳銃弾六発を受け射殺されたのであった。

宋鎮禹は、解放後逸早く金性洙財閥をバックに、保守右翼を結集して韓国民主党を組織したが、かねてからアメリカ軍政庁に協力しすぎるという非難があった。軍政庁の朝鮮人職員の八割はこの一派に属していて、その専制と横暴ぶりは、反対的立場にある国外派、特に韓国独立党系からは敵視されていた。宋鎮禹の殺害は右派の勢力に大きな衝動を与えたが、とにかく、その日の反託示威運動は軍政庁前の広場に二万の市民団体を集めて行なわれた。おびただしいプラカードが揺らぎ、群衆は信託反対を喚いた。

林和もその中にいた。彼の属する朝鮮文学同盟がこの示威運動の中に参加していたし、その政治母体である朝鮮共産党も多数の党員を動員していた。このときの情勢は、まさに右も左もない、朝鮮人民の結集が初めて成ったかのようにみえた。

群衆の行列は掛け声をかけ、足を踏み鳴らしながら渦を巻いた。広場の正面には米兵と警察官とが壁をつくっていた。両端にも多数のMPがピストルを腰に下げて何列かで立っていた。

林和の横にいる者も、前にいる者も「反託」を叫んでいた。あらゆる人間が口を開け、眼を輝かして、ホッジのいる白堊《はくあ》の建物に対抗していた。林和の知った人間も多い。殊に彼の横には朝鮮文化建設中央委員会のプラカードが若い男の手で情熱的に振られていた。朝鮮人が外国の統治を受けるとは民衆の感じている恥辱だった。この屈辱にみなの血が滾《たぎ》り、怒っていた。

元総督府だった巨大な白い建物のうしろには、尖った北岳山が粗《あら》い地肌を冬の陽に晒《さら》していた。その影はくっきりと皺を描き分け、陽の当るところは白と茶色の絵具のチューブを塗りつけて盛り上げたようになっていた。林和は、自分も声を出して群衆に合わせていたが、この山の具合にさきほどから感動していた。詩になるな、と思った。このような場合に自然の美に感動するのは間違っているだろうか。山岳に感動するにしても、それは政治的な交渉意識でなされなければならない。しかし、今の瞬間に見える山容は、彼の周囲に起っている喊声《かんせい》とは別に荘重な芸術美を持っていた。

彼の周囲には涙を流している奴もいる。決して暖かい日ではなかったが、顔に汗を流している奴もいた。群衆は絶えず広場をじぐざぐに歩き回った。流れは何重にも触れ合い、擦《こす》れ合った。

林和は、薛貞植の言葉が脳裡《のうり》から去らない。口では喚いているが、このデモには感動がなかった。少なくとも山に当っている日向の具合ほどには感興がなかった。

しかし、と林和は矛盾を感じるのだ。民族独立は血の叫びだった。だから、ここにいる二万に近い朝鮮人が涙を溜《た》めて外国の干渉に反対しているのだ。そのことは純粋である。が、そのことがアメリカとソビエトとの政治的取引の道具になっていると思うと、林和の怒りは別のところに向いていた。それはアメリカでもなく、ソビエトでもなく、引き裂かれる朝鮮民族の運命にであった。解散がはじめられた。行列は広場から外に流れはじめた。何組にも分れて市内を行進するのである。

道に集まっている者も、家の中からのぞいている人間も、停《とま》った電車の窓からも拍手と喊声があがっていた。行列はパコダ公園で流れ解散の予定だったが、すぐに帰る者はいなかった。教授も、商人も、学生も、労働者も、主婦も、女学生も、いつまでも列を解くのを拒んだ。

林和が家に戻ったのは日が昏《く》れてからだった。

身体の疲労が家に入って一どきに来た。妻の池河連が病気の具合を心配した。熱はなかった。林和は少し自信を得た。これほど揉《も》まれて熱がないというのは、少し健康になったらしい。

妻が熱い茶を汲《く》んできたが、喫《の》むと甘い砂糖湯だった。

「さっそく、あれを使わしていただいたわ。とても助かった。もったいないので、あなたの食べる分だけあの砂糖を使うようにしますわ。明後日は正月というのに、砂糖の配給はほんのちょっぴりなのよ。糯米《もちごめ》もほんのひと握り。……いつになったら、玉蜀黍の代りに腹一ぱい米が食べられるでしょうねえ」

林和は薛貞植の家を眼に浮かべた。困ったときは彼のところに何か貰《もら》いに行こう。

彼なら少しは回してくれると思った。彼だけでなく、どうやらいっしょにいるらしいその恋人もPXに働いている。薛貞植の家は、砂糖でも、コーヒーでも、缶詰でも、煙草でも、ウイスキーでも何でもある。

林和は、よほどそのことを妻に洩らして、いよいよの場合はこういう人間を知っているからと安心させようかと思った。が、彼は浮かんできたその考えを自分の歯の間で嚙《か》み殺した。薛貞植に頼ってはならない。それでは乞食《こじき》ではないか。殊にアメリカの製品など貰ってくるなどとは屈辱だった。みんなが少ない物資に苦しんでいるのだ。みんなと同じに餓えよう。

だが、その一方、薛貞植と知り合ったのが林和のひそかな安心になっていることも間違いではなかった。そういう特別なルートを持ったことで、最後にはみんなと違って自分だけは助かることができる。——

翌朝は少し気温が上っていた。朝鮮の冬季は三寒四温が繰り返される。この朝は雨が降って、霰《あられ》が混っていた。

林和は、一九四五年の最後の日だというのを妙な感傷で気持の中に沈めながら、解放日報社に向かった。

編集局に上ると、趙一鳴《チヨイルミヨン》は腕捲くりして、何枚かの新聞の大組みのゲラ刷を机の上にひろげて見ていた。

「明日は元日だからね、軍政庁から特別に紙の配給があったのさ。元旦用にホッジがプレゼントしてくれたんだよ」

趙一鳴は林和の顔を見てから言った。

「三日付でホッジの声明が出る。ちゃんとスペースの指定が付いていてね。『新年に際して全朝鮮人民に告ぐ』という題で、ホッジの肖像入りだ。立派な写真を入れてやるのは紙のプレゼントのお礼だな」

彼はタブロイド版の新聞が今度は六ページになると言って喜んでいた。

「ホッジはどんなことを言うんです？」

林和は訊いた。

「なに、通り一ぺんの挨拶《あいさつ》だよ。解放第二年目を迎えて朝鮮人は勇気と自信と愛国心を持て、といった意味だな。アメリカは朝鮮の民主化のために役立つならば、どのような援助と激励をも惜しまない、示威運動より建設力を期待する、という趣旨です」

「具体的には？」

「何もない。いや、ホッジなら何も言うことないと同じだね」

林和がここに来た目的は、薛貞植から聞いた「情報」をこっそりと耳打ちしたいからである。『解放日報』の社説も主筆の李承燁《リスンヨプ》が激しい口調で反託の理論を述べている。彼は反託の講演まで何度もやっている。林和は薛貞植から聞いてきた話を彼と趙一鳴とに伝え、その価値判断を彼と一しょに検討したかったのだ。

李承燁に会いたいと言うと、主筆室にいるはずだと趙一鳴は言い、林和の顔つきを見た。

「おや、何かあったのかね？」

「ちょっとしたことを聞いたんです。あなたと李承燁さんとに聞いてもらいたいのですがね。いや、反託運動についてのアメリカ側の内情ですよ」

趙一鳴は瞬間疑わしそうな眼つきをしたが、腕捲くりの袖を降ろして、上衣に手を通した。

「お仕事中ではないんですか？」

「いや、大体済んだところだ」

主筆室で李承燁はうしろ向きに机に向かってしきりと何か書いていた。

「もう、すぐだよ」

と彼は趙一鳴が入ってきたのを見て言った。どうやらそれは急ぎの社説を書いているらしいのだが、大分締切時間に追われているような様子だった。

「あと四十分くらいならいいです」

「そんなら大丈夫だ」

李承燁は鉛筆を置き、林和を見て、やあ、と言った。

「林和君がね」と趙一鳴が取り次いだ。「反託運動のことで何か情報を握ったらしいんです」

「いや、それほど大そうなものではありませんがね」林和は趙一鳴の大仰な紹介に慌てて言った。「とにかく、妙な話を聞いたんです」

正月二日というのに、朝鮮美術同盟の組織に属する若い美術家たちはプラカード書きに忙しくしていた。林和がそこをのぞくと、十人以上の青年が板に直接書いたり、枠張《わくば》りした紙に屈《かが》みこんで筆を動かしたりしていた。

「信託統治絶対反対」「モスクワ三国外相会議決定絶対反対」「三国は朝鮮から手を引け」「朝鮮完全独立」「朝鮮民族は外国から統治されない」「朝鮮独立政府樹立万歳」――漫画も描いてある。そこは絵描きの集団だけに文字通りお手のものだった。

林和が立ち止って眺めていると、

「林和さん、見て下さい」と青年の一人が働いている部員をひとりひとり指した。「みんな一生懸命です。盆も正月もありません。いや、正月といったところで、玉蜀黍が多くなったのと、米がちょっぴり配給されたぐらいですからね。正月なんていうもんじゃありません。みんな腹を空かして書いてるんです。一生懸命書いてると、その間だけ空腹が忘れられるんです」

「腹減らしに仕事をするというのは聞いたことがあるが、空腹を忘れるために仕事をするというのは初めてだな」

「そうなんです。しかし、明日のことを思うと、じっとしていられないんです。みんなもりもり書いていますよ。ひとつ、あとで、どれが一ばん出来がいいか、審査会を開こうという案が持ち上っています。林和さん、審査員になってくれませんか」

林和は笑って朽ちた階段を上った。

自分の部屋に入って何か書こうとしたが、妙に気が重かった。額に手を当てると、まだ熱が冷めていない。彼は今朝から身体の火照《ほて》りを感じていた。

今日は空気が冴えていた。部屋の中が寒い。相変らず役に立たないペーチカが大きな図体を部屋の隅に構えていた。燃す物はなかった。林和は外套《がいとう》を着たまま椅子に坐り、足を曲げて貧乏震いをしていた。薛貞植の家の暖かみを考えていた。

安永達がもう来るころだと思った。薛貞植はもっといろいろな情報を内密に教える約束をしてくれた。

机の上に『解放日報《よじ》』が置いてある。誰かがさんざん読み散らしたらしく、質の悪い紙が皺だらけに捲れていた。最初の見出しが横一面に眼を剝《む》いている。

「明日反託示威運動　三万人の民衆を動員」

林和は、そのデモが軍政庁の前に集合したとき、朝鮮文学者を代表してメッセージを読みあげる役目になっていた。彼はその草稿を今から作らねばならない。が、気が重かった。

もし、薛貞植の「情報」が真実なら、林和は思い切り反託の痛烈な文章を書いてアメリカ側に意識されようかと思った。そのことで彼の過去の経歴が暗黙のうちに抹殺されるかもしれないという淡い希望も湧いた。激烈な反託演説は大衆にも喜んでもらえるし、二重の利益になる。

薛貞植の「情報」にかなり根拠のあるらしいことは、一昨日解放日報社に行って李承燁と趙一鳴に話したとき、二人の態度で何となく判定できた。もっとも、二人はその価値判断を即座に下したわけではない。だが、少なくとも頭から馬鹿げたことだとは否定しなかった。むしろ李承燁などは急に重々しい顔色になり、思案に沈み込んでしまったものだ。

「そりゃ考えられぬでもないな」

趙一鳴も手巻きのヤミ煙草を咥《くわ》えたまま凝然としていた。両人は沈黙のなかに衝撃を受けたようだった。

『解放日報』の幹部がそうだったのだ。薛貞植の言葉はかなり正確だと思っていい。

しかし、それをもっと確認させるような話が二時間後に林和の耳に入ってきた。

日帝統治時代に光州の監獄に入っていていて、解放で出てきたふるい闘士が突然部屋にきて、林和に意外なことを告げた。

「どうも幹部連中の動きがおかしいですよ、林和さん」

「どういうことです？」

「いや、二、三日前から、共産党の上層部だけで会合が開かれているようですが、ほとんど秘密会といった状態らしいですな。招集されてる者もごく限られた人数です」

「反託運動の戦術を討議してるんじゃないんですか？」

「初めはぼくもそう思っていました。ところが、少々様子が違うようです」

その男は声をひそめた。

「年末から党首の朴憲永《パクホニヨン》さんがいなくなったんです。表面は病気だということになって、自宅に籠《こも》っているものとばかり思ってたんです。ところが、自宅にもいる様子はなし、もしかすると、重症になってこっそり入院しているんじゃないかという臆測も飛んでいました。ところが、つい二、三日前に当人が党本部に姿を見せたんです。それから秘密会議がつづいているんですよ。どうやら朴憲永さんは北に行ってきたらしいですな」

「平壌ですか？」

林和はおどろいて訊いた。

「さあ、それがどこだか分らないが、とにかく、北に入って向うの最高委員会の人たちなどに会ってきたらしいです。いや、それだけでなく、ソビエト軍側から何か指令を受けて帰ってきたらしいですよ」

「指令を？」

「そうだと思いますね。それで幹部連中が秘密会議をずっとつづけているんだと思います。内容はまだ分らないが、相当重大な問題じゃないかと思います」

「やっぱり反託運動のことですか？」

「それに関連していることは間違いないですがね」

その男が帰ったあと、林和は部屋の中を歩き回った。朴憲永が北に入っていたことも、彼が北側から何かの指令を貰って帰ってきたことも、すべて彼に初耳だった。ここはあくまでも文化団体であり、政党ではなかった。しかし、共産党が北からの指令で戦術転換を行なえば、当然、その影響は早晩こちらにも伝えられるはずだった。

反託運動についての会議だというが、どのようなことか皆目見当がつかなかった。

林和は落ち着かない気持で寒い部屋を出た。階下《した》に降りると、プラカードを書いていた若い連中がぼんやりと立っていたり、片隅に腰をおろしたりしている。休憩でもしているのかと思って、その前を通り過ぎようとすると、先ほどの若い部員が林和の傍に寄ってきた。

「林和さん、先ほどの審査員のことですが」と変な顔をして言った。「あれは一応取り消しますよ」

「ほう。どうして？」

「いま、党から指令がきたのです。反託のプラカードを書くのはちょっと待てというのです」

林和は、その辺に立ったり、腰を掛けたりしている部員たちの姿をもう一度眺め回した。

「理由は？」

「分りません。全然見当がつかないんです。まるで狐《きつね》につままれたようです」

「中止になるのかな？」

林和は明日に迫っている大デモを考えた。

「いや、そうでもないらしいですよ。とにかく、デモはやるらしいです」

「ほう。じゃ、プラカードは書かなければならないんじゃないかな？」

「そこが分らないですな。それに、そのままの態勢でしばらく待つようにということでした」

新しい戦術のためにスローガンでも変えるのかと思った。

「ぼくらもそう思っていますが、いや、どうも分らないですな」

プラカードを書くのを止めさせたのは、先ほど話に聞いたばかりの朴憲永入北の結果だとは見当がついた。しかし、それがどのような筋でプラカード書きを中止させているのか。

「あとの指令はいつごろ来るんだね？」

「さあ、それも分りません。とにかく、別命があるまで待つほかはないようです」

林和はそこを出て、解放日報社に急いだ。今の情報からみると、李承燁も、趙一鳴も新しい事実を聞いているかもしれなかった。『解放日報』は党の機関紙なのだ。

新聞社の人に訊《き》いてみると、二人とも不在だということだった。どこに行っているかも分らないという返事だし、帰ってくる時間もべつに聞いていないという。林和は二人の不在がさっきの新しい指令に関係がありそうに思えた。

林和はさし当って行くところがなかった。さすがに街は正月らしく、どの家も戸を閉めている。古い晴れ着をきた若い女たちが道に出ていた。

林和は、もしかすると薛貞植に訊けば何か分るかもしれないと思った。アメリカ軍政庁は情報機関が発達しているに違いない。だから、朴憲永の入北も、共産党の重大会議も実情を握っているかもしれない。しかし、さすがにそれを訊きに行くわけにはいかなかった。

林和は仕方がないので、もう一度事務所に戻った。すると、内部が騒然となっている。

美術組織では、先ほどの連中が忙しげにプラカードを書き直していた。林和は、その新しい文句に眼を落してあっと息を呑んだ。

「信託統治支持」

「モスクワ三国外相会議決定支持」

7

林和《リムファ》はそこを飛び出した。

予想しないでもなかったが、あまりに急すぎた。猫の眼のように変るというのはこのことだろう。街を歩いていても、美術組織の連中が書きなぐっている「モスクワ三国外相会議決定支持」「信託統治支持」のプラカードの文字が残像になっていた。

街は平静だった。昏《く》れていたが、歩いている人がいつもより多い。どこかに歌を唄《うた》っている家がある。正月だった。林和は、自分のいらいらしている気持が、この静かな風景の中に少しずつ吸い込まれてゆくのを感じた。

だが、よく考えてみると、それは逆で、林和の心の中にその象形《しょうけい》ができ上っているのだった。草色のジープが通った。普通のことだが、林和にはジープの走り方にまで特別な意味があるように思えていた。アメリカ軍政庁は、朝鮮共産党の決定した「信託支持」をどう受け取っているのであろうか。すでにその情報も届いているに違いない。

理屈からいえば自国を含めた三国の政策を支持すると打ち出したのだから、まことにアメリカ軍政庁にとっては都合のいい話である。だが薛貞植から聞いた話では反託運動のほうが軍政庁にとって実は便利だというのである。

それまでは厄介な反対で朝鮮人が軍政庁を手こずらせていると思っていたのに、案外な話を聞いた思いだった。

だが、たった今入った指令で朝鮮共産党派が信託支持に回ったとすれば、薛貞植の話が嘘《うそ》でなかったことが分る。そのことは、朝鮮共産党側にも人がいたという証拠でもあった。今も共産党は右翼派とは徐々に亀裂《きれつ》をひろげつつある。

今度の信託統治をめぐって各党が一せいに反対したことは、多少ともこのヒビを元に縮めた感じだったが、今度の支持決定で両派を決定的な分裂に導くに違いなかった。

それにしても、このような重大なことがどうしてかくも突然に決定されたのだろうか。それまでにこの結論に持ってゆく過程の討論が少しも林和の耳には聞えていなかった。そこに来るまでの準備的な声が全くなかったのである。全く「反託」一点ばりで、一時間前まで脇目《わきめ》も振らずに来ていたのだ。途中のプロセスが一切抜き去られて、絶対的な結論だけがおそろしく一気に殺到してきた感じだった。

その結論が朝鮮共産党首朴憲永《パクホニヨン》の入北によって決められたとすれば、北側の指導者との相談でなされたとは容易に想像できる。その朴憲永すら今まで信託支持の議論を一言半句も吐いたことはなかったのである。してみると、朴憲永が持ち帰った支持の意見は北側の朝鮮人のみではなく、ソビエト進駐軍司令部から出ているのではなかろうか。

しかし、問題は、この遠い想像よりも、目下、自分と同じ疑念を持っている党員を、どのような理論で納得させてくれるかである。朴憲永が北側の朝鮮人指導者の助言を貰って帰ったにしても、それではただのお仕着せ指令ではないか。新指令は、まさに掌を返したという形容よりももっと急激だった。そのことが急激であればあるほど、理論的な説明は極めて詳細でなければならぬ。

朝鮮人は決して弱小民族ではない。信託統治とは日帝統治時代と同じような外国侵略による奴隷化ではないか、とは、今の今まで党員たちの口から激しい怒りで罵《ののし》られた言葉だ。それは理屈でなく、民族的な感情である。今度はその民族感情を裏切った決定だ。その辺の納得性ある理論づけをどうするかだ。これはぜひ聞かねばならない。いや、聞きものだ、と林和は思った。

解放日報社の前に出た。建物の灯は消えていた。林和は、指先に触れると全身に寒気を感じそうな戸を押したが、びくともしない。

冷たい壁について裏側に回った。

すると、三階の隅にうすい明りが見えた。窓に炎が揺らぐところをみると、ローソクらしい。その部屋が編集局長室だと見当をつけたのは、前の訪問のおかげである。林和はあたりを見回したが、通行人は跡絶《とだ》えている。ラジオが正月用の古い朝鮮民謡を放送していた。

林和は、最初、どう呼んでいいか分らなかったが、結局、口笛を吹くことにした。空を向いた途端に鼻腔に粉雪が入りこんだ。気づいてみると、星はなかった。ローソクの灯がすうっと消えたようだったが、しかし、ほかの窓から見ると明るさは残っている。誰かが灯を奥のほうに移動させたらしい。こちらの合図が分ったのだ。林和は貧乏ぶるいしながら地面で待った。

「誰だ？」

意外にすぐ近くで低い声が咎《とが》めた。対手の姿は分らない。暗い所からこちらをのぞいているのだった。

「林和です」

「林和」

何かつづけて言いたそうだったが、その名前に思い当ったらしい。黙って靴音が遠ざかった。待てとも、帰れとも言わない。しかし、これは待っていろという意味だった。

林和が地下室の入口から中に吸い込まれたのは、五、六分外に残ったあとだった。案内者は植字工のような人間で、むろん、林和の知らない顔だ。一階に上った。輪転機の黒い影が廃墟《はいきょ》のように見えた。

ローソクの灯はやはり編集局長室だった。なぜ、電気を消しているのか。窓から見るぐるりの民家には、戸の隙間《すきま》から電灯の光があった。これも先ほどの「決定」に関係があるのか。こうなると、世の中のあらゆる現象が全部さっきのどんでん返しの指令に関連しているようにみえる。

三階の部屋で李承燁《リスンヨプ》と趙一鳴《チョイルミョン》とが林和を迎え入れた。意外にペーチカの炉が真赤になっている。外から見てローソクの灯だと思ったのはこれだった。林和の口笛で暗くなったのは、誰かが炉の前を塞《ふさ》いだためらしい。今どき石炭がこんなにふんだんにあるのも珍しかった。市中では正月用の配給に一片《ひとかけら》も貰えなかったのだ。やはり新聞社は特別なのか。

「もう、ご存じでしょうね」林和は、李承燁の肥えた片頰が火に赤くなっているのを見て言った。「どういうことであういうことになったんですか?」

横の趙一鳴が先に笑いだした。

「林和さん、あなたの情報が当ったんだ。ねえ、そうじゃないか?」

「たしかに」と林和は言った。「だが、それは結果だけですよ。ぼくは結論だけを聞いたんですからね。分らないのはその理由ですが、李承燁さん、あんた、もう聞いているならひとつ、教えてくれませんか。いや、あまり夢みたいなことになったので、このままでは家に帰れません。いま、美術組織の若い連中がプラカードを塗り変えていますが、みんな狐につままれたような顔をしています。若い連中の疑問も解いてやらねばなりません」

李承燁は、いいでしょう、と答えた。

「実は、ぼくもさっき党の或《あ》る会合に出て帰ったところだよ。それで初めてぼくにも分ったのだ。すっかり分った」

自信を得たばかりの声だった。

「説明しよう」

どこかで階段を降りてゆく靴音が微《かす》かにした。林和は、それが自分を案内した男とは違っているのを直感した。

それにしても、なぜ、こんなに二人とも暗い所に秘密めいて坐っているのか。

「いや」と、その疑問にまず趙一鳴が答えた。「警戒してるんだよ。右翼派の連中が話を聞いて殴り込みに来るかも分らないからね」

「われわれはごまかされていたんだよ」

李承燁は言った。

「すっかりアメリカ側の宣伝に騙《だま》されていた。モスクワ三国外相会議決定ね、あれはアメリカ側がわざと間違えてわれわれに吹き込んだんだ」

「あれはデマですか？」

「いや、決定そのものはむろん本当だが、信託統治というのがごまかしだったんだね」李承燁は解説めいた口調で言った。「本当は、あれは〝信託統治〟ではなかったんだな。だが、われわれが聞かされているのはアメリカ軍政庁の発表と、アメリカから流されてくる新聞報道だけだった。その辺から歪められてきたんだ。モスクワ決定は、〝信託統治〟でなく〝後見〟と訳すのが本当だ」

「後見？」

「そう。今日の会合で初めて分ったのだが、決定事項の主なのは、まず朝鮮民主主義臨時政府を樹立して、その組織と方策に協力するために、南朝鮮のアメリカ軍代表と北朝鮮のソビエト軍代表とをもって、共同委員会を組織する。委員会は自己の提案を作成するに当っては、朝鮮の民主的諸政党や社会団体と必ず協議する。そして、この委員会が作った建議書は、両国政府で最終的に決定される前に、米・ソ・英・中の四か国の政府の審議を受けなければならない……」

「それは前から知ってますが」

「次が問題なんだね。共同委員会は朝鮮臨時政府を参加させて、朝鮮人民の政治的・経済的・社会的進歩と、民主主義的発展と、さらに朝鮮の国家的独立の確立を援助協力する方策をも作成する。……つまり、この援助協力がアメリカによって信託統治という意味に宣伝されたのさ。これを見ても分る通り、もちろん、信託統治というよりも後見と解釈さるべきだ。……そうだろう？　信託統治とは統治国が直接的に政治を行なうのだが、ここではそんなことは一切うたっていない。あくまでも民主主義による朝鮮臨時政府を作って、その政策を援助協力するだけだ。もちろん、間接統治でもない」

「…………」

「どうだね？」と李承燁は自信を押しつけるように言った。「これを見ても、いかにアメリカが間違ったごまかしを押し付けているか分るだろう？」

「それなら納得できますが」

と林和はまだ全面的には呑み込めないで言った。

「なぜ、アメリカはそんなごまかしをする必要があったのでしょう？」

「簡単だ。アメリカがそっちの政策を望んでいるからだよ。モスクワの会議では、この問題をめぐってソビエトとアメリカとの間に激しい応酬があったが、結局、アメリカがソビエトの主張をその場では認めざるを得なくなったんだね。しかし、アメリカがこの決定を全面的に実行するかどうかは、これからのことだ。なにしろ、これは決定というだけで、今度はソ米共同委員会が実行機関になるからね。ここで、アメリカが政策をボイコットすることもあり得る。……われわれもうかつだった。もっと早くこの真実をつかめばよかった。いくらアメリカでも、まさか国際的な決定まで誤訳でごまかそうとは思わなかった」

「………」

「いや、林和君が反託運動がアメリカを喜ばせているという情報を握ってきたとき、ぼくもあっと思ったね。なるほど、そういう線もあり得るとね」

趙一鳴が横から言った。

「だが、これではっきりした。アメリカの考えは、もともと、三国外相会議決定が不本意だったんだ。ソビエトと両方で朝鮮をみてゆくというのは、この朝鮮を自分だけの足場にしたいアメリカにとっては我慢のならない取り決めになったと思うな。できれば、いま占領している三十八度線以南は全部自分の単独支配にしたい。そのためには朝鮮人の信託反対がもっと強くなるのを望んでいたわけだね」

李承燁がおとなしい声で話を終えた。

「今日はもう遅いからどうか分らないが、明日の朝早くから、この理由が朴憲永の指令で各部会と全国各地方に流されると思う。結論が先に来た感じだったのは、われわれがその真相を知らなかったからで、それが分った今では、これはすぐにでも今までの看板を下ろして塗り替えるのが当然だよ。まんまとアメリカ側の謀略にかかるところだったな。信託統治と後見制か……。なるほど、こんなわずかなところにもごまかしのトリックがあるんだな」

と横で趙一鳴が言った。

「そりゃ、君」李承燁が言った。「謀略とはそんなものだよ。案外、ケチなやり方が盲点となってくる。まさかそんなところに、という気が誰にもあるからね」

林和は椅子から立った。

「気をつけてくれたまえ」

と李承燁が石炭の燃える明りを背負って言った。

「もう、右翼派はわれわれのモスクワ決定支持を嗅《か》ぎつけているからね。われわれはすぐにこの真相を暴露して、新聞に書きまくるつもりだが、右翼暴力団の襲撃は覚悟しているよ。奴らの言うことは決まっている。売国奴だ、とね。なるほど、われわれも今まで信託統治は民族を売る行為だと思っていた。だから、敵はこのごまかしの〝信託統治〟を押し通して、われわれを売国奴に仕立てると思う。知らないのは民衆だからね。民衆に真実をひろめるのはわれわれの任務だ。……ただ、心配なのはその前に右翼派の襲撃で輪転機が石を嚙《か》まされるか分らないことだ」

最後に林和は、まだ若い連中が事務所に残っているので早速これを伝えると言い、李承燁は階段の上まで、趙一鳴は地下室の出口まで見送って、気をつけて帰るようにと彼にもう一度注意した。

林和はまた暗い街を戻った。乾いた雪が降っていた。

寒くはなかった。頭が燃えている。林和の意識を占めているのは、信託統治が後見制のごまかしであるという理論のことではなかった。朝鮮をめぐってアメリカとソビエトとがいま大きく口を開けようとしている。林和も組織委員になっている朝鮮文学同盟は尖鋭化してゆくに違いない。それにつれて彼の立場も微妙になりそうだった。これから自分がどうなってゆくのか先が分らなかった。林和は暗い穴の中に教会のビラを見つめて胴震いした。

突然、暗い所から二人ほどの人影が出たので林和はぎょっとなった。が、相手は彼を追い越してゆくとき、その横顔をのぞき込むような恰好をしただけで、すぐ次の辻《つじ》に曲ってしまった。林和は立ち止り、激しく鳴る心臓を抑えた。解放日報社で聞いた階段を降りる別な人間の足音を思い出したのである。——

8

ソウル・グラウンドの上には重い雲が垂れこめていた。ときどき、雪が三万の群衆の上に降りかかった。一月三日、信託統治支持大デモだった。

群衆は真黒になってかたまっていた。プラカードがその間に突き出ていた。灰色と黒に塗りこめられた風景の中で、プラカードだけが赤や青の色をつけていた。「三相会議決定支持」「信託統治支持」「反動の謀略粉砕」などと書かれていた。美術組織の連中が大急ぎで書いたものだった。

このグラウンドは陸上競技によく使われたものだが、台の上には一人の男が立ってマイクの前でしゃべっていた。朝鮮共産党首朴憲永《パクホニヨン》の激励辞の代読だった。拍手は言葉の切れ目のたびに起る。その男のうしろに裸梢《らしよう》の楊柳《ポプラ》の列がまだらな灰色の雲を鋭く突き刺していた。

林和《リムフア》はその列の中にいた。民衆の表情は明らかに二通りあった。熱烈な拍手と同じように昂奮《こうふん》している顔もあるが、何か解《げ》せない表情もあった。信託統治反対が急に支持に変った疑問である。まだはっきりと事態が呑みこめない混迷であった。

上からの指示はまだ下部まで徹底していなかったとみえる。朴憲永が北から帰って新しい方向を打ち出したとき、共産党の幹部会でも相当な激論があったということだった。が、今日の大会まで時日がなかったせいか、デモ隊には反対が支持に変った理由が分らないといった顔が多かった。外国による信託統治は、明らかに朝鮮の独立を無視したものだった。感情的に支持に回るのが不可解なのである。

もっとも、壇上には代る代る演説する者が現われて、三相会議の真意は信託統治でなく後見制であると説いていた。が、これもどこまでここに集まっている群衆の心に入ったか分らなかった。後見制の意味も民衆にはまだ呑みこめないようだった。

最後に長い髪を風に乱している男が上がって、これから南山までデモ行進すると伝えた。行進順序は鍾路から元朝鮮神宮前まで行き、そこから流れ解散すると指示した。

「みなさんにお願いします。行進中の掛け声は〝信託統治絶対支持〟とします。分りましたね。では、これからみなさんといっしょに早速やりましょう。この掛け声といっしょに勢いよく拳《こぶし》を空に突き上げて下さい」

髪の毛の長い男は、自分で右手を挙げ、信託統治絶対支持、と叫んだ。群衆がそれに和した。

その男が降りると、もう一人の男が代って上がった。

「みなさん、行進はジグザグに進みます。途中で敵側の妨害や挑発が予想されますが、あくまでも指揮者の指示に従って下さい。絶対に敵の挑発に乗らないで下さい」

と注意した。

「テロ行為が頻発しています。敵はわれわれを挑発にひっかけて何を企んでいるか分りません。挑発に乗らないで下さい」

実際、テロ行為は去年の暮から急にふえていた。

十二月三十日の未明に韓国民主党首宋鎮禹が暗殺されている。信託統治問題が政治問題化すると、宋鎮禹は初めから信託統治を支持する態度をとり、金九の直接の強い説得にも遂に態度を変えなかった。しかも、当時政界の関心事であった「朝鮮臨時政府」の組織には、米国側でも総理として宋鎮禹を決定したとの情報が流されていた。そこで、金九の韓国独立党一派が彼を殺害しなければ自派に有利な政府は樹立されないと考えたようで、遂に殺害するに至ったものといわれている。つまり宋鎮禹の暗殺は右派同士の勢力争いの結果であった。

だが、二十九日に左翼紙『人民報』を右翼一派が襲撃するテロ行為があり、つい昨日の二日も人民党が襲撃されている。

この示威運動の世話係が挑発に乗るなと言うのは、その意味だった。殊に信託統治支持は急に打ち出された方針だから、右翼が「国賊」と嘲罵《ちょうば》するのは当然予想できた。

行進は開始された。寒い風がみなの頭の上を吹き流れていた。じっと立っているよりも歩き出したほうが楽だった。

先頭から掛け声がはじまった。

「信託統治《シンタクトンチ》絶対支持《ジョルテチジ》」

すると、行列がこれに唱和する。はじめは掛け声も低く乱れがちだったが、次第に整って大きくなってきた。シンタクトンチジョルテチジ、シンタクトンチジョルテチジ——怒鳴っているうちに、そのリズム感が汽車の驀進《ばくしん》の音に似てきた。シンタク・トンチ・ジョルテ・チジ、シンタク・トンチ・ジョルテ・チジ……しゅっしゅ、しゅっしゅ、しゅっしゅと機関車が走っている。長い長い列車は鍾路の大通りから和信百貨店の前を左に折れて、太平通りから南山に向かって行く。

もともと、この通りは日本統治時代から朝鮮人街の密集地であった。和信百貨店は解放前から朝鮮人の経営者で、従業員も朝鮮人ばかりだった。行列が通ると、両側から見物の群衆が集まった。

シンタク・トンチ・ジョルテ・チジ——シュプレは面白いように盛り上がってゆく。見ている子供が口真似《くちまね》をした。掛け声をかけている連中も意識して機関車の音を出すのだ。景気がよかったし、面白かった。

みんな腹を空かせていた。食糧の配給は極めて少なかった。米一人一日一合と決定したのは、三月八日になってからである。民衆はアメリカ放出の玉蜀黍《とうもろこし》と小麦粉でやっと露命をつないでいた。ヤミ値が物凄《ものすご》い。ヤミ市場だけが肥えてゆく。

蒼《あお》い顔は、痛いような寒さのためだけではなく、栄養失調のせいだった。その空腹を忘れるように景気のいい合唱を怒鳴った。列車の擬音は皆を童心にかえらせた。

MPが通りに立って見ていたが、うすら笑いを浮かべていた。警官も配置されていたが、これも見物するだけだった。プラカードを立てた長い列車は、太平通りへ出た。ここを反対に行けば、米軍政庁のある元総督府だった。日本の国会議事堂を真似た白堊の建物の上に星条旗がなびいていた。

太平通りは新聞社の多いところで、京城日報、東亜日報、朝鮮日報などの建物がある。どの窓からも人の首がのぞき、走り出てカメラに収める者が多かった。

林和も列の中にいたが、ふと、その合せ声の中で違った声を聞いた。おやと思った。耳を澄ますと、シンタクトンチジョルテパンデ、シンタクトンチジョルテパンデ……「信託統治絶対反対」と聞える。

林和はあたりを見回した。どの顔もべつに変ってはいない。はじめは自分の空耳かと思った。が、この大きな掛け声の中に、また小さなシュプレッヒコールがうたわれているのだ。

「信託統治絶対反対」

誰がそれを口にしているか分らなかった。なにしろ三万の行列だった。林和の近くだけでも、声の聞える範囲は何百人といるだろう。

林和は、この中に敵の回し者がいるとは思わなかった。後見制の説得が十分に行き渡っていないのだ。しかし、やはり信託統治反対は朝鮮人の感情から出た民族の声のような気がした。この異端者こそ、日帝から永いこと束縛された朝鮮人の解放後の自由をうたっているように思えた。信託統治は何と説明されても外国の干渉だった。朝鮮人を弱小民族とみる屈辱的な干渉だった。

林和は、「信託統治絶対支持」の掛け声の中に混っている「反対」の声が次第に行列の中に拡がり、「支持」の声を征服してゆくような気がした。

電車通りを渡ると、見物の群は多くなっていた。正月のことで彩色の長い衣服を着た女が多かった。

先頭は元朝鮮神宮の石段を登りはじめた。列車が急な勾配にさしかかっているのだ。林和は機関車に近い部分にいた。うしろを振り返ると、後続部は広い太平通りの涯《はて》から和信百貨店の角を折れて曲っている。物凄い動員だった。

元朝鮮神宮の建物を壊した跡は、そのまま広場になっていた。行列はここで一たん止り、流れ解散になる予定だった。

さっきの指揮官が右の基壇の上に立って手を振っている。

「朝鮮独立万歳」「朝鮮独立万歳」

この声は大きかった。心から叫んでいる声だった。信託統治絶対支持のように調子のよいリズム感はなかったが、爆発するような野性の声だった。

林和は、大群衆が急な坂道を上って動いてくるのを見ながら、自分の周囲に穴があいているように思った。

林和が家に帰ると、妻が待っていて、しきりと今日のデモの模様を聞きたがった。林和は説明した。しかし、異端者の掛け声のことには触れなかった。群衆の数と、景気のいい掛け声だけを面白そうに話した。妻は眼を輝かし、同じことをまた繰り返して訊いたりした。それでやっと納得がいくと、思い出したように教会から今朝郵便物が届いたことを言った。

「いつものパンフとは違うわ。新年になって変ってきたのね」

妻はその封筒を出した。

パンフが変った――林和は胸を刺された。変ったのはパンフの体裁だけであろうか。そこに発送者の意志が働いていないか。

いやいや、そんなことはない。ただの印刷物ではないか。おれ一人を目当てに変えるわけはないと思った。

妻が台所で食事の支度をしている間に、林和は封を切った。いままでのものより厚かった。彼はいい加減なところをめくった。

「問　地獄とはどういうところですか。

答　地獄とは大罪を持ったまま死んだ人が神から離れて悪魔と共にその永遠の罰

を受けるところです。地獄の罰とは第一に神を永遠に失うことであり、さらに或る種の感覚的な苦しみを受けることです。

問　どのような霊魂が地獄に行きますか。

答　地獄に行くのは大罪の赦《ゆる》しを受けないで死んだ人の霊魂です。

問　煉獄とはどういうところですか。

答　煉獄とはこの世で果し得なかった罪の償いを果し了《お》えるまで義人の霊魂が苦しみを受けるところです。

問　どのような霊魂が煉獄に行きますか……」

林和は、偶然開いたところに眼をさらした。これは誰に向かって語りかけている言葉であろうか。彼は読みつづけた。

「問　天国とはどういうところですか。

答　天国とは義人が神から永遠の幸福と報いを受けるところです。

問　天国の幸福とはどのようなものですか。

答　天国の幸福とは、まず三位一体の神を直接に仰ぎみて愛し、永遠にその光栄と幸福にあずかることであり、さらに復活されたイエズス・キリストをはじめ、聖母マリア、諸聖人、諸天使と親しく交って喜びを共にすることです。なお、そこで成聖の恩恵をもって亡くなった親族や知人と再会することもできます。
問　どのような霊魂が天国に行きますか。
答　天国に行くのは、成聖の恩恵を持ち、少しも罪の穢《けが》れがなく、果さなければならない償いをことごとく果し了えた霊魂です。また、この世で得た各自の成聖の恩恵といさおしとの度合によって永遠の光栄と幸福の度合も異なります」

林和の眼を射たのは、その余白にインキで、

《ぜひ教会へおいで下さい。九日の午後五時ごろが都合がいいと思います》

の書込みであった。

はじめての「通信」である。天国と地獄の問答のところに丁寧に書き入れられてある。

——天国に行くのは、果さなければならない償いをことごとく果し了えた霊魂です。

——煉獄とは、果し得なかった罪の償いを果し了えるまで霊魂が苦しみを受けるところです。

林和がその「償い」を了えるまで、彼の心は天国の安らぎを得ることはないと示唆《しさ》しているようだった。

林和は、アンダーウッド牧師と、CICの事務所で会った背の高い、四十を越した皺《しわ》のある中尉を眼に浮かべた。始終、にこにこと笑っている男だった。蒼い瞳《ひとみ》は、こちらで馴《な》れている黒瞳《くろめ》とは違って、何を反応し、何を考えているのか分らなかった。

林和は、その晩、あまり眠れなかった。身体に熱が出た。

——信託統治問題は、朝鮮の左右勢力をはっきりと二分した。あるいはこれまで混《こん》沌《とん》としていた勢力をここで具体的に分断した。

昨年十二月二十六日には李承晩が反共・信託統治絶対反対を放送し、翌日もアメリカ通信記者と会見して反共談話を発表した。

また十二月二十八日には右翼派が参集して信託統治反対闘争を企図し、つづいて一月七日には李承晩は記者団に言明して信託統治支持は「亡国陰謀」であると断じた。

これに対し中央人民委員会では李承晩、金九を除名した。

朝鮮共産党、国民党、新民党、人民党の四党は共同コンミュニケを発表して、モスクワ三相会議の朝鮮問題決定に対し、朝鮮の自主独立を保障して民主主義的発展を援助するとの精神と意図とを全面的に支持する。信託問題は、将来樹立されるわが政府が自主独立の精神にもとづいて解決するようにする。さらに、テロ行為は絶対排撃する、と述べた。

信託統治をめぐって左右各派の分離は一そう明確となり、間隔を拡げていった。

信託統治問題について三十八度線の北側からの声が送られてきたのもそのころである。朝鮮共産党北部朝鮮総局責任秘書金日成《キムイルソン》からであった。

「今日朝鮮では一ばん重大な問題となっている三相会議の来歴とその真相がタス通信から発表された。偉大なソ連邦がわれわれの最も親しい友人であることを朝鮮民衆は確信している。それは自己の一生を弱小民族の解放のために捧げた偉大なスターリンがソ連邦の指導者であり、軍隊の原動力となっているために、わが朝鮮は異族日本の圧迫から解放された。……遠からず朝鮮ではわが民族の民主主義政府が組織される。いま、朝鮮でソ米共同会議が進行しているが、その会議で朝鮮の緊急な経済・行政問題を解決し、真実な愛国者である人民たちは、その援助に対し心から感謝の意を表している。

しかし、民族的団結を破壊しようとして人民の政党である共産党を仇敵のように見る人間たちと、新しいファシズムを策謀し、謀略をもってこれに対処しようとする輩《やから》たちと、日本帝国主義の残滓である反動分子たちは動乱を起し、われわれの偉大な親友であるソ連邦に対して挑戦的であり、侮辱的なデマを伝播《でんぱ》している。

朝鮮の民衆は民族反逆者と欺瞞《ぎまん》者たちについて行かないであろうし、朝鮮人民は自由であり、民主主義的な独立国朝鮮の独立を妨害する反逆と反逆徒たちを掃討するであろう。わが人民に、正当であり有利なモスクワ三相会議の決定を支持するよう。わが国の民主主義と自由独立のために戦っている統一朝鮮人民万歳」

八日には群衆が市庁前に集まって米よこせの運動をした。

——その翌《あく》る日だった。

林和は、午後五時に例の教会に行った。この時刻だとこの季節では日が昏《く》れたばかりで、人間の顔は暗い中に隠されていた。

教会は窓には灯がなかった。林和は、かすかに震えながらドアを押した。それは開いていた。彼は黙って並んでいる椅子《いす》の一つに坐った。震えは止まらなかった。彼はこのあと必ず熱が出るだろうと思った。

火の気がなく、凍りつくような空気だった。正面に蒼穹型《そうきゅうがた》の祭壇があった。暗い中でかすかに金具が鈍く光っていた。

林和はパンフレットの一章を思い出した。

〈左にいる人びとにも言うであろう。『のろわれた者よ、わたしを離れて、悪魔とその使いたちとのために用意されている永遠の火にはいれ』〉(マタイ伝二五ノ四一)

林和は永遠の火にはいろうとしている。いや、実はこれで二度目の火だった。一度入った火には、もう一度入らねばならなかった。果さなければならない償いをことごとく果し了えることによって永遠の安らぎを得なければならなかったからだ。

このとき、礼拝堂の横からドアの開く音がしたかと思うと、懐中電灯の灯が現われた。靴音がした。灯は林和のほうに向けられてくる。灯と足音とがまっすぐに彼に近づいてきた。足音は一人ではなかった。

灯は林和の眼を眩《くら》ませた。光以外に対手の姿を見ることは不可能だった。彼は光から顔を背《そむ》けた。戦慄《せんりつ》が胴にきた。

「失礼」

と灯は急に彼の背後に向けられた。光の環は動いて入口のドアを確かめるようにした。

アンダーウッド牧師だった。一人は例の情報中尉だった。

「こういうところでお待たせしてすみません」

牧師も中尉も愛想がよかった。

「持って来ていただけましたか？」

それだけで通じた。いや、通じたといえば、教会の度重なる宣伝パンフレットが林和に対する要請だった。それは漠然とだが、はっきりと対手のほしいものの要求となっている。

林和は黙って衣服の下を探って、皮膚近くに入れている書類を出した。紙は彼の体温でかすかに温められていた。

「朝鮮文学同盟の組織関係と、その参加団体である文学建設本部、プロレタリア文学同盟、映画建設本部、舞踊建設本部などの各団体の機構図と、幹部名簿です。ぼくが直接に作成したものです」

林和の温《ぬく》もりの移った紙は、彼の指から放れた。懐中電灯の環が、今度は紙の上を照らした。中尉が牧師の肩の上からのぞきこんでいる。

「結構です」と牧師は言った。「協力をいただいてお礼を申します」

うしろの中尉がおかしな朝鮮語で同じことを言った。

「そのうちに総督府の記録を返すようにしましょう。あなたが斎賀警部に提出した転向誓約書です。そのうちにね。……中尉はそう言っています」

牧師は呟《つぶや》いた。中尉は微笑して林和を見ている。

早く返してほしい。あれさえ取り返せば過去の証拠は消える。過去に苦しむことはなくなる。——しかしいつ返してくれるのか。

「誰もあなたのうしろを尾《つ》けてきた者はありませんね？」

「大丈夫です」

「帰りも気をつけて下さい」

「この次は」と林和は自分の吐く息が鼻腔に熱いのを覚えながら訊いた。「いつ呼出しがあるのですか？」

「当分」と牧師は答えた。「そのことはないでしょう。われわれも心得ています。あまり頻繁《ひんぱん》にあなたと連絡を取っては他人《ひと》に気づかれます。その点は慎重ですからご安心下さい」

林和は、これきりにしてもらいたいと言おうとしたが、咽喉《のど》から声が出なかった。牧師の着ている真黒い僧服が鴉《からす》のように見えた。

林和は外に出たが、あの程度のものなら、大したことはない、文化人の名簿や組織などしれたものだ、とわずかに自分を安心させた。

米ソ共同委員会の準備のための会談は辛抱強く継続されていた。第一回会談は十二日から元総督府のホッジ中将の部屋で行なわれたが、同中将は、会談は約二週間つづくはずである、と楽観的な予想を述べた。事実、記者団に発表された声明は、会談は友好的雰囲気の中に事務的に進められ、共同議事日程を採択、個々の問題について討議を進めている、と言明された。が、事実は必ずしもそうではなかった。

こういう最中に全国文学者大会が二月八日に開かれて、朝鮮文学家同盟が結成された。場所は鍾路二丁目のキリスト教青年会館であった。

林和は「朝鮮文学一般に関する報告と今後の方向」を起草して、この大会で読み上げることになっていた。実際、彼は作家としてこの組織の中心に位置していた。彼は花形であった。会場には石炭もなく、保温装置もなかったが、百三十六名が詰めかけた。李泰俊もいる。評論家の李源朝もいる。詩人の金起林や、評論家の韓暁もいた。金光均も、洪九も、金大均も、権煥も、金南天もいる。ほとんど朝鮮南部にいる文学者を網羅していた。

招請臨席者の席には、ソ連総領事サブシンと同夫人が大きな身体を据えていた。朝鮮共産党の朴憲永の代理として李舟河の顔も見えた。傍聴席は三百九十人ばかり詰めかけていた。

林和は興奮していた。今日の指導者の一人だった。この大会は前から決定されていたことだったが、人は、林和の組織力がなくてはこの大会が持たれるのは無理だったろうと言っていた。暖房装置がなくても人いきれで空気が温まっていた。

午前中の会議は、ほとんど式次第のように進行した。開会の辞、愛国歌斉唱、点名、つづいて臨時執行部の選挙となる。

開会の宣言は権煥によってなされ、開会の辞は旧い文学者である洪命熹が述べるはずになっていたが、本人の都合で出席ができず、原稿が送られてきたので、李泰俊が代って登壇し朗読した。会員の点名は権煥が登壇して行ない、臨時執行部の選挙に移った。

これは血色のいい金光均が立って、

「議長五名、書記五名を司会者が推薦して、満場異議がなければそれに決めるという選挙方法を動議します」

と早口に述べた。提案は満場の拍手によって承認せられ、議長として李泰俊、金台俊、林和、李箕永、韓雪野、書記として洪九以下を推薦すると提議し、これも満場の拍手で容認せられた。議長のうち李箕永、韓雪野は北半部にいる人だが、全国文学者大会という建前から当人たちを入れたのである。朝鮮文学家同盟の結成は、朝鮮の統一的な文学者の組織であった。

このとき、背の高い呉章煥が立って、

「会議に入る前に、日本帝国主義の鉄鎖から祖国を解放するのに英雄的犠牲を払った連合国の進歩的作家――ソ連のニコライ・チーホノフ氏、アメリカのアプトン・シンクレア氏、中国の郭沫若《グオモールオ》氏を本会の名誉議長に推したいと思います」

という緊急動議を出すと、会堂中の拍手がしばらくは鳴り止まなかった。みんな熱狂的に手を叩《たた》いているのだ。つづいて連合国作家へ送るメッセージの草案委員として李源朝、金南天、韓暁を任命し、昼食のため休憩を迎えた。

林和は、昼食の休憩にも自分の草稿を出して何度も読み返した。彼はこの雰囲気に酔っていた。一月九日の夕暮に教会堂に行ってリストを渡したことも、ずっと以前に京畿道警察部主任斎賀や山田に協力したことも、いまの彼の記憶には砂で埋められたように何もなかった。

会議は再開された。林和は、自分に向けて拍手が集中されることをおぼえながら壇の上に進んだ。

人の手が波のように起っている。居並んだ顔が彼の顔をめがけて殺到していた。舞台の袖《そで》の招請席で、ソ連総領事サブシンが肥った首を夫人のほうに向けて何か囁《ささや》いていた。朴憲永代理の李舟河は腕を組んでいた。

林和ははじめた。

「親愛なるわが朝鮮文学者諸君並びに国民諸君。ここに朝鮮文学一般に関する報告と今後の方向を述べる機会を得ましたことは、わたくしの喜びとするところであります」

林和はマイクに向かって述べ、原稿から眼をあげた。聴衆は動かずに彼に向かって凝固していた。

「すべての領域において朝鮮民族の独自的発展と自由な成長を阻害していた日本帝国主義の崩壊は、文学の領域においても独自的発展と自由な成長の新しい前提をつくり出しました。朝鮮新文学の四十年の歴史は、単純に、帝国主義治下において植民地民族がいとなんできた文学である、という意味で特異なだけでなく、文学史的発展の法則からみて、民族的には民族文学樹立の歴史的契機であり、文学的には近代文学成立の現実的契機であった近代的・市民的改革の課題を解決することなく、固有する封建的文学と、外来する近代的文学が機械的に連結接合出来たという事実において変則的であったのであります。このような現象は、結局、わが民族の運命と変則的な歴史生活の所産であります。それと同時に、新文学はまた朝鮮民族が変則的ではあるが近代化の道を歩いてきたということの表現であることは動かすことのできないことであります」

林和は眼を聴衆に向けた。この原稿は、他の多くの草稿とともにあの倉庫のような一室で寒さに震えながら書きつづけたものだ。この章のときには窓の外で搔払《かつぱら》いを追う声がしていた。この章を書くときには誰かが外から騒々しくのぞいた。また、この章を書く途中では階下の美術組織の連中がデモ行進のプラカードの文字の書替えのため途方に暮れていた。——

一つ一つの文章が記憶とつながっている。或る章は解放日報社に李承燁を訪ねてから書き継いだものであり、或る章は熱のある身体でぼんやりとして書き渋った文章であった。

林和はつづけた。

「民族運動の革命性の喪失は、いうまでもなく朝鮮民族解放運動における市民階級の進歩性の喪失でありました。それと反対に労働者運動が民族解放運動の中で領導的位置に立つことになったのは、社会主義思想が移入されたためでなく、朝鮮の労働者階級が、市民階級の脱落したあとにおいて民族解放運動の中で不可避的に中心的役割を演じなければならなかったためであると思います。それでありますから、一九二五年より十年間、プロレタリア文学が理論的・創造的に文学界の主流を形成したことは、単純に外来思想や文学的流行の結果でもなければ、朝鮮文学が任務とするところの歴史上における民族文学樹立の課題が解決されたものとして、この過去の任務をぼかして飛躍しようとしたものでもなかったのであります」

林和は一息入れた。満場は声もなく、ざわめきもなかった。林和の声に全部が耳を立てていた。林和の眼には、舞台の袖でソ連総領事夫人が身体を傾けて夫の耳に何か囁いているのがおぼろに映っていた。朴憲永の代理は、机の上に両肘《りょうひじ》を突いて顎《あご》を載せていた。林和は読みつづける途中で咽喉《のど》が渇いた。

「朝鮮の市民が力において微弱であり、その進歩性が歴史的に短命であったとはいえ、近代的な民族文学の課題は、依然、全民族の前に長々と横たわっているのでありました。こうして階級文学と民族文学の対立する時代が出現しました。……しかし、この時代が単純な両派の分裂時代となって、朝鮮民族文学の発展は停滞したかというと、そうではありませんでした。両派の分裂と対立にも拘《かかわ》らず朝鮮文学の発展は依然進み、むしろ朝鮮の民族文学樹立に必要ないろいろの問題がこの対立闘争を通じて展開されました」

林和は舌を舐《な》めた。

「まず初めに、プロレタリア文学は従来の新文学の上にいくつかの重要な芸術的寄与をしました。内容において進歩性と啓蒙性《けいもうせい》と革命性を大衆の方向に発展させており、形式においてリアリズムを確立したことは大きな功績に属するものであったと思います。なかでも重要な事実は、プロ文学が狭小な少数者から文学を民衆に解放したことでありました。……」

拍手が初めて起った。しかし、この拍手が遅れたのは、林和の経過報告の内容がつまらなかったのでもなく、彼の言い方がまずかったのでもなかった。感動のあまり拍手をする余地がなかったのだ。演説者は聴衆の吐く息の深さや幅を敏感に感得する。林和は、聴衆が自分の呼吸と同じ速度と深さで溶けこんでいることを知った。

「ここに文学者は、才能と、技術と、そして人間としての誠実と芸術家としての良心を持ってわが国の民主主義的な民族文学の建設のために努力し、それよりもなお大きい努力と犠牲をもって祖国の民主主義的国家建設のために戦わねばなりません。……以上をもってわたくしの朝鮮文学一般に関する報告と今後の方向についての考えを述べて終りといたします」

林和の垂れた頭に拍手の音響が集中した。それは彼が舞台の席に退くまでつづいた。ソ連総領事や朴憲永の代理が彼のほうを向いて微笑し手を叩いていた。林和は、火照《ほて》った顔をうつ向け会釈《えしやく》して歩いた。運ぶ脚に拍手が絡まって、縺《もつ》れそうだった。

彼は控室から出てくる背の高い詩人金起林とすれ違った。金起林は朝鮮の詩に関する報告と今後の方向を述べるのだった。

林和は控室に落ち着いた。興奮と成功のあとの虚脱感とが、彼を重く椅子の上に落していた。若い文学者の連中が寄ってきて、口々に林和の報告の素晴しかったことを述べた。

彼は微笑し、その中の一人が持ってきたコップの水を熱い咽喉に流した。妻の池河連の顔が人びとのうしろからのぞいたのは、そのすぐあとであった。

林和が米軍政庁顧問ロビンソンと初めて遭遇するまでの情勢経過をいえば、大体次のようなことである。――

二月十四日に「在南朝鮮大韓国民代表民主議院」が設立された。これは米ソ共同委員会の準備会談が一月中旬から開かれたために、当然臨時政府樹立問題が起きるのを予想して、これに有利な条件を作っておこうというので、「非常政治国民会議」を改組して急いで軍政庁が結成したものであった。民主議院の議長には李承晩、副議長に金奎植、総理に金九、議員には安在鴻、張勉、趙素興ら二十三名が任命された。民主議院の遂行した仕事は、アメリカ占領軍の代行となって「新韓公社に関する法令」

「政党・社会団体登録に関する法令」「軍政違反に関する法令」等の法令の発布に当った。これがのちに李承晩政権の母胎となった。

こうしたことを背景に、ホッジ中将は「アメリカは真正な民主政府が朝鮮に樹立されるよう努力を惜しまないが、朝鮮の少数党派には支配させない」と声明した。これは、三月二十日米ソ共同委員会が開かれるのを前にしてであった。ホッジ中将が言う「真正な民主政府」とは暗に将来、民主議院を主体とすることを示唆したことであり、少数党派とは朝鮮共産党や新民党を指している。これに対して左翼派は二月、民主主義民族戦線を結成した。――

『解放日報』は、この情勢に応じて朴憲永の演説を載せた。

「朝鮮人民の偉大な指導者である共産党代表部の朴憲永氏は熱狂する民衆の拍手の歓呼を受けながら次のように述べた。『民主主義民族戦線を一部の反動分子は罪悪であるなどといって逆宣伝をしているが、われわれはそのような逆宣伝に耳を傾けず、強力な自信を持って進まなければならない。一部反動分子たちが、他力を背景とする力で攻撃しようとしているのに反して、われわれの闘争は強力な自信を持って民主主義路線を実践することによって勝利を獲得するものであると信じている。反動分子たちは、共産党が朝鮮において共産主義を実施しようという陰謀から口先だけで民主主義を叫んでいる、と逆宣伝しているが、それは共産党と共産主義者が革命的民主主義者たちと協力し、朝鮮民族の解放のために闘争してきた過去の歴史を見ても、これらがすべて逆宣伝であるということを知ることができる。また、反動分子たちは朝鮮共産党が朝鮮の独立を欲しないというような悪質な逆宣伝をしているが、共産党の過去の闘争史を見ても、また日本帝国主義の警察、監獄の記録がそれらを証明している。朝鮮の民主主義はいま改めて新しく生まれたものではなく、反封建的闘争である東学党の乱と、三・一独立運動などの連続的に起った闘争がすなわち民主主義のための闘争であった。反民主主義的反動派の逆宣伝は、この世の中において最も悪質なものであり、祖国の建設を妨害するものである』」

李承晩、金九などが、朝鮮共産党は朝鮮の独立を欲しないで朝鮮をソビエトの領分に入れる肚《はら》だ、と宣伝したことに対して朴憲永が答えた言葉である。

第一回米ソ共同委員会は、三月二十日、徳寿宮で米側代表委員アーノルド少将、ソビエト側代表委員シュチコフ中将との間で開かれたが、二十三日が第二回で、三十日が第三回であった。このときの声明は、臨時政府樹立のために米ソ共同委員会が民主主義諸政党・社会団体と協議すべき条件及び順序、将来の臨時政府の政綱と適当な法令に関する準備討議などが行なわれている、と発表された。

三月二十六日には市庁前で米《こめ》闘争騒動が起きた。四月に入ると、和信百貨店の従業員が百五十名解雇され、その復職要求のため籠城《ろうじょう》抗争が起きた。二十二日にはソウル民青が結成された。

五月二日には米ソ共同委員会が遂に無期休会となった。

米ソ共同委員会は三月二十日以来六週間にわたって行なわれたが、朝鮮臨時民主政府樹立のための協議に参加させる民主政党・社会団体をめぐって米ソ両側の意見が対立した。アメリカ側は各政党・社会団体と個別的に協議するのではなく、軍政庁の管理下にある民主議院を中心に協議会を作って、これに北朝鮮代表若干名を加え、臨時政府を組織しようと主張した。ソビエト側はこれらをアメリカ側に協力する右翼団体とみなし、協議の対象から取り除くことを主張した。そして協議の対象は、三国外相会議決定を支持する政党・社会団体に限定すべきであると述べた。この共同委員会が開催中も、李承晩や金九などの団体による「信託統治絶対反対」「米ソ共同委員会反対」のデモが公然と行なわれていた。

七月になると、朝鮮貨物自動車が争議を起し、従業員を検束したが、このときは武装警備隊三百余人、騎兵隊五十余名が出動し、検束されたもの百五十名、重軽傷者六十名に上った。

南朝鮮では、米ソ共同委員会の決裂で左右両派の距離が拡がった。独立戦取国民大会がソウル運動場で開かれ、金奎植は、二、三週間以内に米ソ共委が再開されねば、われわれは政府を樹立せねばならぬといい、この政府は大邱でも済州島でも問題ではないといった。独立戦取テロ団は、自由、中央、人民報、共産党、全評、民青を襲撃した。……

いつの間にか春が訪れてきた。朝鮮の春は短い。漢江の氷が解けたかと思うと、一か月ばかりしてぎらぎらした太陽が燃え、風が赤い埃《ほこり》を送ってくるのである。

――夕方、安永達《アンヨンダル》が久しぶりにやってきて林和を呼び出した。

「近ごろ、身体の調子はどうですか？」

安永達はうすい髭《ひげ》の生えた唇を笑わせて訊《き》いた。眼は林和の痩《や》せた背の低い身体を見回している。

「胸の病気にはとてもよく効《き》く薬があるんですよ。向うの新薬ですがね。ぜひ、君にすすめたいんだがね」

話に飛びついたのは池河連だった。

「あなた、そんないい薬があるんだったら、お世話願ったら？」

「そうなんですよ、奥さん。肺炎だってチャーチルが助かったという新薬が出来たでしょう。やっぱり薬品は向うのものに限りますよ。肺結核などはわけなくおさまるそうです」

「ぜひ、お願いします」

その薬を貰うために林和は安永達と一しょに出た。実際、彼は病気には恐怖していた。

「どこに行くのかね？」

林和は訊いた。

「こないだ会った輿論局長の薛貞植《ソルチョンシク》の家さ。ぼくが彼に君のことを話したら、ひどく心配してね。そんな薬ならPXにいくらも来てると言うんだ。ぜひ、分けて上げようと言ってる」

薛貞植の家に行くと聞いて林和は意外に思わなかった。きっとそうだろうという気がしていた。

林和は、薛貞植が何者か、もう分っていた。しかし、この男からの誘いをもう断わることはできなかった。いや、薛貞植の背後にいる者との関係を拒絶できなかった。

「君はなるべくぼくの家へこないでくれ」

と、それだけを林和は言った。

「なぜかね？」

安永達は怒りもしないでニヤニヤしていた。

「目立つからね」

林和は、その一語に安永達の性格を指摘したつもりだった。

「われわれは情報を取らねばならないからね。むずかしい世の中になりそうだから、ますますその必要がある」と安永達は空を向いて唇を開いた。「薛貞植は軍政庁にいるから、向うの動きを何でもよく知っている」

「薛貞植をどう思う？」

林和は鋭く訊いた。

「愛国者だ。アメリカ占領軍に使われているが魂は朝鮮人だ。ああいう男がいないと、向うの情勢はよく分らない。われわれは助かっている。それに親切だ。ほれ、君の身体のことを話したら、すぐ新薬の心配をしてくれたではないか」

見覚えの薛貞植の家の近くまでくると、安永達は急に用事があるから帰ると言い出した。林和はちょっと待ってくれと止めた。

「この前、薛貞植のジープに乗ったら、黒眼鏡をかけたアメリカ人のような朝鮮女性がいた。薛貞植は軍政庁のPXに働いている女だといったが、あれは何んだい？」

安永達は笑って小指を出した。

「薛貞植のコレだよ。君には体裁《ていさい》悪がって紹介しなかったのだろう。君の肺病の薬だって、彼女の手でPXから出たのだ。心配は要らない。君は余計な心配をしすぎる。これではっきりしただろう。PXの従業員から薛貞植が買い取っただけだよ」

安永達は林和の肩を叩いて背中を回した。霧がうすくかかっていた。

薛貞植は家にいた。この前の応接間のクッションから立ち上った。

「やあ、この間はどうも。――これですよ」

と薛貞植は注射液と缶入りの飲み薬を出した。

薛貞植は、林和の容態を医者か薬剤師のように聞き、うなずいて、

「それなら大丈夫です。これはアメリカでも新薬で、かなりな重症もすぐ癒《なお》ります。ええとその効能は何とかいったっけ……そうそう、ちょうど、うちに弘報処の顧問をしているロビンソンという人が来ています。彼から聞きましょう」

制《と》める間もなかった。薛貞植がドアを開けると、その陰にかくれていたかのように青い背広を着た赭《あか》ら顔のアメリカ人が、頭が上につかえるのを気にしながら入ってきた。

「ロビンソン博士です」

と薛貞植は両人の間に立って言った。否応《いやおう》のない紹介だった。それから彼が、三十五、六くらいのその米人に向かって英語で林和を紹介すると、博士は林和に太い手を伸べた。林和の手が二つ一しょに包みこまれそうだった。この眼の青さからは彼の意志も、こちらからの反応も見当がつきかねた。

ロビンソン博士と薛貞植とが、米国製の長椅子の上にならんで坐り、林和だけが米人と対《むか》い合うように単独の椅子に掛けた。女が紅茶を運んできたが、五十ばかりの女

中で、薛貞植の愛人という黒眼鏡の女ではなかった。彼女は奥に引っ込んでいるのか、同棲《どうせい》ではないかのようだった。

薛貞植の通訳で、博士の口から薬の効能を詳しく教えられた。話を聞いてもよく効きそうだったし、第一、これはアメリカ製であった。大戦中からアメリカの医学が素晴しく発達したのを林和も聞いていた。注射液のほうはアンプル二十個入りを二函《ふたはこ》、缶入りを二個、薛貞植は林和の眼の前で包装してくれたが、彼は気をつかって、朝鮮語の新聞紙に包んでくれた。

林和は丁寧に礼を言った。博士は金毛のはえた指を長い脚の膝《ひざ》の上におき、微笑しながら林和を凝視して何度もうなずいた。

林和は一時間ほどそこにいた。彼の懼《おそ》れるような話題は何も出なかった。博士は故郷の話をし、朝鮮の風土についてお愛想を言った。

しかし、林和が帰るときになって薛貞植がふいに彼の心臓を摑《つか》んだ。

「いい情報を内緒で教えましょう」

と彼は米人が奥へ引っ込んだあと、玄関先で言った。

「絶対秘密ですよ。……近いうち、軍政庁は共産党の新聞に対して何かをやるようです」

林和は蒼ざめた。

「林和さん、これは絶対秘密ですよ。もし、あなたが誰かにしゃべると、その出所がすぐに疑われますよ。軍政庁の幹部でも知らない者が多いんですから」

「分りました」

「その約束さえして下されば、時々また内緒で教えますよ。……あ、それから、その薬が切れたら、また取りにいらっしゃい。本当に効果が分るのは、次の回あたりですからね」

外に出ると濃い霧になっていた。林和の歩く道が消えていた。

9

林和《リムファ》に小さな平和がつづいた。しかし、それはすぐに亀裂の来そうな、こわれそうな薄さであった。何かが大地をゆるがして起るまでの小康であった。

このごろは晴れた日が多い。雲一つない空に光が充《み》ちわたっている。暖かさの帯が次第に幅をひろげ、ポプラの青い葉が伸び、鵲《かささぎ》が黒い翼でわたりあるくようになった。その暖かな春の陽射《ひざ》しも、極めて短い間に夏のものに変ってきていた。

身体の調子が眼にみえて良くなっていた。夕方に熱を出すことが少なくなり、アメリカの新薬がはっきりと効《き》いたことが分った。実は、これほどまでとは思わなかったのである。

妻の池河連は喜んでいる。しかし、この薬は同志には見せられなかった。どのような誤解を受けるか分らない。まだアメリカ本国でも一般には売っていないという品だった。薛貞植が勿体《もったい》ぶってそう言うのだ。最近発見されて製造されたもので、軍政庁のPXにも数が少ないという。

しかし、林和は、次の薬を貰《もら》いに薛貞植の家にのこのこと出かけることができなかった。この億劫《おっくう》さは、彼の横着なせいではなく、不安が足を竦《すく》ませているのだった。

薬の切れた罰は覿面《てきめん》だった。近ごろ、身体がまた前に逆戻りしかけている。二、三日前の夕方から、きまって熱が出るようになった。熱のある日は、頭がぼんやりして鬱陶《うっとう》しい。

妻は深い事情を知らなかった。薬を貰いにいくようしきりにすすめる。先方を親切な人と決めているのだった。一時、血色もよく、肥えてみえたくらいだったのが、この二、三日来痩《や》せはじめたと言った。

肺に空洞《くうどう》をもっている彼は、絶えず死の不安と対面しつづけてきた。長く生きたかった。病気で落伍したくなかった。アメリカの新薬の効能が、さらに生への執念を駆り立てていた。

林和は教会のことも気になった。これも彼の別な生命に関係があった。この前渡した書類は、価値としては大そうなものではなかった。

　しかし、今度はそうはいくまい。先方も林和の渡した資料について正確な価値判断を検討しているに違いなかった。

　林和は、壁の厚い小さな窓から地面に照りつける太陽を眺めて、だるい身体を横たえることが多くなった。

　不安は、重苦しい世相の雰囲気だった。米ソ共同委員会が決裂して以来、眼にみえて世間が険悪になってきた。テロと謀略が毎日のように繰り返されている。相変らず食糧は窮迫して、朝鮮人は貧乏していた。テロは、政治的理由よりも飢餓を忘れるために行なわれているようにさえみえた。

　弾圧が早晩くる。――林和の怯《おび》えは、その予感につながっていた。アメリカがソビエトとの話合いを打ち切ってから、米軍政庁は左翼を圧迫してきている。日帝時代の悪い夢が、もう一度彼を襲うかもしれなかった。

　しかし、どのようなかたちで弾圧を行なうというのだろうか。解放後の朝鮮は、民主主義が急速に大衆の間にひろがり、根を下ろしつづけている。軍政庁がこの事実に眼をふさぐわけにはゆかない。無茶な弾圧は許されないはずだった。ホッジが李承晩・金九などのいわゆる右派の肩をもっているにしても、その理由で左翼陣営を追い落す口実にはならない。

問題は、軍政庁が弾圧の口実を待っていることだった。

林和は、毎日、進歩的な文学者と会う。それは例の事務所だったり、その近所にある書店だったりした。

この本屋は、よく文化人が集まって雑談に時を過した。店の奥に小さなあき間を作り、椅子をならべただけだったが、結構、ここが彼らのサロンになっていた。

林和は、どこでも大物扱いにされていた。この前の全国文学者大会で行なった朝鮮文学に関する一般報告がよかったと皆が称讃した。林和は、文化運動の組織の中枢に坐っている自分を自覚する。こういうときの彼は、どのような弾圧でも撥《は》ね返す気力にあふれるのだった。

しかし、家に戻って熱っぽい身体を横たえるとき、ふくらんだ気持は藁《わら》のように凋《しぼ》んでしまう。危険な栄光の道を択ぶより、静かな市民生活に隠れたいという気がるし、平凡な農民として馬山の田舎《いなか》に余生を送りたいとも考える。美しい詩を作りたい。自然に感動した詩を壮大な文字にしたい。

安永達《アンヨンダル》がやって来た。例によって林和を家の表まで呼び出した。

「薬をことづかってきたよ」

安永達は、紙に包んだものをそっと手渡した。林和は、重さで注射液の函と缶入りの飲み薬だと分った。

「薛貞植《ソルチョンシク》さんが心配してたね。あれから君がこないが、どうしたのだろうとぼくに訊いていた。さし当り一週間分を届けてくれと頼まれたよ」

林和は、安永達が出てから包みを開けたのだが、思った通り、この前と同じ注射液がアンプルに入って二十個、美しい玩具《がんぐ》の見本のようにならんでいた。缶のほうは前と同じ大きさだった。この薬は一週間しかもたない。それもこのつぎ継続的に貰えるかどうか分らなかった。が、とにかく、この一週間分の薬は二、三年も長生きしそうな希望を林和に与えた。

「だんだん物騒になってきたね」と、別れるときに安永達は挨拶代りに言った。「君なんかも行動を慎重にすることだな」

「何か起りそうなのか?」

「起るだろう、そのうち」

と、安永達は隣の老婆が軒下で玉蜀黍《とうもろこし》の粉で粥《かゆ》を煮ているのを眺めて言った。

「薛貞植さんがそう言っているのか?」

薛貞植の言葉なら間違いはないと思った。

「いや、薛貞植さんから直接聞いたわけではないがね。とにかく、お互い気をつけることだね」

安永達は言いすてると、陽盛りの街の中に帰って行った。

どうもわけが分らなかった。

——この前、林和は薛貞植の家でロビンソン博士と会って、帰り際に薛貞植から「軍政庁の情報」を教えられた。共産党の新聞が弾圧を受けるらしいというのだ。林和が解放日報社に趙一鳴《チョイルミョン》を訪ねてその旨を内密に取り次ぐと、

(ありそうなことだな)と趙一鳴はこちらが想像したほどおどろかなかった。(アメリカは、要するに、右派の連中を盛り立てたいため民主陣営に強圧を加えてくる。そりゃ前から分っていたことだが、しかし、わが社を潰《つぶ》すという線はどうかな。少々大げさではないかな)

と彼は別に意見を述べなかった。

(まあ、聞いておくがね。どうもありがとう。主筆にも、君の知らせを参考に耳に入れておく)

と趙一鳴は林和の好意に礼を言った。

(李承燁《リスンヨプ》さんは、そんな心配はないように見ているのかね?)

主筆李承燁は朝鮮共産党中央委員で、政治委員を兼ねている。軍政庁の動きを党が感じているとすれば、李承燁も承知していなければならない。すると、李承燁の下にいて彼に信頼されている趙一鳴が、彼からそれを打ち明けられていないはずはなかった。

（何も聞いていないから、そう深刻にも考えてはいないのだろう）

と彼はのんびりと言っていた。

しかし、林和が前に反託運動がアメリカをよろこばせていると知らせた情報を、李承燁は今もって高く評価していると趙一鳴は伝えた。

（そうですか。それはありがたいですが、今度のぼくの予感も心の隅にとめておいて下さい）

と林和は言った。

（そうしよう。万事、気をつけるに越したことはないですからね）

趙一鳴は、やはり熱のない調子で答え、帰ってゆく林和に、最近、北半部から送られてきた米ソ会談決裂の論文を掲げたイズヴェスチャを土産《みやげ》のように渡してくれた。

趙一鳴は何んにも知っていないのか、それとも朝鮮共産党が鈍感なのか、または輿論局長の薛貞植が誇大に情報を伝えたのか、林和は判断がつかなかった。

《……ソ米共同委員会の活動は中止されたという通信を、朝鮮人民は悲しみのうちに受け取るであろうことは疑うべくもない。朝鮮人民は朝鮮国家の独立を保障し得る能力があり、民主主義的改革を行なうことによって、日本の統治時代の悪毒な結果を粛清することの可能な民主主義的自主政府組織をみずから望んでいる。これに対する唯一の道は、モスクワ三国外相会議で厳粛に採択された誓約を同盟国が正確に、また徹

頭徹尾実行することにある》

林和が貰ったイズヴェスチャの朝鮮語訳の論文の末尾だった。

教会から会報が送られてきた。

林和は眼を各ページに走らせた。万年筆で書込みがあった。「地と世界が生まれる前から永遠まで、神よ、御身は存在しておられる」(詩篇八九)の余白に、「あなたが当教会に聴聞《ちょうもん》にこられる日は、五月十日午後六時半からです」の走書きだった。アンダーウッド牧師に会わねばならぬ。情報中尉にあのことを要求しなければならなかった。

(そのうち、あなたが斎賀警部に提出した転向誓約書の総督府記録を返すようにします……中尉はそう言っています)

そうだ、これはぜひ返してもらわねばならない。

林和は、指定された日の夕方、正確に教会の前に行った。教会では午前中子供にパンを配給したとかで、庭には破れた紙の袋などが落ちていた。会堂の中は相変らず誰もいなかった。林和は、適当な椅子に腰を下ろして待った。こうしていると、祭壇の横のドアがひとりでに開いて、黒ずくめの服をきたアンダーウッド牧師が現われるに決まっていた。十分待った。

牧師は現われなかった。林和は腕時計を持っていない。しかし、たっぷりと三十分間は待たされた。音が鳴ったのは背後からである。振り向くと、アンダーウッドは瀟《しょう》洒《しゃ》な背広で、もう一人の男と近づいてきた。それは明らかにこの前の中尉だったが、これも青い洒落《しゃれ》た背広だった。牧師と軍人は市民の服装に変っている。

「今晩は、林和さん」

とアンダーウッドは握手を求めた。つづいて中尉が代った。

暗い内部にはガラス窓の外の薄明が滲むように入ってきていた。牧師の顔も、中尉の面相も、ほの暗い光線の中でほの白く浮かんでいた。

「この前はありがとう」

牧師は林和から資料を貰った礼を言った。

「お役に立ったでしょうか?」

林和は訊いてみた。

すると、うしろにいる中尉が身体を動かした。

「せっかくだが、あの程度のものは、われわれのほうがよく分っている……中尉はそう言っています」アンダーウッドは通訳をした。「もっと、われわれは深いところが知りたいのです。そういう資料を出してくれませんか」

予期していた要求だった。

「中尉は欲張りです」

アンダーウッドが笑いを含んだ声で言った。はっきりものを言ったほうがいい。林和は心臓を鳴らして言った。

「この前、ぼくの偽装転向誓約書を渡してくれるという話でしたがね。それがぜひほしいのです。それを返済してもらえば、あなたの要求に応じてもいいです」

牧師が取り次ぐと、中尉は疑い深そうな眼を――事実、暗い場所だったが、その眼つきだけは林和に感じられた。

「取引はその上に立ちたいと思います」

「結構です」と中尉はアンダーウッドを通じて返事した。「それは約束しましょう。しかし、今はその現物を持っていません」

「こちらも同じことです」

と林和はやり返した。

「では、いつ来てくれますか？」

「いつでも」

と林和は答えた。

「それなら三日後にしましょう。早いほうがお互いにいいですからね」

取引は成立した。

三日の後、林和はアンダーウッドに会って書類を渡した。労働組合全国評議会と、全国農民組合総連盟の組織体系と幹部名簿だった。それには各人の住所と簡単な略歴を付けておいた。アンダーウッドが満足したのはむろんで、そのほか共産党幹部の名簿も林和は提出した。彼が知っている限りの知識で書いておいた。

全評にしても、全農連にしても、その組織から書類を貰うことは今の場合困難だったし、危険であった。自然と自分の憶えている範囲にとどめるほかはなかったが、幸いなことに、共産党傘下の文化団体には友好団体の名簿が寄贈されていた。林和は、それに手を加えた。共産党幹部にしても、林和の知識で幹部名と略歴を付した。たとえば、共産党首の朴憲永《パクホニヨン》についてはこんなふうに記した。

《朴憲永の闘争生活は、一九一九年上海を離れて共産青年会を組織したことから始まり、朝鮮の初期の共産主義者の一人である。彼は国内の組織宣伝の任務を持って潜入したが、新義州において三年間服役をしたのち出獄して、新聞記者を表面の職業としながら、一九二五年共産党を組織した。翌年逮捕され、公判廷において同志朴純秉が拷問によって殺害されたという消息を聞いて、眼鏡を外し裁判長に投げつけ、法廷を混乱に導いた。その後、精神病を仮装し、不治にして凶悪な病であるとの医者の診断書を受けて仮釈放となった。

彼は峻厳《しゅんげん》な警戒網を突破し、国外に脱出した。彼はモスクワに行き、共産大学を終え、国際党の指令で一九三二年上海へ向かった。翌年再び検挙され、六年間服役し、出獄したあと休養をも取らずに闘争に参加した。当時、日帝の白色テロの下に表面の運動は一切潰滅《かいめつ》され、怖ろしい銃剣と強圧の迫害があった。

一九三九年地下工作団である京城コンクール（ロシア語でグループの意）に参加し、波状闘争を行なったが、執拗《しつよう》な追跡を行なう警察を巧妙に避け、地主の作男、あるいは煉瓦《れんが》工場の人夫に化けて、六年間の苦難の中で今日の共産党の基礎工作に努力した》

アンダーウッドは報償として封筒に入れた部厚い書類を渡してくれた。

「よく調べてごらんなさい」

林和は、それが自分の待望のものであることを知った。中を開けると、古い自分の筆蹟が重なって出てきた。「京畿道警察部特高係斎賀警部殿」とあり、紙は手垢《てあか》や埃《ほこり》で汚れていた。

《……私は朝鮮民族独立運動のために従ってきたが、いま日本帝国の非常時局を認識し、過去及び現在までの行為を悔い、ここに思想並びに行動の転向を誓います。以下は私自身の自発的な意志によって表現されるもので、少しも警察当局の助言または圧力によったものではないことを付言いたします。そもそも、私は一九……》

林和は古い記録から眼を背《そむ》けた。

「たしかに頂きました」

と彼はうす笑いしているアンダーウッドに、屈辱をおぼえながら硬直した眼を向けた。

「あなたは、それをすぐに焼かれたほうがよろしいでしょう。われわれは、過去のあなたに関する書類は何一つ持っていません。安心してください」

持っていないと言ったとき、アンダーウッドは両手を翼のようにひろげた。それは、牧師としての彼が信者に向かって祝福するときよく見せる身ぶりだった。

「今日は中尉は見えていませんね」

林和は多少の皮肉で言った。

「あなたからもらった書類はすぐに中尉に渡します」とアンダーウッドは取り合わずに言った。「彼もあなたの協力を喜ぶでしょう。この書類の価値判断は彼によって行なわれると思います。林和さん」

彼は握手を求めた。

「われわれアメリカ人は、朝鮮に対して何の野望も持っていません。ただ、朝鮮人民がコンミュニストのために不幸な運命に陥るのを救いたいからです。そのためには、共産主義の危険を知らないで彼らに協力している人びとを知る必要があります」

「朝鮮の占領政策のためですか？」

「朝鮮人民のためです」

アンダーウッドは、暗い会堂の先に立って林和を出口に案内した。足もとに彼の懐中電灯が動いている。細長い廊下は、トンネルの中を歩いているようだった。林和は、不意に背後から誰かに襲われそうな意識になった。

林和は教会堂を出ると、自分の書いた古い書類を小脇に抱きこみ、暗い道を択《えら》んで大股《おおまた》に歩いた。まっすぐに自分の家に帰るのではなかった。持っている書類を早く処分するため場所を探さなければならなかった。

それを見つけるのに苦労はないと思われた。街は暗かった。殊にこの辺は民家の密集場所から外れている。

だが、いざ適当な場所を探し当てるとなると、選択が困難だった。誰かにのぞかれているような気がしてならなかった。

いつの間にか倉庫のある場所に来た。空地に草が伸びている。林和は、杭《くい》をまたいで草の間に入った。暗やみでも、おぼろにかたちだけは分かった。草が切れると、コンクリートの道に出た。

林和は抱いていた書類を下に投げ出した。胸が激しく搏《う》っている。空が冴えて星が近かった。

彼は自分の過去の記録を一枚ずつ裂いた。暗黒に馴れた眼は内容の文字まで読めたが、それは記憶がどの紙にも残っていることだった。やっとその破壊作業が終った。林和はポケットを探った。

アンダーウッドに頼んで貰ってきたアメリカ製のマッチだったが、一本を擦《す》ると、思いがけない音を立てて激しく火が噴いた。林和は、軸に燃える炎を堆積《たいせき》した反古《ほご》の下に差し入れた。炎がきれいな色で匍《は》い上がり、やがて、眼もさめるような明るさで立ち昇った。倉庫の破れた壁や崩れた煉瓦が、赤い彩りの中に形を浮かばせた。

林和は、火を見ている間に涙がこぼれてきた。証拠を相手に握られている弱味は、当人でないと分るものではなかった。これで自由になったと林和は思った。これからは新しい生命に燃え上がることができる。この火は、彼の過去の消滅と同時に、彼の自由への明りであった。

林和は、棒切れを拾ってきて紙の屑《くず》に突っ込み、火の回りを早くした。

このとき、ぎょっとなったのは、うしろから足音も聞かせないで近づいてきた人の影だった。林和が身構えると、

「焚《た》き火かね?」

と、その声は訊いてきた。痩せた、四十ばかりの浮浪者が彼の横に立っていた。五月でも夜になると、気温が急速に下る。焚き火をしないと戸外では眠れなかった。浮浪者は甲斐甲斐《かいがい》しく倉庫の周《まわ》りをうろついて、板切れなどを手に抱えて持ってき

た。火は紙から木に移った。もはや、木片が燃えているだけだった。

煙草はないか、と浮浪者は火の前に腰を下ろして訊いた。林和は金を与えた。

彼はそこから出たが、火はいつまでもうしろで燃えていた。

歩いているうち、林和は心臓がとまりそうになった。ふいと自分の甘さに気がついたのだ。

――写真という方法があった。実際のものはなくとも、写真に撮られて残されている。確実に対手はその方法をとっている!

まだある。

林和は、アメリカ人に手渡した書類の内容は大したことはないと思っていた。そこに書かれている幹部の名簿にしても、組織体の内容にしても、常識程度のものだった。特に機密というほどではなかった。

そんなものを受け取って喜んでいるアメリカ人を、林和はばかにしていた。が、そうではない。林和のほうがずっと甘かったのだ。気がついて彼は愕然となった。

問題は書類の内容ではない。価値は、それを対手に手渡したという彼の行為にあった。書類の内容よりも彼の行為に対手の比重がかかっていた。価値は媒体よりも彼自身なのだ。

たとえ、それがとるに足らぬようなパンフレットであっても、対手には、それを運んできた人間が大切だったのである。価値はそのことから発生する。最初に渡す紐《ひも》は弱くとも、その紐の端により強い別な紐をつなぐことは可能である。あたかも細い糸が継ぎ目ごとに針金となり、鉄線となり、ワイヤーとなっていくように、敵の要求は回を追うごとに、より硬質な、より強靭《きょうじん》なものとなってゆくであろう。要求は無限に拡大されてゆく。

林和は、これまで、敵側に残している証拠を取り返しさえすれば過去の自分のすべてが消滅すると思っていた。証拠さえこちらに取り上げれば安心だと思っていた。しかし、それは写真となって依然として敵側に残されている。のみならず、彼の行為が新しい証拠を作り、そのことで絶対的な従属性を発生させていた。

彼は歩くのを止め、道の傍にうずくまった。強烈な疲労が挫折感《ざせつかん》を伴って襲いかかり、そこから動くことができなかった。

二日経《た》った五月十五日のことである。軍政庁弘報処では、京城の新聞記者たちを集めて、興奮した口調で重大事件を発表した。朝鮮共産党が偽造紙幣を造り、これを資金調達に利用しているというのである。

共産党では解放日報社の建物を事務局として印刷工場をもち、ここで党の機関紙やパンフレットを印刷していたが、この工場を精版社と呼んでいた。

発表によると――市内の靴磨きの売上げの中から偽造百円紙幣が発見された。その紙幣はジンク版の粗悪なものだったが、調べてみると、靴磨きが十円の料金にこの紙幣を受け取って九十円の釣りを渡していることが分った。韓国警察で捜査したところ、やがて、その犯人らしい人物が浮いてきた。彼は朝鮮共産党員であった。

《警察当局では、贋札の使用者が数人の党員であるところから、個人的犯罪よりは政党関係の犯罪として重視し、鋭意真相を追及中である。なお、犯人のうち党員二名はソウル中央警察署に留置され、目下取調べ中である》

林和は、やったなと思った。

薛貞植の言葉が頭の中を走った。今に『解放日報』は解散になるかもしれない、と言ったことだ。彼の低いダミ声や、太い鉄縁眼鏡まで浮かんでくる。

なるほど、こういう狙いもあったのかと思う。『解放日報』は共産党の機関紙だ。『解放日報』を解散させることは共産党の直接的な弾圧であった。

まさか、と林和は思った。

理不尽な理由では、党はもとより、民衆が承知しない。党は大衆の間に勢力をひろげつつある。これを弾圧するなら、よほどの独裁政治でも施《し》かない限り不可能である。しかし、その不可能を可能にする方法がここにあった。贋札の製造だった。党員が党の資金獲得のためにニセ札を作った。――敵の考えた巧妙な謀略だった。

もし、林和が薛貞植から何も聞かされなかったら、あるいはこの新聞記事を信じたかも分らなかった。いや、疑ったとしても少なくともそれが明確な計画性をもった謀略とは思わなかったに違いない。

「贋札事件」は、民衆の間に大きな反響を呼ぶに違いなかった。どの新聞も異常な興奮で大きく取り扱っている。

林和は解放日報社に急いで行った。

趙一鳴は編集局の真中に突っ立っていたが、林和の顔を見ると、こちらに来てくれ、と言った。主筆室だが、李承燁の姿はなかった。

趙一鳴は真赤な顔をして怒っていた。

「明らかに右翼の謀略だ。厳重に抗議する」

彼は大組みのゲラを林和の前に叩《たた》きつけるように置いた。見てくれと言うのだ。

林和は眼を走らせた。それは激烈な調子で、右派と権力筋とが結んで進歩陣営の圧迫に乗り出した、と警告し、われわれは国民大衆の利益のためにこの謀略をあくまでも粉砕しなければならない、と絶叫していた。

「偽造紙幣とは、手の込んだことを考えたものだな」

と趙一鳴は発表された新聞の記事を傍に置いて言った。

「一体、誰がこんなことを考えたのか。小細工が見え透いているよ。どうせ、李承晩、金九一派に抱きこまれている腐った警察が知恵を絞った挙句だろう」

林和はうなずいた。右翼新聞が一せいに喚いているのが何よりもその証拠のように思えた。実体のない、作られた演出は、必要以上に大きな身振りとなる。

「警察に十人以上の党員が捕まっているんだ」

と趙一鳴が言った。

「下級党員だがね。それだけに警察の誘導訊問と拷問を警戒しなければならん」

拷問と聞かされて、林和の胸がふるえた。

「このまま放っておくと、どんなことをデッチ上げられるか分らない。むろん、われわれは厳重に釈放を要求しているが、先方もおいそれと返すはずはない。敵は、その二人を土台にしてまことしやかな自白をつくりあげようとするからな」

趙一鳴は、そう言ったが、

「なに、打つ手はあるよ」

と、まだ多少は楽観的だった。

五月十七日、米軍犯罪捜査機関ＣＩＤは朝鮮警察と共同して、突然、朝鮮共産党本部を急襲して、家宅捜査を行なった。精版社、解放日報社も同様な目にあった。

これについて、軍政庁は各新聞に次のような意味の発表を行なった。

「当局では、朝鮮共産党中央委員李観述と、精版社社長朴洛鍾（朝鮮共産党幹部）を右偽造事件に関連あるものと認めた。よって逃亡した李観述に逮捕令を出し、朴洛鍾を精版社従業員十数名（いずれも朝鮮共産党員）と共に検挙し、ソウル中央警察署に留置して、厳重に取り調べた結果、しだいに犯行の自供を得つつある。精版社に対しては直ちに閉鎖を命じた。自供によれば、朝鮮共産党は最近資金難に陥り、これがため党活動も十分でないため、その資金獲得のためと、偽造紙幣の大量発行によってソウルを中心に経済攪乱《こうらん》を狙ったものである。『解放日報』に関しては、同紙主筆李承燁（朝鮮共産党中央委員）、同編集局長趙一鳴（朝鮮共産党幹部）が、右の偽造紙幣発行に関連あるものと認めたので、両名を検挙し、同紙を無期停刊処分に付した。米軍政庁は、彼らによって偽造された百円券四十一号の無効を宣言する」

林和が解放日報社の前にかけつけたのは、この新聞記事をよんだ朝だった。古びた建物は、警官とMPとに取り囲まれて警戒されていた。まばらな群衆が建物を見物していた。見物しているのは「事件」だった。

李承燁のいた主筆室も、趙一鳴のいた編集局も、窓が全部閉じられていた。窓の内から、ときたま顔がのぞくことがあったが、それは内部を警戒している警官であった。社屋前に貼《は》り出されていた新聞ははぎ取られ、きたない板だけになっていた。

林和がその前にあまり長く立っていたせいか、警官のひとりが彼に眼を注ぎはじめたので、彼はゆっくりとそこからはなれた。

薛貞植は、どうして事前にこの事実を知ったのだろう、と林和は歩きながら考えた。ふた通りの推定があった。一つは、輿論局長としての彼が、軍政庁内部の動きを見ていたことである。それなら、この謀略は相当前から計画されていたわけである。しかし、軍政庁の朝鮮人幹部職員は、アメリカ側から棚上げされて、重要なことは何一つ聞かされていないことを林和は知っていた。薛貞植は、その秘密な謀略計画をどうして察知したか。

答えは、第二の推測に移った。薛貞植がその工作の計画者の一人ではあるまいか、という想像だ。主要メンバーの一人ではないにしても、朝鮮人として事情に明るい彼は、何かと相談をうけたかもしれないのだ。林和は薬をくれたロビンソン博士の金毛の生えた長い指を思い出した。

林和は、薛貞植とは縁を切ろうと決心した。今からでも遅くはない。彼にはまだ何一つとして与えたものはない。こっちはもらっているだけだった。肺結核の特効薬も、断わることにしよう。我慢すればいいのだ。正体不明の安永達ともつき合いをやめることだ。今度、来たら、はっきりそういって追い返そう。——

この決心には決定的な矛盾があった。第一に、林和のほうで拒絶しても、先方がそのまま引っ込むとは限らなかった。気味の悪い圧力を感じて屈伏しそうなのは林和のほうであった。ロビンソン博士の新薬に誘惑を感じているのも彼であった。

しかし、いやなことはこの際、考えないことである。そういう決心になったことで、一切の解決がいとも単純に成就することにしたかった。眼を瞑《つむ》れば、ロビンソン博士も、薛貞植も、アンダーウッドも、安永達も、そのほかもろもろのすべての物が見えなくなる道理である。

自分の巣に林和が顔を出すと、ここは若い連中の昂奮《こうふん》の渦になっていた。

「林和さん、一体、どうなるんです？」

と、青年たちは彼の周囲に集まった。今まで自分たちで言い合っていたところに、新しい人間が入ってきたので、改めて刺激を求めた恰好《かっこう》だった。まして、林和はすべての文化団体を結集して、二月末に結成した朝鮮文化団体総連盟の組織者の一人であり、朝鮮文学家同盟のすぐれたオルグであった。詩を書いているだけに静かだし、激しい身ぶりも、咆哮《ほうこう》もしなかったが、低い背の、病身らしい痩《や》せた身体の中には、情熱の火が厚い布《きれ》で包みこまれているような感じを見るものにもたせていた。

林和は若い連中から支持をうけていた。その詩の愛好者もいるし、柔軟な組織力を高く評価する後輩の理論家もいた。

「どうなるか、とは、こちらから訊きたいね」と林和は皆の顔を見回した。「ぼくは、いま、MPと警官とにまもられたガラ空きの解放日報社を見舞ってきたばかりだ」

「精版社の内部は火事場跡の騒ぎです。こわせるものはみんな叩き壊されています。アメリカ兵が銃の台尻をハンマー代りにしたそうです」

と内部をのぞいてきたらしいヒョロ高い青年が言った。

「共産党本部はどうなっている？」

「あそこは、さすがにそんな乱暴はできず、かたちばかり、机の上のものをごそごそと動かしてみただけで、こそこそと帰って行ったそうです。幹部をはじめ党員たちが腕を組んで黙って睨《にら》んでいたからでしょうね」

「朴憲永先生は、早速、米軍政庁に厳重な抗議をしました。別な幹部たちは、中央警察署に行って、逮捕者の即時釈放を要求しています。殊に、李観述中央委員に逮捕令を出すなんて言語道断です。怒りがこみ上げてきます」

　色の黒い青年が声をふるわせて言った。

「新聞に、右翼紙だが、逮捕者が紙幣偽造のことを自供したというのは本当かね？」

　林和はきいた。

「デマにきまっています」と連中は口々にわめいた。「そんな、ばかなことはありませんよ」

「新聞では、党の資金獲得と南朝鮮の経済攪乱を狙って百円札を刷ったとある。読み返してみると、そうか、と思うだろうが、いま、インフレのすすみかけている朝鮮に百円札を靴みがきにつかませる程度で、経済界に混乱がまき起るものかね？」

と林和は言った。

「あ、なるほど」

と、青年たちは、初めて声を合わせて笑った。

「新聞には、捜査の結果、ジンク版が三、四枚出ただけというではないか。語るに落ちたといっていいよ。そんな原版をつかって、諸君も知っている精版社のボロ機械にかけて、精巧な偽造紙幣ができたら、神わざのようなものだ。要するに、宣伝で民衆をだませばよかったのさ」

「そのジンク版も、家宅捜査にきたポリが、そっとポケットから取り出して、いい加減な場所に置き、てめえで見つけたふりをしたんだそうです。精版社の職人がそう言っています」

「どうせ、そんな細工だろう。しかし、それを彼らは裁判に物的証拠として出すわけだ。そのでっちあげのニセ証拠で押し通すのは分り切っている」

「それから、拷問による自白強要ですね？」

「うむ」

林和は、ちょっと声を途切らせた。彼の眉《まゆ》が瞬間に痙攣《けいれん》したが、急いで口を開いた。

「とにかく、でっちあげの証拠と自供とで共産党が偽造紙幣を造った、ということを宣伝したいんだ。狙いは、朝鮮共産党がおそろしい犯罪をやっているという印象だ。つまり、共産党とはこんな凶悪な政党だということを大衆に吹き込み、恐怖心を起させたいのだ」

「右翼の連中がアメリカ軍政庁に吹き込んで、それをやらせたんでしょうか？」

と訊く者がいた。

「いや、アメリカ軍政庁そのものだろう」と、林和は、薛貞植の生白くふくれた顔を浮かべて言った。「ソ米共同委員会が分裂して、アメリカははっきりと南朝鮮を自分のものにするため本腰を入れはじめたといえるね。そのために、まず、ソビエトに同調している朝鮮共産党を潰滅《かいめつ》させる必要がある。その口実を作ったのが今度の事件だろう。政策や主張の違いで叩き潰《つぶ》すわけにはいかないから、偽造紙幣という破廉恥罪《はれんちざい》を押しつけ、人心を離れさせて狙い打ちにしようというんだ」

「われわれはアメリカ軍に騙《だま》されていました」と一人の青年が叫んだ。「上陸当時の民主的な政策に眼潰しを喰わされたんですね」

「そうだ。アメリカは日帝時代の支配色を掃蕩《そうとう》するために、一応、民主的な政策を掲げたんだ。その点、共産党も認識を誤っていたわけだな」

林和は、朝鮮共産党がアメリカ占領軍の性格を規定した四五年十一月の朝鮮共産党行動綱領案の一節を手帖から読みあげた。これは以前に克明にメモしていたものだ。

「……党はその自己綱領において、ソ連邦と平和的民主主義国家とは親善をはかり、帝国主義的再侵略を防備すると規定した。この民主主義国家というのは、明らかに米国、英国等の民主主義国家を指示している。それにも拘《かかわ》らず、それをそうはっきりと指摘せずして、ただ民主主義国家と表現したのは、明らかに一つの漠然としたアイマイな取扱いの仕方である。そしてまた、帝国主義的再侵略を防備する、と規定したのは、明らかに米英を対象として、これらの諸国の侵略性についてそれを警戒しているのである。しかし、現段階の情勢、あるいは過ぐる大戦における米英の役割を顧みるとき、それは進歩的であって、これらの諸国がソ連邦と共同戦線を張って、国際的ファシズム戦線を撃破すると共に、被圧迫民族をも解放したことは動かしがたい事実である。わが朝鮮は、ソ連邦の原動力と英米の貢献によって無血革命が成功し、今やまさに完成されようとする段階にいたろうとしている。かかる意味において、これら連合国はわれわれの味方であり、われわれとしては、最も親善をはからなければならぬ国家であるとみなさなければならない……われわれがはっきりと知っておかなければならないことは、ソ連邦は朝鮮民族を解放してくれた救い船であり、米英は反ファッショ戦の勝利者であるということである。故にソ連邦及び米英、中国等の連合国とは親密なる友好的関係を必ず結ばなくてはならない」

林和は、この文章を読みあげた挙句、

「党もアメリカの本体を見抜くことができず、こんな綱領案を作ったのだ。これはたった半年前に出されたものだよ。アメリカをわれわれの味方だと、はっきり規定してある。つまり、アメリカは朝鮮人民を狡猾《こうかつ》に欺瞞《ぎまん》していたのだ。半年後の今日を予想させなかったのだからね。この点は、党をはじめ、われわれは厳粛な自己批判をしなければならない」

若者たちは一瞬、声をのんでいた。

「だが、はっきりと敵の正体を知った以上、われわれは倍以上の報復と敵意に闘志をわかすことだ。みんな、その覚悟でやるんだな。……これから大弾圧がくるだろう。覚悟を決めて敵の挑戦に立ち向かうのだ」

林和の蒼白い頬に血の色があふれているのを青年たちは見た。

——林和は、陶酔しているのではなかった。嵐《あらし》の前に怯《おび》えている気持が、勢いづいた言葉となって迸《ほとばし》り出ていたのだった。林和は、すでに強風の中に身をよろよろさせて立っていた。

10

精版社の偽造紙幣問題が大きくなった。

五月二十一日、軍政庁のラーチ長官は新聞に談話を発表した。

「貨幣の偽造は、どこの国でも国民的な問題であり、どこでも死刑が与えられている。今度の偽造事件の犯人は極刑にする。ビル内部の者が今度の事件に関係あるかどうかは、現在調査中である。それまでビルは閉鎖する」

この古いビルの中に精版社も朝鮮共産党の事務局もあった。ビルを閉鎖する意味は、この二つを閉鎖することであった。

朝鮮共産党中央委員李舟河は、軍政庁のこの処置に対し抗議したが、軍政庁では事件解決までビルの閉鎖は解かないと回答した。

偽造紙幣の捜査は、米軍と朝鮮側警察当局とで進められていたが、事件発生から約二か月経った七月六日に、偽造紙幣製造の嫌疑で朝鮮共産党幹部李観述が逮捕された。

七月十日の中立系新聞の報道は、それについて次のように報じた。

「去る五月十七日検挙以来、第一管区警察庁指揮下に、本町警察署において二か月にわたって取調べ中であった偽造紙幣事件は、朴洛鍾ら十二名を京城地方法院検事局に送検した。この調査に二か月という長い期間を要したのは、証拠物の収集困難と、犯人が口を同じくして事実を否認したためである。しかし、証拠物の明示と科学的取調べによって、遂に自白した。また、事件が重大であるため、京城地方法院曺在千、金洪燮両検事が本町署に出張し、三週間にわたって取り調べた。また、この事件には大規模の謀略があり、犯人同士が通報するおそれがあるから、この取調べは鍾路署、西大門署、本町署で分離留置して行ない、このため時間を要した。また、中心の李観述、権五稷が逮捕されなければ一切が明らかにならないため、送検が遅れたのである。

証拠物は偽造紙幣千二百万円、原版八枚、インク六種、原紙四百枚、植版機一台、共産党員章二枚などである。一段落とみた警察では、遠からずその真相を一切発表することになっている」

七月二十日の記事はその続報を伝えた。

「朝鮮共産党財務部長兼総務部長李観述と幹部権五稷を主犯とし、同党員朴洛鍾を中心とする偽造紙幣事件は、去る九日、鍾路署で取調べ中の李観述と、未逮捕の権五稷を除いて、他は送検された。警察当局の取調べにより、千二百万円の偽造と、それを共産党の財政に流用していた事実が判明したので、七月十九日、朴洛鍾と、精版社庶務課長、印刷主任、倉庫主任、平版課長並びに従業員ら九名が起訴された」

朴洛鍾は林和も知っている男で、精版社を経営し、党の印刷物を刷っていた。林和が党の事務局を訪ねてこのビルに行くと、彼のうす汚れた顔に出会ったものだった。おとなしい男だが、前に日本人が経営していた印刷所を、解放後、彼が譲り受けて、名前も精版社と改めて業務をつづけていた。

眼に見えない弾圧が次第に力を増してきている。林和は、それを敏感に知るのだ。偽幣の不気味な捜索がつづいているときである。林和が細胞のアジトをのぞくと、外からは全く灯一つ見えなかったのが、内側ではあかあかと裸電灯がついていた。十数人の男たちが大きな紙に墨汁で何か書きなぐっていた。暑くなっていたときなので、半裸体の人間もいた。ザラ紙の上にまたがって、大きな筆をつかっているのだ。

その一人の頑丈な体格に見憶えがあると思ったが、ひょいと上げた顔がなんと安永達だった。

「よう」

と安永達はケロリとした顔で林和に言った。

「いま、これを上のほうの指令で書いているんだ。君も少し手伝ってくれないかな」

安永達は汗をかいていた。どす黒い顔に脂が光っている。脂気《あぶらけ》のない長い髪が眼に入らないように鉢巻をしていた。怒っている肩がいかにも労働者上がりの活動的な党員に見えた。

「今晩中に、一人が五枚ずつ受け持って貼り出すのだ」

戸を閉め切っているので、どぎつい裸電球の光に埃が煙のように渦巻いていた。

林和は紙の文字をのぞいた。

「反動の陰謀は、ありもしない虚構をつくって朝鮮共産党の仕事のように仕組んだ。

しかし、見よ！　同事件の取調べに当った本町警察署の李九範と、張沢相首都警察庁長は、偽造場所がビル内でないと声明し、また、李観述、権五稷の両人がこの事件に関係あるかどうか分らないと声明した。偽造事件に関連した精版社職工が共産党員章を持っていたことを取り上げ、また、押収品である機械に誰の仕業か赤旗とレーニンの写真とを貼り付けたのは、まさに政治的謀略ではなかったか。しかも、前記従業員が入党したのは二月八日であるし、警察が言うように偽造行為が昨年九月であるというのは、その謀略の貧しさを嗤《わら》わざるを得ない。近い将来、偽幣事件に対する反動分子の謀略を徹底的に明らかにしよう。正義は必ず勝つ。われわれは注目して事件の推移を見守ろう。

朝鮮共産党市委員会宣伝部」

安永達は、林和にも書くようにすすめた。

「なにしろ、手が足りないんだ。今夜のうちにこのポスターを街中に貼らなければならないからな。一枚でもよけいに書いてくれたら助かる」

彼はいかにも忙しそうに荒い呼吸をしていた。

林和は、原稿を貰《もら》って大きな紙の上にかがみこんだ。鉢に移した墨汁に筆をつけ、紙の上に文字を書いて行ったが、実は安永達のことだけを考えていた。

この男の身分は、林和にははっきりと判断がついている。彼は薛貞植と連絡をもっている。薛貞植のうしろに誰がいるか。安永達の任務が分るのだ。彼は林和にそうしたように、ほかの人間にも眼をつけて薛貞植に会わせているに違いない。

安永達は大きな声を揚げて、そこにいる人間を督励していた。何枚か出来たら、待っている若い連中に渡して、早く電柱や家の壁に貼り出させるよう指示している。いま、彼は党の働き手になっていた。

アメリカはひどい謀略をする、と安永達は臆面もなく罵《ののし》っていた。

林和は、安永達を咎《とが》めることができない。自分も彼と同じ線にならんでいるではないか、林和の名前は、すでに向うの側に登録されているかもしれなかった。いや、必ずそうされている。かれを引っぱり出したのは安永達だ。

林和は、安永達と顔を合わせるのが苦痛になって、ただ紙の上に原稿通り文字を書きなぐっていった。

林和は、その貼紙を十枚はたっぷりと書いた。疲れた。

彼は、壁ぎわの石炭箱に腰を下ろした。連中はまだ書いていたが、残りの紙は少なくなっていた。仕事は終りに近づいている。

安永達がてきぱきと指図し、ビラを待っている青年たちに貼る場所も注意していた。部屋中が反古《ほご》だらけになり、ものすごい埃が充満した。林和はつづけて咳をした。

安永達が見事な身体に噴き出た汗を拭いながら林和の横に来た。

「ご苦労さん」

と安永達は黄色い歯を出して笑った。

「疲れただろう。身体は大丈夫かね？」

林和は、この男の顔に圧倒された。実に平然としている。怯えた眼になるのは林和のほうだった。

「どうやら、仕事も片づいたようだ。ぼつぼつ引き揚げよう」

彼はそう言うと、その中の一人を呼んで、あとのことを頼んでいた。命令に近かった。対手は素直にそれを受領している。安永達は、青年たちに骨の太い党活動家として信頼されているのだ。

安永達は、用心深く倉庫の戸を閉めて外に出た。闇《やみ》を透かして左右を見回している。誰を警戒しているのか。彼の場合、警察よりも彼の素性を探っている同志かもしれなかった。

「身体はよくなってるのかね？」

安永達は肩をならべて言った。暗い通りで、人も歩いていなかった。星がいやに低いところにある。

林和は彼と歩いていると、去年の暮れに寒い風の中を一しょに歩いたことを思い出した。あのときも彼は容態を訊いた。

「薬が切れるころじゃないかな」

安永達は呟《つぶや》いた。

闇の中で赤い灯が息づいている。手巻の煙草にしては香りがよかった。服のどこかにラッキーストライクを匿《かく》していたのかもしれない。

「向うではいつでも薬を渡すようになっているらしい。林和さん、早く取りに行ったほうがいいよ」

「君は、最近、薛貞植さんに会ったのか？」

「いや、何となくそういう気がするのでね」と安永達の声に軽いうろたえがあった。

「先方は律義《りちぎ》な人だからね」

律義というのは、輿論局長を言っているのか、アメリカ人を指しているのか分らなかった。あるいは両方かもしれなかった。

林和は黙っていた。今ほどこの男が憎く思われたことはなかった。できたら、この男の襟首を摑《つか》んで地面に匍《は》わせたかった。しかし、安永達は、彼よりずっと体格がいい。

「君は」と林和は言った。「今度の偽幣事件を、本当にアメリカや右翼の謀略だと考えているのか？」

安永達の返事がくるのに間があった。その声も嘲るように間延びしたものだった。

「なぜだね？　林和さん。なぜ、そんなことを訊く？」

林和はすぐに適当な言葉が探せなかった。言いたいことは胸に詰まっていた。

「あんたは、どう考えるのだ？」と安永達はつづけた。「ポスターに書いた通りだ。あれを信じてれば間違いはない。そうだろう、林和さん？」

安永達は暗い空に顎を上げて哄笑《こうしょう》した。


偽幣事件は急流のように進展した。「犯人」たちは送検されて、公判が近く開かれることになった。これに対して朝鮮共産党は、七月二十五日、ホッジ中将にあて八項目からなる請願書を提出した。

検事を更迭《こうてつ》して左右両勢力から成る検事団を作って裁判に当ること、裁判を公開し左右両勢力の人間を裁判官グループに入れること、弁護人はアメリカの著名な弁護士を招き朝鮮の弁護士と同席させること、言論機関の代表者を裁判に招き裁判記録をアメリカにも公開すること、ソ米共同委員会の代表者を裁判に招待することなどがその内容であった。

回答は、二十九日になってラーチ軍政長官から新聞を通じて談話発表があった。

「共産党からホッジ中将宛の請願書が出されたが、これは共産党として公私を混同する考え方である。被告の数人が共産党員であるとしても、今回の裁判は国家と国民に対して行なわれた罪に対する裁判である。裁判は公正になされなければならないし、記者席は公開する」

このような文書上のやり取りとは別に、多くの学生、青年たちが「李観述を釈放せよ」との要求を叫び、軍政庁前や裁判所に向かってデモを行なった。

しかし、まだこれは裁判の開廷時期ではなかったので、それほど大げさにはならなかった。彼らは絶えずその小さな波濤《はとう》を繰り返していた。

八月二十八日が偽幣事件の第一回公判であった。

この日は、朝からぎらぎらした太陽が照りつけていた。開廷の予定は九時であったが、このときはすでに地方法院の周《まわ》りには数千の群衆が取り巻いて、数百名の警官と対峙《たいじ》していた。地方法院のすぐ前は徳寿宮で、その大屋根に白い光が当っていた。

群衆は青年が殆《ほと》んどだった。明らかにこれは組織の動員だった。彼らは口々に被告の即時釈放を叫んでいた。

開廷時間になると、法廷内にいち早く三百人もの傍聴者がなだれこんで来た。若い者ばかりだから乱暴なくらい元気のいい行動だった。弁護士が内に入れないで外でうろうろした。裁判所側では、全員を一たん外に出すことにした。このときは開廷予定時間を一時間も過ぎていた。

十時二十分ごろ、精版社関係九名と共産党関係四名合計十三名の被告が入廷した。傍聴席には被告の家族二十六名と、一般傍聴者六十名に新聞記者が入った。被告のうちで、精版社庶務課長であった宋彦弼は歩行不自由な身体で入廷したが、蒼ざめた顔に微笑を浮かべていたのは印象的であった。

法廷の外では建物を囲んだ群衆が喊声《かんせい》を上げていた。これは外から法廷に強烈な圧力をかけているようにとれた。数千の群衆は数がふえるばかりであった。殊に法院の西門に集まった群衆は騒動を起した。ここでは怒声と、革命歌と、拍手と、踏み鳴らす足音とで警備の警官たちも手がつけられなかった。いつ襲ってくるか知れない群衆の勢いに警備側がたじろいでいた。アジ演説が堂々と行なわれた。

この喚声と騒音とは法廷内にも聞えて、開廷することができなかった。傍聴席からも廷外の声に合わせて叫ぶ者が出る。

群衆は明らかに暴動の一歩手前にさしかかっているかにみえた。組織が動員した若い者ばかりなのである。警察側では彼らが今にも地方法院に乱入して被告を奪って行くような恐怖さえ起した。

ふいに首都警察庁長張沢相が警官の垣の中央に現われて、群衆に向かって退去を説得した。しかし、これは罵声《ばせい》と嘲笑の中に葬り去られた。張沢相は真赤な顔をして警官の中に後退した。群衆はどっと歓声をあげた。

しかし、これは群衆の側の錯覚であった。首都警察庁長は退却したのではなかった。警官隊が一せいに腰からピストルを抜いて群衆に銃口を向けたのは、この張沢相の命令だったのである。

群衆は一瞬に静まったが、やがて、その喚きは倍になって盛り上がった。射つなら射ってみろ、と叫ぶ者がいる。警官の短銃の前に棒を投げつける者もいる。小石が無数に警官群の中に投げこまれた。まさか、という気持がこの嘲弄《ちようろう》行為になったのだ。が、しかし、なかには「敵の挑発に乗るな」と群衆を制止する者がないではなかった。しかし、それも多勢の叫喚の中に消えた。

突然、ピストルが火を噴いた。それも空に向かってではなく、集まっている群衆の中に弾丸を射ち込んだのである。叫びが今度は悲鳴に変って群衆に起った。今までスクラムを組んで警官側に脅威を与えていたのが崩れて、その場にばたばたと倒れた。今まで群衆《マッス》は崩壊した。すかさず警官の壁がそのまま押し出して、遁《に》げ遅れている者を曳《ひ》きずりはじめた。銃床で叩かれた学生や新聞記者などは無数だった。検束者も五十名近い数を出した。血液が地面に散乱した。

その中で血塗《ちまみ》れになって倒れている学生がいた。十九歳になる少年で、弾丸が左頰から顎に抜けたのだった。これは警官側の手ですぐに大学病院に運ばれた。少年は死んでいた。

この騒動のために開廷が不能だった公判は、午後零時を過ぎてようやく開始された。しかし、このときは弁護団がいきなり裁判長忌避の戦術に出たため裁判は無期延期となった。

林和は傍聴席に坐って、この廷外の騒動を聞いていた。その喧噪《けんそう》で裁判長の開廷宣告の声までが聞えない。弁護団の中から一人が起ち上がって裁判長に何か言っていたが、これも聞き取れなかった。傍聴席では、現在眼の前で進行している裁判よりも外部の騒動に気を取られて、うしろを振り向く者が多かった。どの顔にも昂奮と動揺とがあった。外の怒声は刻々に拡大された。傍聴席からも口笛や手拍子が起った。廷丁が急いで来たが、これも外の勢いに呑まれた臆病な制止だった。誰もがいまにも群衆が戸を蹴破《けやぶ》ってここに侵入するかもしれない予感をもっていた。

林和は現在、自分が二つの意識を持っているのを感じていた。一つは、この革命前夜のようなかに身を置いている感動だった。日帝時代には夢にも考えられなかった現実である。革命が来るかもしれない。永い間待っていたものだ。

しかし、おれは一体どうなる？　挫折者のおれの足はどこにかかっているのだ？――これがもう一つの意識だった。

林和は、血だらけになった地方法院の前を歩いた。群衆が遠巻きにして、地面に白墨をつけている警官たちの現場の実測作業を見ていた。林和は、その土に沁《し》み込んだ血の色に慄《ふる》えを感じた。地面に血漿《けっしょう》が黒く粘り付いていた。

正面に徳寿宮の典雅なギリシア式建築が見えた。反りのある大甍《おおいらか》に白堊《はくあ》の柱が神殿のようにならんでいる、かつての朝鮮王妃の居館だった。

林和には、戦闘的な詩がつくれなかった。ほかの詩人のように、野放図に闘争をうたい、革命の情熱を駆り立てる詩がどうしてもできなかった。いや、つくろうと思えば、ほかの者よりもっと上手に出来そうな自信はあった。しかし、そのような詩を書こうとすると、先に同胞の貧しい牧歌的な姿が浮かんでくるのだ。山、林、野、川、海、あらゆる自然の中にキノコのような黝《くろず》んだ藁屋根《わらやね》と、割れ目の入った土壁とが配置されるのであった。暗い小さな窓には、蒼い顔をした女がいる。彼の詩は、暗鬱《あんうつ》な色彩の中に感傷的にしか出なかった。

「林和さん」

ふいにうしろから肩を叩かれた。民青の組織にいる若い男だった。長い髪を乱している。青年は興奮していた。

「あなたも今のデモに参加してたんですか？」

「いや、ぼくは法廷の中にいたのでね」

「そうですか。被告の同志たちは元気でしたか？」

彼は親戚《しんせき》を案じるような顔で訊いた。

「とても元気だった。みんな頑張るだろう」

「もちろんですとも」

と青年は歩きながら言った。背が高いので、林和と話すのにかがみ込むようにしている。

「実にけしからん裁判です。明らかに米軍の命令を受けた謀略裁判ですよ。われわれは初めアメリカ軍を解放軍とばかり思っていたが、とんだペテンにかかったものです。今、はっきり敵は正体を見せたわけです。……警官隊の発砲は絶対に許すことはできません。一人死にましたよ。可哀想に、十九になる少年でした。名前は全海練という学生です。われわれは全少年を虐殺した犯人を必ず捜し出して、徹底的に追及しなければなりません。明後日、虐殺された全少年の葬儀がトゥメイ高女で行なわれます。われわれの犠牲者ですよ。民戦（民主主義民族戦線）主催で人民葬ということに決まりました」

二人は、いつか西大門を過ぎて歩いていた。

「そうだ、それに今日は素晴しい記念日になりますよ」

青年は何を思ったか、一段と声をうわずらせた。

「林和さんは聞いていませんか。北半部では、共産党と新民党とが合党して北朝鮮労働党と名前を変えて、堂々と新発足したというんです。たった今、党に入った情報です。素晴しいじゃありませんか。同じ日に、北ではわれわれの新しい党が生れ、南では革命のために血が流されたんです」

「とうとう、やったか」

林和もその興奮に誘いこまれて言った。

北部朝鮮では、共産党と新民党の合併説が前から流れていた。それがいよいよ実現したというのだ。北部では着々と共産政治体制が力強く進んでいる。

「われわれもうっかりしてはいられません。北に負けないように建設に努力しなければと思いますね。向うが羨《うらや》ましいですよ。ソビエトの指導でどしどし改革が行なわれていますからね。それに較《くら》べると、この南半部は、まるで日帝時代と同じように、アメリカの暴圧下にあるわけです。条件が違い過ぎます。だが、われわれの力でアメリカ軍政と闘い、必ず北に追いつくようにしましょう」

林和は青年と別れた。一人で歩いた。青年の吐いた言葉が耳に残っている。

彼は街をあてもなく歩きつづけた。実際はこうしてはいられないのだ。情勢は重大な段階に来ている。今の裁判で見たように、嵐が来ているのだ。うかうかと一人で散歩している時ではなかった。

が、彼はいま誰とも会う気持がしなかった。わざと孤独を求めていることを知っていたが、それはこの時間だけでも皆から離れて、自分だけの自由に浸りたかったのだ。

林和は、まだ北のほうには行ったことがない。

ソウル近郊を流れている漢江の河原に立つと、北に山脈《やまなみ》が連なって見える。その山の向うに「北の国」がある。山の多い国だった。高い山の名前も知っている。まだ見たこともない、その山の容《かたち》や谷間の町が、空の下に想像された。しかし、今はそこに行くことができない。彼は、いつもうすれた山の色から、その涯《はて》までつづく地形に空想を走らせる。白頭山が二七四〇メートル、冠帽峰が二五四〇メートル、胞胎山が二四四〇メートル、小白山が二一八〇メートル、狼林山が二〇一〇メートル……この高い山々の間に、淋《さび》しい村や里がへばりついている。

林和は、楸哥嶺、狄踰嶺などという名前を聞いただけでも詩情が激しく動く。その山峡を流れている白い川と、そのほとりにうずくまっている黴《かび》のような部落が空想の中に浮かぶ。やはり緑のない、茶褐色の、重く沈んだ色彩の中だった。それは、北の政治も南の闘争もない静かなよどんだ風景であった。——

その晩、党では法廷闘争について討議し、結論を出した。

成果としては、反動の謀略を暴露し裁判を長期に持ち込んだこと、青年や学生層をこれに動員し得たことなどが挙げられた。しかし、自己批判としては、この動員に市民層が不足であったこと、命令系統の不十分であったことなどが挙げられた。アジ活動が抽象的だったし、ビラも少ないという反省もあった。

特に、地方法院前で警官と対峙したとき、警察側の上部・下部を無差別に攻撃したのは拙劣であった。また、警官の発砲でたじろいだのはいけなかった。もっと果敢に闘争すべきである。

今後の方針としては、敵の謀略を科学的・具体的に暴露し、党の書記局発表を徹底させる。全少年虐殺の事実を糾明《きゅうめい》して張沢相首都警察庁長の野蛮性を明らかにする。精版社事件は敵側の陰謀であるから、民衆の側からも調査する。また、宣伝技術は必ずしも熟練しているとはいえないから、この方面を学習すること。また、ポスターの貼り方も少なかった。民衆に徹底させるため、今後は便所、電柱などに物量的に貼りまくる。

朝鮮共産党は、首都警察庁に二十八日の発砲事件について厳重に抗議をした。

警察当局はこれに対して「あの場合発砲はやむを得なかった。警備態勢上ゆるされることである。それによって死傷者を出したのは遺憾であるが、これはデモをかけた一部民衆に責任がある」と抗議を一蹴《いっしゅう》した。

全海練少年の葬儀はトウメイ高女の校庭で行なわれた。正面祭壇には、少年の大きな写真が喪章と花に囲まれて掲げられてあった。花束が左右にならんでいたが、ほとんど共産党や、その傘下の労働団体、文化団体の名前だった。祭壇の両脇には、民青の若者たちがうずくまっていた。この日の会葬者は二万人以上と算定された。長い列が校門から祭壇まで延々とつづいた。やはり若い人が多かった。

「右翼テロに仆《たお》れた全少年の死を無駄にするな」「愛国者全少年につづけ」「少年を虐殺した警官を引きずり出せ」

プラカードが花束と一しょにならんでいた。団体の参列も多かった。その先頭には、必ずと言っていいほどこれらの文句を書いたプラカードがあった。ここにも革命歌が高唱されていた。警官たちは校門の前を固めている。警官の垣に向かって参列者は口々に汚ない罵声を浴びせた。

林和もその群の中にいた。

少年の写真は微笑《わら》っている。遺族が三人横にいたが、老婆は眼を赤く腫《は》らしていた。

校門を出て、しばらく歩いた。暑い陽盛りだった。頭の上から強烈な太陽が照りつけている。路の上に落ちた自分の影が狭かった。

林和は向うからくる男に呼び止められた。党の細胞の責任者となっている男で、林和もよく顔を知っている。腕に黒い喪章を巻いているところを見ると、これから葬儀に行くつもりらしい。ほかの二人は知らない顔だったが、やはり細胞の男なのだろう。

「ご苦労さん」

と、向うでは、林和が葬儀から帰るところとみて声をかけてきた。

「今からですか？」

林和はほほえんだ。

「これからです」

対手は、林和を路の横に伴《つ》れこんだ。

「いま北のほうから文書が来たんです。一昨日、北半部では共産党が労働党になったのはご存じですね。これは、その準備の民主主義民族統一戦線中央委員会結成のときの声明書です。読んでみてください」

林和は、その男が差し出したのをひろげた。

「偉大なソ連軍隊によって解放された北朝鮮では、巨大な諸般の民主的課業を遂行した。とくにモスクワ三相会議の朝鮮問題に関する決定があった後、北朝鮮における民主的力量は急速に発展され、数百万の群衆は民主主義的各政党、社会団体に結束された。その中で、職業総同盟員は三十五万、農民同盟員は百八十万、民主青年同盟員は約百万、民主女性同盟員は六十万、文学芸術総同盟員は一万余名にもなった。このように結束された基礎の上に、人民の政権である『北朝鮮臨時人民委員会』が創建された。この北朝鮮臨時人民委員会は、偉大な土地改革をはじめ、いろいろな民主的改革を実施して、民主主義的統一政府を樹立することのできる土台を築いた。

しかし、朝鮮人民は、この現象に満足せず、かならず統一的民主主義によって完全自主独立の富強な新朝鮮を創建しなければならない。そしてこれを達成するためには朝鮮人民は、さらにかたく団結しなければならないし、統一的・有機的歩調をもって、いっそう勇敢に前進しなければならないのである。

またソ米共同委員会事業の破綻《はたん》と、その後における南朝鮮で進行されているいろいろな状況は、朝鮮に対する米帝国主義の侵略的野望と、親日派、民族反逆者たちの策動のもとに、民主主義の臨時政府樹立と民主的発展を妨害するばかりでなく、民主主義的な各政党と社会団体を威圧している。

南朝鮮のこのような情勢と、北朝鮮の急速な民主的発展は、北朝鮮の民主主義的諸政党と社会団体の有機的な統一をさらに要求し、反動勢力との闘争は、鋼鉄のように団結された民主的力量の結束を、いっそう切実に要求している。

一九四六年七月二十二日平壌市において、金日成将軍の提案により、北朝鮮の民主的諸政党と社会団体をもって『民主主義民族統一戦線』中央委員会を結成した。この北朝鮮民戦は、朝鮮人民のもっとも優秀な代表たちを結束したし、四個の政党と、十五個の社会団体が網羅された。すなわち、それは朝鮮共産党、朝鮮新民党、北朝鮮民主党、天道教青友党の四大政党と、北朝鮮職業総同盟、北朝鮮農民同盟、北朝鮮民主女性同盟、北朝鮮民主青年同盟、北朝鮮基督教徒連盟、北朝鮮仏教連合会、北朝鮮文

学芸術総同盟、朝ソ文化協会、北朝鮮消費組合、北朝鮮愛国闘士後援会、北朝鮮赤十字社、北朝鮮人民航空協会、北朝鮮工業技術総連盟、北朝鮮保健連盟、北朝鮮農林水産技術総連盟の、十五個の社会団体がこれに参加した。

これら政党、団体は、朝鮮の自主独立と民主的発展が要求する、その条件を遂行するために、北朝鮮民戦を結成するにいたったのである。

この北朝鮮民戦を結成するための、各政党、社会団体指導者会議においては、要旨次のような決定が採択された。

南朝鮮における反動派たちが『米帝国主義者たちの策動と謀略のもとに、朝鮮をふたたび植民地として搾取しよう』とする陰謀が、赤裸々に暴露されている情勢に鑑《かんが》み、われわれの統一戦線をさらに堅固にし、また拡大しようとするには『各階層の人民大衆をさらに広範に組織し、教育し、人民の政権である北朝鮮臨時人民委員会の周囲にさらに一層団結し、われわれの民主的土台をさらに強固にみがきあげなければならないので、北朝鮮民主主義民族統一戦線中央委員会を結成したのである』」

林和は、その印刷物を返した。

「北朝鮮では着々と建設が進んでいます。ぼくらもじっとしてはおられなくなった。いっそのこと北半部に脱出しようかと思うくらいですよ」

「脱出？」

「いや、まあ、これは冗談ですがね。しかし、やろうと思えば出来ないことはない。わが国土は三十八度線で二分されているが、東西何百キロかにわたった全部に垣根があるわけではないからね。どこからでも潜り込めますよ」

「しかし、要所には哨戒線《しょうかいせん》があるだろう?」

「そりゃあるでしょうね。だが、道は人間が歩いているものだけとは限りませんよ。江原道の山に入れば、山奥のけものが谷に水を飲みにくるために出来たけものみちだって十分に利用はできます。いや、そんなことよりも、そこには北側のものがいて、われわれを迎えてくれるそうです」

林和は、このときは、その話を自分には遠いこととして聞いていた。

「しかし、ぼくらには南半部でまず米帝と闘うという任務があるから、北部へ行くのは、そのあとにしたいです。いや、理想的に言えば、三十八度線などなくなって、南北が統一できたときに行きたいものですがね」

折りから妙な眼つきをした男が通りかかったので、対手は、では失敬、と言って別れて行った。

街は平穏だった。一昨日、デモや発砲騒ぎがあったことなど、民衆は全く無関心な顔つきだった。

林和は、いつものことだが、何かそこに政治運動と民衆生活との断層を感じるのだ。たしかに、いま、不気味なものが黒い進行をつづけている。だが、歩いている人や、家の戸口に腰を下ろして長い煙管《きせる》を吸っている老人たちには、少しも関《かか》わり合いのない現象であった。それは、革命的な詩を書かねばならないと思っている詩人と、自然の現象の中にそのようなことを一切排除している詩の魂との違和感に似ていた。

その日はよく人に会った。

林和がいつも屯《たむ》ろ場所にしている書店に行くつもりで太平通りを歩いていると、向うから色の黒い、背の高い、頑丈そうな男が歩いて来た。脚が長かった。

「やあ」

と向うのほうから手を挙げた。

「しばらくですな、林和さん」

これは、スポーツ団体を指導している金永健という男だった。金永健の傍には、彼よりもっと若く、もっとがっちりとした体格を持っている青年がいた。この若者はひどく陽に焼けていた。

「どちらへ？」

金永健が訊いた。

「そこの本屋に行くつもりです」

林和の答えを聞いて、金永健がわずかの間思案した顔になったが、

「では、ぼくもそこまで引っ返して、あんたと少しだべりましょうかな。大分世の中が騒々しくなってきたようだから、いろいろ話を聞いてみたいのです」

しかし、金永健の真意は、話よりも自分が伴《つ》れている色の黒い青年を林和にひきあわせたかったらしい。

「紹介しましょう」と彼は言った。「この人は蹴球の選手をしている玄孝燮君といいます」

青年は、真白い歯を出して林和に挨拶した。

「ぼくらが一しょに本屋に行っても構いませんか？」

金永健が訊いた。

「どうぞ」

どうせ、今日は人の話の恋しいときだった。それも党関係者でなく、普通の人間の平凡な話が聞きたかった。スポーツをやっている男なら、今の場合うってつけだった。

金永健は、民主主義文化グループの一つであるスポーツ団体の指導者だったが、それほどうるさいことは言わないし、どちらかというと、あまり政治的な意見を吐くには不向きなほうだった。

本屋には常連の顔がなかった。みんなそれぞれ忙しいに違いない。林和は、もし、

そういう連中の一人が来ていたら、かえって煩しいと思っていたときなので、ちょうどよかった。本屋のおやじは、むろん、林和の詩を高く買ってくれている気のいい男だ。

狭い店の奥に入ると、椅子がいくつかならんでいた。

「さあ、お掛けください」

林和は、紹介された蹴球選手にすすめた。

「羨しい体格ですな」

自分の身体にくらべて林和がほめると、玄孝燮選手は気恥ずかしげな微笑を浮かべた。

その顔を見て、どこかで似たような人を見たことがあると林和は思った。それも極めて近い過去だった。

林和は考えたが、このときはどうしても思い出せなかった。

11

本屋に一人の男が入ってきた。金永健を見つけて軽く手をあげたが、同時に林和《リムファ》にも、玄孝燮にも会釈《えしやく》した。マラソンをやっている男だが、林和は顔だけを知っている程度だった。玄孝燮は、同じスポーツでも領域が違うためか、それほど親しそうではなかった。

そこへいくと金永健はスポーツ団体を指導しているので、彼はよく知っているらしい。

「ちょっと失礼」

と、金永健は林和たちの前から立って、マラソン選手の坐った椅子の横に歩いた。

林和は蹴球選手と二人になったが、紹介者の金永健が外れたので、何となく話のつぎ穂を失った感じだった。

林和は、スポーツのことはよく分らなかった。話題の持ち出しようがなくて鼻白みかけていると、青年のほうから助けを出した。林和が詩人なのを承知して、世間話的に言ったのだった。

「林和さん、あなたは李承燁《リスンヨプ》さんをご存じですか？」

林和はどきりとなったが、あまり思想的には関係のないらしいこの蹴球選手は、自分の思いつきだけで言っているらしかった。健康的な顔は無心に笑っている。

「ええ、解放日報の主筆ですからね、時折り顔を合わせることがあります」

その李承燁は、精版社事件が起ってから、いま西大門刑務所に趙一鳴《チョイルミョン》といっしょに拘置されていた。

「あなたもご存じですか？」

林和が訊くと、玄孝燮は陽に焼けた顔に真白い歯を見せていた。

「いいえ、ぼくは直接には存じあげませんがね、ぼくの叔父《おじ》がよくお会いしていると言っていました」

「あなたの叔父さんも何か文筆活動をなすっていらっしゃるんですか？」

「全然、畑違いです」玄孝燮は、屈託のない微笑をつづけた。「叔父はアメリカで生まれて、向うの市民権を取っていますが、いま、アメリカ軍の少佐になってこちらに来ています。玄・ピートという名ですが」

「ほほう」

「叔父の妹、つまり、ぼくには若い叔母《おば》になるんですが、それもいまPXに勤めています。玄・エリスといいましてね」

林和は、あっと思った。

先ほどから、この蹴球選手の顔にどこか見憶えがあると思ったが、それは或《あ》る女の面影があったからだった。いまの言葉で、林和は初めてそれに気づいた。薛貞植《ソルチョンシク》と一しょにジープに乗っていた派手なアメリカンスタイルの女だった。妙に朝鮮人ばなれした女だと思ったが、なるほど、二世なら板についているはずである。女は黒眼鏡をかけていたが、横顔を絶えず彼に見せていたので、ほとんど素顔のままの記憶になっていた。

その女は林和の印象に残っている。ジープの中でも一口ものを言わなかった。あとから乗り込んだ林和に笑顔を見せるでもなく、とり澄ましていて、高慢げに黙殺した。が、それもアメリカ生まれだと聞くと合点がいく。彼は、彼女は薛貞植の愛人ではないかと思って、いつぞや彼の家に行ったとき、家の中をその姿を求めるように見回したものだった。

そうか、あの女がこの蹴球選手の叔母だったのか。

林和は、玄・エリスという名前を耳新しくおぼえた。

「だから李承燁さんのお名前は、よく叔父や叔母の口から聞いていますよ」

玄孝燮は何も知らないで言った。

「では、李承燁さんは、叔父さんにたびたび会っているんですね？」

林和はできるだけ平静に訊いた。

「どの程度かは分りませんがね」

「どんなことを話されるんでしょう？」

笑顔での質問だったが、胸には動悸《どうき》がうっていた。

「さあ、それはぼくには分りませんが……」

と青年は無邪気な微笑で答えた。

そこに金永健が戻ってきたので、話はそのままになった。林和が玄から聞いたことで考えこんだのは、二人と別れて表へ出てからだった。

　李承燁は何のために二世の少佐と会っているのだろうか。職名は聞かなかったが、二世だから、多分、情報関係を受け持っていると思われる。そういえば、あの玄・エリスという女が輿論局長の薛貞植と一しょに車に乗っていたことも、今となっては理解できた。薛貞植は軍政庁にいるので、PXで働いている好きな女を伴《つ》れて回るのにそれほど不思議はないと思ったが、彼女はただの従業員ではなかったのだ。

　薛貞植が完全にアメリカ軍機関の中に入っていることはほぼ間違いないことだ。安永達もその手先だろうと想像される。だが、李承燁が二世情報将校とたびたび会っていたというのは、どのようなことか。薛貞植の連れていた女も李承燁に会ったことがあると甥の蹴球選手は言うのである。

　もし、林和の疑惑があたっているとすると、米軍機関の手は意外に共産党の上層部に伸びていることになる。李承燁といえば、党の中央委員だし、輝ける理論家なのだ。朴憲永《パクホニヨン》の信任も厚い。その男が。――

　まさかと思うが、無邪気なスポーツマンが何気なく洩《も》らした言葉に林和は信用をおいていた。

――八月二十八日に開かれた精版社事件の公判で、騒動を起した群衆の中から逮捕された者に軍事裁判が行なわれた。五十名に三年乃至《ないし》五年の懲役が言い渡された。この日、軍政庁は以後米の配給を一人当り二合にすると言明した。

偽幣事件の公判は、その後も継続して開かれた。軍政庁が弾圧に乗り出したので、八月二十八日の事件に見られるような大騒動はなかった。しかし、被告たちは共同して裁判長に三か条の条件を突きつけ、分離裁判でなく合同裁判にしろと要求した。彼らは、でっちあげの危険のある分離裁判のつづく限り沈黙戦術をとると宣言した。

暑い或る日だった。林和は、本町の街上でひょっこり李承燁と出会った。李承燁は、自分を目立たなくするためか、白い周衣《ツルマキ》をきていた。

「やあ」

と先方から微笑《わら》った。

林和は一瞬、呼吸《いき》を呑《の》んだように彼の前に立っていた。李承燁は前よりは肥って見え、顔色もひどくよかった。

「肥っただろう?」

と、李承燁は林和の視線を感じて胸を張るようにした。

「なにしろ、敵の食糧でタダ食いだったからね。ときどき、ああいうところに休養に行くのもいいものだよ」

林和が誘うと、李承燁は気軽に応じて大衆食堂に入ったが、いち早く客の顔を用心深く一瞥《いちべつ》したところなどは、さすがだった。

二人は、片隅に席を取った。食堂といっても出されるものは代用食だけで、小さな麦粉の団子が二つばかり浮かんでいる粉汁だった。味も素気《そっけ》もない。

「今度の待遇はどうでした？　日帝時代とはかなり違うでしょう？」

林和は訊いた。

「それは拷問がないだけだな。野蛮なことは変りはないよ。設備は悪いし、ひどく不衛生だった。しかし、暴力はないといっても、一晩じゅう寝させないで調べるんだ。あれがアメリカ流の神経拷問だろうな。ひどい目にあったよ」

李承燁は、ひどい目にあったことを強調していた。

「趙一鳴さんも一しょに釈放されたんですか？」

「趙君はぼくより一日遅れて出た」

「やっぱり精版社事件に関係しているだろうと責められたんですか？」

「向うが訊くのはそれだけだ。なにしろ、逮捕された李観述君が党の財政部長をしているので、幹部のおまえが事情を知らないわけはない、と言うんだ。こちらは、李君を逮捕したのがそもそもの間違いで、彼は何の罪もない、と答えるだけだから、訊問《じんもん》にもなりはしない。ただ、日本の特高だったら殺されかねないところだがね」

「警察署で趙一鳴さんに会いませんでしたか？」

「留置場から出て取調室に行く、その行き帰りに彼と擦《す》れ違うことはあったよ。お互いニヤッと笑うだけで意志が通じる。元気か、大丈夫か、という挨拶《あいさつ》だな」

李承燁はそんなことを話したが、留置場の待遇のひどかったことを繰り返し、南京《ナンキン》虫《むし》にやられたといって赤く腫《は》れた腕と脚とを見せた。

林和は、よほど玄孝燮から聞いた話を口に出そうかと思った。が、何となく心が怯《ひる》んだ。それを言うと李承燁が衝撃を受けそうな気がして躊躇《ちゅうちょ》した。向うの気持をはかっての遠慮だが、林和自身も、そのことにふれるのが怕《こわ》い気がした。

しかし、これはあとで質問する機会はあると思った。それまで、この共産党の中央委員の身辺をもう少し探っておくことだ。その知識が出来てからでも遅くはないと考えた。

「警察では、張沢相が来てあなたに会いませんでしたか？」

林和が、首都警察庁長の名前をいったのは、大物が直々に取り調べたのではないかと思ったのだ。

しかし、この質問は林和が予期しない反応を李承燁に起させた。

「張沢相だって？」

彼はどきりとしたように林和を見返したが、その眼には今までの傲慢《ごうまん》そうなものが消えて、狼狽《ろうばい》が走ったようにみえた。

「彼が来るはずはないよ。どうしてだね?」

と彼はうろたえて鋭く反問した。

「いや、あなたくらいの大物だから、そういうこともありうるかと思ったんです」

「そんなことはないよ。張沢相などが来るはずはないよ」

李承燁は念を入れて否定すると、眼を窓のほうに逸《そ》らした。

窓の外には闇市場《やみいちば》からの喧噪《けんそう》が聞えていた。


大きな嵐が来ると予想された。

『解放日報』は閉鎖されたが、そのほかに『人民報』『現代日報』の共産党系の新聞が残っていた。これもいつどうなるか分らなかった。

アメリカ軍政庁の態度はいよいよ硬化してきていた。はっきりと共産党弾圧に乗り出してきているのだ。精版社偽幣事件がその端緒であった。

前から協議されていたことだが、九月四日に朝鮮共産党と人民党と新民党とが合同して、南朝鮮労働党となった。これは北朝鮮に北朝鮮労働党が成立したのに呼応したものである。新民党は許憲、具在洙が幹部で、人民党は呂運亨、李基錫が指導していた。

ここまでくるのに党内で合同反対分子があり、そのため実現が遅れたのだった。批判派は別に一党を立てた。合同派は彼らを分派主義、脱落分子といって激しく非難した。

嵐を前に控えての合同だった。これまで民主主義陣営の推進力として、ことごとにアメリカ軍当局と、右派を刺激してきた共産党系の政党が一つになってふくれ上ったのである。何かが来ないのが嘘《うそ》であった。

新しく南朝鮮労働党の書記長に選ばれた朴憲永は声明を出した。次のような意味であった。

「わが朝鮮において勤労大衆の利益のため、また民主主義朝鮮独立のために一切の反動勢力と勇敢に闘争してき、また闘争しつつある朝鮮共産党・人民党・新民党は勤労大衆の利益の擁護を目的としてあらゆる民主的エネルギーを結集して、民主主義民族戦線の闘争をもっと強力に発揮するために合同を決定した。朝鮮発展の現段階すなわち民主主義発展段階において、その行動綱領と実践において大きな差異がない、勤労大衆のための主要な党の指導者間に、早くから一大政党への合同問題が論議されたことがあったが、まだ実現にまで至らなかったところへ、今般北朝鮮で、朝鮮共産党と新民党の合同が実現されて、勤労大衆の利益のための北朝鮮労働党が結成されたことは、北朝鮮民主主義勢力の強力な集結として私はその正当性を指摘した。北朝鮮の二大政党の統一合同によって、南朝鮮にも従来からあった合同の気運が促進され、ついに数日前人民党から合同を提議してきた。わが党ではこの提議に対して慎重に考慮した結果、大局的見地からこれを受諾することに決定した。かくしてついに、共産党・人民党・新民党の三大政党の合同統一運動が展開されている。これは朝鮮民主主義建国過程において画期的な重要な意義をもつものである。

朝鮮を取りまいた内外の情勢が複雑多難なこの時に、朝鮮の真の民主独立のための闘争者であり、勤労大衆の利益の擁護者たる三大政党は、合同統一の上積極的な役割を果さなければならない。この三大政党は、今日の民主主義発展段階においては、何よりも日本帝国主義の残存勢力の徹底せる掃蕩と封建的遺物の清算を通して、民主主義独立を戦い取ることを基本的行動綱領としている。われわれはこの行動綱領を真面《まじめ》目に実践してきた。またこの三大政党は労働者・農民・都市小市民・インテリゲンチャ等勤労大衆を中心とする政党である。従って三政党の合作は現段階において、その綱領においても、実践においても、組織においても可能であり、また今日の情勢においては、必然的であり正当なものである。われわれの組織は機械的組織ではなく、生きた現実の中の闘争のための組織である。新たなる情勢は新たなる戦略と戦術を要求するものであり、新たなる組織体系を要求することは、軍事においてのみならず政治においても同様である。今日の複雑多難な内外情勢は、わが勤労大衆の利益を擁護する闘争において、一つの大なる真の民主主義政党の出現を要求している。三党合同はかかる要求の具体的な表現である。換言すれば、朝鮮を取りまいた内外情勢は、勤労大衆の一層広汎《こうはん》なる人民大衆の統一的行動を要求し、人民大衆のもっとも鞏固《きょうこ》な団結を要求する。特に反動分子共の、わが民主主義陣営に対する離間と中傷と謀略を封殺する意味においても、勤労人民大衆の党であり、真の民主主義政党である三大政党の一大政党への合同が要請される。それだからといって、左翼陣営内にいるすべての政党をみな束ねて一個の政党をつくる単一党化ではないのである。もちろん、現下においては複数党が必要である。

かかる意義をもつ三党合同をわが党員全体はもちろん、友党の党員全体も積極的にこれを支持するであろうことをわれわれは確信する。反動頭目の影響下に欺瞞《ぎまん》されている一部のわが同胞たちも、やがては間違った指導者たちの誤りを批判した上、人民の党、愛国の党、真の民主独立のための党として新たに組織さるべき、わが党に入って来るならば、われわれはいつでも手を把《と》ってともに自由にしてかつ裕《ゆた》かな民主朝鮮を建設する偉業において、共同し協力し闘争されんことを望むものである。暴風がいかに甚だしくとも晴れるときが必ず来るのである。

諸君！　歴史の必然的な民主独立を戦い取るため、われわれはともに暴風に抗して突進しようではないか」

――朴憲永は英雄になった。

抗日闘争時代からの古い闘士である。朝鮮人のなかで彼の名前を知らないものはない。新しい民主主義運動の英雄になるのは当然といえた。

忠南礼山出身の四十五歳のこの男は、京城一高を卒業するとすぐに上海にゆき、高麗共青幹部として活躍した。帰国中に新義州で日本官憲によって逮捕され、三年服役した。一九二五年には朝鮮共産党を組織し、翌年逮捕されたが、保釈中にソ連に潜入してモスクワ大学に学んだ。帰国して党の再建活動中また逮捕されて六年間監獄にいた。その間、何回も脱獄を企てている。残虐な拷問にも屈しない意志の強い男だった。経歴にも申し分ない。脱獄を企てたことや、地下にもぐっていた当時の話など、今では尾ヒレがついて神話にさえなっている。南朝鮮労働党の最高指導者として彼以外に誰がいようか。

許憲はいたが、彼は六十歳で、このような激しい時代の闘争の指導者としてはあまりに年を取りすぎていた。彼は普成専門学校の卒業で、日本の明治大学修学後は韓国政府法務部にいたことがある。弁護士開業後、普成専門学校校長などを歴任したが、光州学生事件のとき民衆大会事件を問われて逮捕された。一九二七年、欧米視察中、ベルギーのブラッセルで開催された世界弱小民族会議に参加した。解放前は海外との連絡事件のため逮捕されたが、病気のため保釈中に解放となった。その後は建国準備委員会副委員長になり、合同前は新民党を組織していた。──この経歴からみても、朴憲永に較べれば彼ははるかに微温的であった。

九月五日の夜のことである。朴憲永が自宅から急に姿を消したと伝えられた。アメリカ軍政庁から朴憲永の逮捕令が出る前の晩で、彼は先手を打ったのだった。逮捕令は李舟河、李康国など共産党のほとんどの幹部に対して出された。逃走したのは朴憲永だけだ。

『人民報』と『現代日報』が発行を停止された。京城は非常警戒下に入った。林和には逮捕令がこなかった。共産党の中央委員である李承燁、趙一鳴にも逮捕令がきていない。

妙な話だ、と林和は考える。これが日帝時代だったら、一も二もなく彼も投獄されるはずだった。共産党の指導下に置かれた文化団体総連盟を組織し運営してきたのだ。それが一度の取調べもない。

もっと奇妙なのは、中央委員の李承燁や『解放日報』の編集局長だった趙一鳴が投獄されないことだ。もっとも、二人は前に西大門署に留置されているが、これは偽幣事件で嫌疑を問われたので、今度の弾圧の前であった。だが、ほかの中央委員に逮捕令が出たのに、彼に出ないのは、どう考えても奇妙なことだった。敵に手落ちがあったのか。

林和は、また蹴球選手の玄孝燮の何気なく話した言葉を思い出す。李承燁の無事は、そのことと関係ないとはいい切れないようである。——


林和には直接、逮捕がこなかった。

予感した通り暴風は来た。だが、それは彼を取り残して周囲だけを吹き荒れて過ぎた感じだった。林和は、自分の微妙な位置に不安がないでもない。いつ、この安定が崩壊するかしれなかった。明日にでも暗い牢獄《ろうごく》にぶち込まれるか分らないのだ。しかし過去の場合と違って、今度は《大丈夫》のような気がした。危険な場に立っていて、案外、一ばん安全なようであった。

アンダーウッドや薛貞植に連絡があるところからきている安心感かもしれない。殊にアンダーウッドには要求通りの書類を渡している。おそらく、その行為一つで彼の名は軍政庁の或るファイルに登録されているであろう。そのおかげで、特別に戦略的な意味をもたない限り、普通では逮捕されることはないと信じよう。先方からみれば、彼は役に立つ人間なのだ。有用な人間をむざむざと監獄にぶち込んで無駄にするはずはない。

林和は、いまの立場にしがみついていたかった。少なくとも、その場所に彼の平和があったし、自由があった。この気持は普通の健康な人間には分るまい。病気を持っている者でないと、この実感は理解ができまい。

――ああ、哀《かな》しくも、美しい詩を書きたい。暗鬱《あんうつ》な弱者の詩《うた》を作りたい。運命的な人生と自然を見つめて瞑想《めいそう》したい。怒号するような詩は自分の得手でなかった。心に沁《し》み通るような低い音色《ねいろ》を自分は愛している。……

林和は、自分でも不逞《ふてい》だと思うことに、日本統治時代のほうがかえってよかったような気さえした。少なくとも、偽装的に転向していれば無事なのだ。強権の前におとなしい恰好をしていればいいのだ。朝鮮人民のすべてがそのとき、その姿勢でいたではないか。

だが、今は違う。その意志とは別に、朝鮮人の全部が波濤のなかに叩き込まれている。少なくとも、《考える》朝鮮人である限り、闘争に自分を駆り立てざるをえなかった。詩人だからといって沈黙して、自然を観察することは許されないのだ。年寄りで、過去の詩人なら別だ。

林和は、自分の位置が身動きできないところに来ているのを知っていた。もう、おりることは許されなかった。解放直後は、まさかこのような事態になるとは思っていなかった。自分たちの自由な世界が実現されると思って狂喜して飛び出したのだ。朝鮮文学建設本部を作ったのも、その指導者となって組織を固めたのも、いい時代がくると信じたからだった。だれが今日の混沌《こんとん》を予想したろうか。——

嵐は共産党の弾圧だけでは済まなかった。それに向かって人民側の反抗が起り、二つがぶっつかり、死闘し、林和の考えてもみなかった颱風《たいふう》となったのである。

八月二十日に運輸部当局は赤字を理由に、二五パーセントの人員整理と、月給制を廃止し日給制を実施する旨を発表した。これに対して鉄道従業員は、逆に一週間の期限付きで六項目の要求書を出した。解雇減員の反対、賃銀の引上げ、米の増配、民主主義的な労働法令の実施などだった。

当局はこれらになんの回答を与えなかったのみならず、武装警官を動員して強圧することさえほのめかした。

九月二十四日午前零時を期して、釜山鉄道労働者七千名をはじめ南朝鮮四万の全鉄道労働者たちが一せいにストライキに入った。軍政庁のラーチ長官が談話の形式で意見を発表した。

「私が見るところ、今回の罷業《ひぎょう》は非常に不法なものである。要求を提出し、それに対応する時間的余裕を与えないのはまことに遺憾である。現にアメリカ本国から送られてくる食糧や薬品は、運搬が罷業によって妨げられているため、非常な支障をきたしている。私は法令によってこの罷業に対応する方針である」

法令による対応とは、軍政庁が直接に動き出す意味であった。労働者たちはこれをアメリカ軍の威嚇《いかく》と受け取った。

鉄道労働者に呼応して電信、食糧、電気、土建、造船、海員などの各産業部門の労働者たちも一せいにゼネストに入った。これはさらに学生、一般市民、農民たちに広く支持された。京城の大学、専門学校及び中学校の学生、生徒は、弾圧反対・ゼネスト支持を叫んで同盟休校に入った。労働者、市民、学生たちが軍政庁前の街路においてデモ運動を行ないはじめた。

二十六日にホッジ中将はソウル中央放送局からこの事態に対する意見を放送した。

「私は、この言葉を朝鮮の勤勉な鉄道従業員と賢明な朝鮮人民に伝えたい。私は、いま立派な朝鮮従業員が悪い方向に誘導されて朝鮮人民に迷惑をかけていることを非常に遺憾に思う。われわれのほうで得た確かな情報によれば、南朝鮮では某政党がアメリカ軍にたいして故意に悪宣伝をし、これらの煽動者《せんどうしゃ》が鉄道従業員の正当な要求を利用しながら、今回の罷業にまで持ち込んだのである。私は今回の待遇改善要求には多く顧慮する問題があると思っているが、罷業は非合法的なものであるだけでなく、合法的な解決交渉を不可能にしている。

私自身青年時代に農工場で労働をしていた。また数か月間鉄道従業員をしていたから、その苦しさは知っている。こんな体験のある私としては、一部の煽動者が、労働者大衆を狭い路地に誘導しているのは全く遺憾である。

みなさんご存じのように、今は物価高、住宅難、帰還労働者の雇傭問題などむずかしい問題が山積している。これはひとり朝鮮だけの問題ではなくて、戦争そのものの結果なのである。みなさんの煽動者は、南朝鮮にいるアメリカ軍と軍政庁がすべての苦難の教唆者《きょうさしゃ》であるという。たとえば、朝鮮の食糧が不足しているのはアメリカ軍が食べているからだという。しかし、これは全く嘘で、われわれはアメリカ本国から食糧や薬品を持って来ている。そして、罷業が終り、鉄道が通ずれば、途中まで来ているこれらの物資を運んで朝鮮人民に与えることができるのだ。この罷業はアメリカ軍を困らせようとしてなされているが、われわれはさし当って困ってはいない。麦の運搬やコレラの薬品運搬などが出来ないため、朝鮮人民は当面非常に困っている」

九月三十日、軍政庁警務部長趙炳玉と首都警察庁長張沢相が二千名の武装警官を引きつれ、タンクとジープを先頭に、鉄道スト団の本拠になっていた竜山機関区工場を襲った。このときは労働者の側に四十名の死傷者が出た上、百人余りの行方不明者と千七百名の検束者を出した。

この噂《うわさ》を林和は自分の家で聞いた。

このごろは、また身体の調子が悪かった。夕方になると熱が出る。朝は爽快《そうかい》だが、日が昏《く》れると全身が抜けるようなけだるさを覚える。気がついてみると、長いこと例の新薬が切れているのだった。

知らせてくれたのは朝鮮文化団体総連盟の若い男だったが、彼は鉄道ストのすさまじい検束振りを興奮して伝えた。労働者が百人ばかり行方不明になったが、多分、虐殺されたのだろう、と言っていた。林和は、身体さえ調子がよければ、ぜひそこに行ってみるのだが、と言った。妻の池河連が、無理をしてはいけない、ととめた。

「ずいぶんお痩《や》せになったようですよ。何があっても、当分、家から出ないでじっとしていることですね」

実際、痩せていることは自分でも分った。手首が細くなっているし、胸の肋《あばら》が浮き出ていた。

頭が重かった。脛《すね》からも肉が取れている。

安永達《アンヨンダル》はあれきりこない。薬なら薛貞植のところに行けばいつでも呉《く》れそうだったが、タダで貰《もら》いに行く気はしなかった。何か持って行かなければ先方もいい顔をしないに違いない。さし当って向うに渡すものもなかった。今度はいい加減なものでは済まないような気もする。先方も眼が肥えてきているはずだった。

これは、死ぬかもしれないと思った。食糧の事情も悪い。精神的にも動揺している。あと三年ももてばいいほうかもしれない。熱のある日は外の景色《けしき》が黄ばんで見えた。そこに動いている人間が、色ガラスを通して見るように、自分との間に連帯がなかった。熱っぽい涙がいつも目蓋《まぶた》の中に溜っていた。

竜山の機関区の騒動も、今は外の問題だった。あらゆるものを切り離した自分があった。

暑い。実に暑い日がつづく。低い屋根なので熱気が籠《こも》っている。林和は、痩せた身体に汗をかいて家の中にごろごろしていた。

だが、絶えず何かに追われているような焦りを覚える。

このままじっとしていると、自分だけが仲間から取り残されそうな焦躁があった。平和に穏やかな孤独を楽しみたいと思う一方、置き去りにされそうな寂しさが突き上げてくる。

みんな活動している。あらゆる分野で困難な情勢下の闘いをやっている。思い切って血みどろな中に飛び込んで行こう。これまで文学運動の指導者としてきた自分が引っ込んでいる法はなかった。

こんなふうに汐《うしお》のように昂《たかま》りが満ちることもあるが、熱が出て耐えがたい怠惰に陥ると、何もかもが面倒くさくて、みんな放ってしまいたい虚脱感に捉《とら》われた。

そんな日、林和は詩を書いた。自分の好き勝手な詩だった。——しかし、これは同志には見せられないものだった。

また、夜になると若い男が来て、こんなことを言った。

「昨夜、市内の或る場所で二百人くらい集まって、労働党の行き方を大分批判したようです。みんな共産主義者ばかりですがね。彼らが言うには、朴憲永一派の共産主義は非愛国的だから、この際、朝鮮民族のための真の共産主義の確立が必要だというんです。中心は、反幹部派の尹一などの一派ですがね。要するに、現在のアメリカ軍の圧迫下に怯えた修正主義者ですよ」

「それは予想されたことだね」と林和は昂然《こうぜん》として言った。「今後もそういう連中が続々と出てくるだろうな」

「そうなんです。彼らはこんな理屈も言っていますよ。朝鮮の共産党の主導権は、今や完全に北のほうに取られている。朴憲永は北側に振り回されているというんです。もともと、朝鮮共産党はソウルが本部で、平壌が分局だったのが、いつの間にか主客転倒している。しかも、北のほうでは完全にソ連軍の頤使《いし》に甘んじている。こんなことでは真の朝鮮民族のための共産主義は打ち立てられないというんです」

「要するに、朴憲永先生に対する反感だろうな。そんなものはマルクス・レーニン主義とは縁もゆかりもないものだ」

林和は言葉とは別に連中の運動に多少の羨望《せんぼう》を感じた。しかし、口ではその意識とは関《かか》わりのない表現が経文のように出るのだった。

「マルクス・レーニン主義に基礎を置かない共産主義ということは考えられないから

ね。尹一派の言うのは誤魔化しだよ」

「ぼくもそう思います」

と、純真な青年は肩をそびやかしてうなずいた。

「これから党内にも裏切分子が続々と出ると思います。弾圧が激しくなればなるほど、そんな現象が起ると思いますよ。またそれが敵側の狙《ねら》いでもあります。軍政庁もはっきりと李承晩《イスンマン》を初代の政権の親玉にしていますからね。共産党の党員の検挙の口実は、みんな李承晩暗殺の計画をしたという嫌疑ばかりです。まるでもう彼は政府の主席扱いですよ。李舟河さんなどが捕まえられたのは不運ですが、朴憲永先生が無事だったのは何よりです。先生は必ず地下で指導してくれますよ」

「朴憲永さんは越北したのではないかね？」

「そういう説も一部にはありますが、ぼくは必ず南に留《とど》まっていると思いますね。そういう人ですよ、先生は。これまでの経歴を見ても、神秘的なくらい地下の潜り方を心得ています。官憲は先生の運転手をずいぶん調べたようですが、分りっこありません。今にどこかで大騒動が起ると思いますね。竜山の機関区事件どころではないと思います。きっと起りますよ。そういう地下指導にかけては先生は天才的ですから」

――その男の予言は当った。あまりに早く当りすぎたといっていい。

十月に入ってすぐだった。文学をやっている青年たちが林和の寝ているところに駆けこんできた。

「大邱に暴動が起りました」

と彼らは息せき切って言った。

「たった今、向うのほうから入った情報です。大変ですよ、林和さん。一日のことだそうですがね。大邱駅前に一万以上の労働者や学生、市民たちが集まってきたのを、武装警官隊が発砲して虐殺したというんです」

「本当かね？」

林和は起き上がった。

「新聞にはまだ一行も出ていません。軍政庁で完全に報道管制を施《し》いているんですね」

「何のために群衆が大邱駅前に集まったんだね？」

「駅前には全評（朝鮮労働組合全国評議会）の本部があるんです。そこに争議のスローガンを書いたポスターや看板があったんですね。それを見に集まった群衆の数が次第にふえたものだから、警察のほうではびっくりして解散を命じたんです。だが、反抗的になっている群衆は、解散どころか、だんだん数がふえてきて、大邱駅前は物凄《ものすご》い人数で埋まったんです」

「なるほど」

「警察ではあわてて三十人ばかりの警官隊が繰り出して全評の幹部と妥協しようとし

たんです。すると、この警官隊を群衆が取り巻いたんですね。そのうち、群衆と警官との間にやり取りがあったが、さらに大邱署から捜査主任が来て解散させようとかかったんです。すると、群衆の中から、警官を打ち殺せ、という声があがったんです。そこで、大邱警察署からはさらに三十名ばかりの警官が派遣されて来ましたが、この姿が見えてよけいに群衆がいきり立ったわけです。警官は初めから武装して来て、一見説得にかかったように見えるが、わざと挑発しておいて目ぼしい者を検束するつもりだったんですね。とうとう、警官隊側から発砲しました。これで一時は群衆も立ち退いたんです」

「それから？」

「それから、そこに、まだ六百名ほどの群衆が全評の本部で頑張っていたといいます。つづいて二日の朝、また小学生も含めた群衆が大邱署の前に集まって、昨日の警官隊の暴行に対して責任者を出せと要求したのです。警官隊もその用意があったとみえ、また発砲しましたが、群衆の側も準備が出来ていて、鉄砲を向けながら雪崩《なだれ》こんだわけですね。留置場をはじめ署内を破壊したのです。すると、昼ごろになってアメリカ軍が出動しました。これも完全武装だったのです。そこでまた騒ぎが大きくなり、今度は警察官を殴り殺しただけでなく、駐在所や郡役所まで襲撃しました。いや、もう、大へんな騒ぎですよ。大邱中の家は全部空っぽになって、みんなが戸外に飛び出し、長い行列を作って警察めがけて行進したんですからね。労働者も、学生も、小学生も、田舎から来た農民も、みんなこれに加わったんです。……ぼくはそれを聞いて、革命とはこういうものだと思いましたね」

林和は、聞いただけでも戦争のような場面が浮かんできた。

「朴憲永さん、とうとう、やったな」

「そうなんです。早速でしたね。朴憲永先生が地下に潜ってから二十日余りしか経ちません。それに、もう、この騒動です。いや、あの指導力は大したものですよ」

「だれか向うに行っているのかね？」

「むろん、労働党のイキのいい人たちが全評の本部を指導しているんです。それがいちいち地下の朴先生と連絡を取っています」

「一体、どれくらい動員できたんだろうか？」

「さあ、まだ詳しいことは分りませんが、少なくとも二万名くらいは参加したと思います。だが、これだけでは終りませんよ。この抗争を機にして南朝鮮一帯は到る所で人民が蜂起《ほうき》すると思います」

「スローガンは何だね？」

「ここにビラを持って来ています。これによると、アメリカの植民地政策絶対反対、反動テロの撲滅《ぼくめつ》、ストに対する暴圧絶対反対、労働党の指導者朴憲永に対する逮捕令を取り消せ、政権を人民委員会に渡せ、土地を早く農民に返せ、強制供出反対、などです」

読み上げて、青年は顔を上げたが、興奮で真赤になっている。

すさまじい嵐だった。まさかこれほどまでになるとは思わなかった。林和は額に汗が出た。

「林和さん、ぼくらはあなたにお願いします。本当なら、現地に飛んで行って指導してもらいたいのですが、病気では仕方がないから、せめて人民を激励する詩を書いて下さい。今こそ文学者が革命に参加する使命を与えられた時機だと思うんです。あなたの詩で、どんなに人民の士気が鼓舞されるか分りません」

「書こう」

と林和は言った。

——騒動は南鮮一帯にひろがっていた。京畿道では十五万八千人、忠清北道では三万人、忠清南道では十五万人、江原道では七万人、慶尚北道では七十七万人、慶尚南道では六十万人、全羅北道では四千二百人、全羅南道では三十六万人、京城では十一万人の農民、市民、学生が動員された。

これまで報道管制を施かれていた新聞も、十月七日に軍政庁警務部長趙炳玉の名で

公式な発表があった。発表文は、大邱駅前の群衆暴動は共産党に指導されたものと前提して、

「一日夜、大邱《テグ》医科大学では共産党大邱責任者の孫基采の指揮下に学生集会がもたれ、その席上で、食糧を送れという無辜《むこ》の人民に対し、警官が発砲して、学生が射殺された、という煽動がなされた。そして、翌日の警察乗取りの準備が相談された。二日朝九時半ごろ、小学生を含めた群衆が大邱署の前に集まった。午後二時ごろ、学生が四十挺ほどの鉄砲を用意し、警官と対峙《たいじ》し、暴動が開始され、大邱署留置場などの破壊行為が行なわれた。午後三時ごろ、米軍が出動して一応解散したが、流れ解散の学生同士が合流して他の留置場を破壊、二百人の留置人を解放し、警察署を乗取り、警官の家族宅の襲撃などが行なわれた。この暴動で、暴徒側によって完全に接収された警察署は大邱、永川《ヨンチョン》、軍威《クヌィ》、倭館《ウェグアン》、星州《ソンジュ》、善山《ソンサン》、慶州《キョンジュ》、義城《ウイソン》の八つ。警官の死亡四十四名、負傷百三十五名。警官家族の死亡一名、負傷三十三名。そのほか暴徒側によって焼かれたものは官舎、警官留守宅《るすたく》等多数を出した。暴徒側では死亡十七名、負傷二十五名、検挙六百三十六名である」

同じ新聞には『ニューヨーク・タイムズ』の記事が転載されていた。

「朝鮮のアメリカ軍は寛容すぎる。鉄道従業員のストや、大邱人民の暴動によって、今やアメリカの威信は傷つけられている」

翌日だった。――

林和は、郵便で送られてきた茶色の封筒を受け取った。印刷されたキリスト教会の名前を見たとき、遂に来た、と思った。

なかを開けてみると「信者の集り」のビラが入っている。それに日付と時間とが印刷でなくペンで記入されてあった。活字は抹消されて、その横に書き入れられてあるのだ。特別に林和ひとりを呼んでいることは間違いなかった。

林和は、手もとに残っている「資料」を掻《か》き集めた。

彼は火照《ほて》っている身体を周衣《ツルマキ》に包んで教会の前に立った。

12

教会の中に入ってゆく順序に変りはなかった。すべてが前の通りである。暗い礼拝堂で鴉《からす》のような黒い姿が林和に近づいて来たのも、彼のためにいつもつづいている習慣のようだった。

そこでは寒いからこちらに来なさい、と牧師は言った。今夜はそれだけが違っていた。

案内されたのは、礼拝堂の裏側のこぢんまりとした部屋だった。あとで知ったのだが、これは牧師たちが衣装の着替えをする香部屋であった。ペーチカには火が贅沢《ぜいたく》に燃えている。一般に石炭の不足している近ごろのことで、自然と眼を奪われた。

アンダーウッドは林和と対《むか》い合って、長い脚を椅子の上からひろげた。

「病気はどうですか？」

彼は上手な朝鮮語で訊いた。

「すっかりよくなったとは言えませんが」

林和は気の弱い微笑をみせた。

「それはいけない。薬はずっといっていますか？」

林和が、貰っていない、と言うと、この前ロビンソン博士に会ったとき、あなたが見えたら渡してくれとことづかっている、と言い、衣装棚から紙に包んだものを出した。

「どうもありがとう」

林和は、その薬が実際にほしかった。効力が身体に分っているだけ、理屈抜きでありがたかった。

しかし、対手から、その代償として何を要求されるか想像がついていた。

「一度、入院して徹底的な手術をしたらいいと思うがね」

と、牧師は指をぽきぽき折って言った。薬を渡したせいか、アメリカ人の顔はいくぶん恩恵者の横柄さになっていた。

「入院ですって」と林和は言った。「京城には、いま、そんな優秀な病院があるとは思われませんが」

「京城にはないだろう。しかし、アメリカの陸軍病院には優秀な設備がある」

牧師が、もし希望ならその手続きを取ってもよいと言ったので林和は首を振った。彼は、今の立場では困難だ、と答えた。

牧師は肩をすくめて、大へん残念だが、君の立場も分る、と言い、もしそういう機会があったら、いつでも自分が世話をする、と申し出た。彼はアメリカの軍医陣がどのように優秀であるかを、二つ三つ実例を挙げて聞かせた。説明は、貰っている新薬の効きめで納得性があった。

アンダーウッドは林和をここに呼んだ用事におもむろに入った。彼はまず、大邱事件をよく知っているか、と質問した。

「新聞に出ている限りの知識はありますよ」

と林和は答えた。

「いや、わたしが訊いているのはそれ以外のことです。君のほうには情報路線があるだろう。そのほうから変った話を聞きませんか？」

「向うから帰ってきた連中の話は聞かないでもないが、それほど耳新しいものはないようです」

「そうかね」

アンダーウッドは、ちょいと不満そうに眉を寄せたが、

「大邱事件には陰に指導者がいる」と言った。「君はそれを知りませんか？」

「いや、聞いていません」

林和は、それだけでは対手が納得しないだろうと思い、

「若い人たちで応援に行った者は幾人かいます。が、彼らが暴動の陰の指揮者だとは思われませんね」

「朴憲永《パクホニヨン》がいなくなりましたね」牧師はふいと深い眼つきになった。「朴憲永が大邱で指図をしているということだが……」

「知りませんな。何も聞いていないから」と答えて、林和は対手の質問を切り返すように、「あなたのほうに何か、そんな情報が入ってるんですか？」

と上体を前に出した。

「ないことはないが。……いや、君が知らなければ、それでいいんですよ」

とアンダーウッドは言葉を濁し、急いでポケットからパイプを出して刻み煙草を詰めた。牧師は煙草を吸わないはずだった。

「君は大邱の騒ぎをどう思いますか？」

アンダーウッドは首を傾《かし》げて瞳《ひとみ》を向けた。肥えた鼻翼《こばな》が口を曲げるたびに動く。

「さあ」

「いや、あれには陰で煽動者がいて、計画的に作り上げたという感じはないかね？」

「それはまだはっきりと聞いていませんね。騒動が落着して、少なくとも一か月ぐらいは経たないと真相が分らないんじゃないですか」

「いや、だれかがうしろで指揮をとっている。あれは偶発的な事件ではない。……一体に朝鮮人は物見高い人種のようですね。二、三人がかたまっていると、次第に数がふえてくる。今度の大邱の場合も、駅前にわずかな人数が集まったのが始まりということだ。実にどこにこれだけの人間がいるかと思われるくらい、ぞろぞろと出て来てふくれ上ったそうだね」

アンダーウッドは軽蔑したように言った。

「そうですか」

「しかし、それだけではあれほどの騒ぎにはならない。つまり、だれかがうしろにいて、その民衆を組織したのです。はじめから人をそこに集めるように、巧妙に芝居が出来ていたのです」

パイプを口から放したりくわえたりしていたが、林和が相手にならないと思ったか、少し業を煮やしたようにみえた。

「ところで、林和さん、わたしのほうにほしいものがあるがね」

早速、薬代の請求だった。

「なに、君がそんなに大仰に取ることはない。組織の名簿だ。この前持って来てもらったのとまた違ったものをね。……あれは古い。われわれは絶えず新しい名簿を見たいのです」

「しかし、組織といっても、それは前に届けたものとあまり変らないと思いますがね。実のところ、ぼくも秘密な面をそう詳しく知ってるわけではありません」

林和は口を曲げて答えた。

「いや、わたしが言うのは、そういうリストではない」とアンダーウッドは遮った。「実は、アメリカ軍司令部や軍政庁の中に、たくさんの朝鮮人を傭人として使っている。その中に共産党の秘密党員がいるはずだ。知りたいのは、そういう連中の名前ですよ」

林和の頭には、すぐに薛貞植や安永達が浮かんだ。

しかし、アンダーウッドは彼らをよく知っているはずだ。そのようなリストがほしいなら、たとえば、輿論局長の椅子にいる薛貞植などは最適任ではなかろうか。

林和がそれを言うと、

「いや、そういう連中では駄目なんですよ」と、アンダーウッドは長い顎を横に振った。「それらしいと思われるものは分るかもしれないがね。しかし、実体は組織のほうからでないと摑めない。君は文化団体のすべてを握っている。こういうことは、案外、共産党の中心部よりも、君たちの仕事の面からのほうが摑みやすいんじゃないですか」

それは困難な仕事だ、と林和は答えた。そのような潜入分子のことは幹部だけが承知しているし、横の連絡も全くないから指摘はむずかしい、と言った。

「困難は承知の上です」とアンダーウッドは頑固に言った。「だが、われわれはぜひそれを知りたい」

林和は、アンダーウッドの最後の強い声に威圧を覚え、胸にできている空洞《くうどう》にひびくようだった。

連絡はどのようにしたらいいか、と林和は訊いた。この教会に自分で来るのが危険になったと理由を言い添えての上だった。

「そう……」

牧師は、顳顬《こめかみ》を長い指先で揉《も》んでいたが、

「そのうち、適当な者を連絡に当らせよう」と思案の末に洩らした。「むろん、君の迷惑するような人物は選ばないつもりですよ」

「安永達はどうです？」

林和が言ったのは、安永達の正体を牧師の反応に試したいからだった。

「いま、彼はいない」

牧師は即答した。

「いない？」

「そう。当分の間、留守だ」

「どこへ行きましたか？」

「分らない」

この答えは二通り取れる。一つは、安永達がアメリカの筋から使命を貰ってどこかに出かけているということ、一つは目的は分らないが留守であることだけは確実だという意味である。だが、あとの場合でも、絶えず安永達に向かってアメリカ側の錘《おもし》が投げられていることは想像できた。

最後に牧師はハンカチを出して鼻をかみ、

「身体だけは気をつけて下さい」

と、片手を林和に伸べた。

大邱の騒動の波紋は南朝鮮全道にひろがって、いつ果てるとも知れなかった。農民は米の供出を拒み、鉄道はストライキによって麻痺《まひ》状態になっている。到る所の駐在所が襲撃され、支署が破壊された。アメリカ軍司令部が近く戒厳令を用意しているという噂《うわさ》が流れた。

林和は、不安な気持で数日を送った。戒厳令が施《し》かれると、共産分子が片っぱしから検挙されるのは必至だった。

戒厳令が出るという噂の動機は、大邱の人民抗争だけでなく、李承晩《イスンマン》が暗殺されかかった事件にも大きな原因がある。

林和は、若い詩人から李承晩の襲撃された模様を聞いていた。当人は偶然、その場に立ち会っていたというのである。

「全く不意だったんです」

と、詩人は興奮して話した。

「昌徳宮の近くの雲橋のところを通っていたときです。間もなく李承晩がそこを通るというので、警官が交通整理をしていました。もっとも、それが李承晩だとはあとで知ったんですがね。ぼくは軍政庁の偉いアメリカ人が通るのかと思っていました。どんな奴だろうと思って、巡査の立っている近くにぼんやりと足を止めていました。すると、向うからアメリカ製の自動車が一台走って来ました。黄色っぽい色の車でしたがね。それがかなりなスピードでこっちに来るんです。そのとき、ふいと横でだれか人が走り出したと思ってみると、黒い上衣《チョゴリ》を着ている二人の若い男がいるのです。ぼくは初め車の前を横切るつもりなのかと思ったところ、一人はやにわに地べたに片膝をつき、手を前に突き出しました。一人はその男からちょっと離れてつっ立ち、これも片手を前に差し出したんです。うかつなことだが、ぼくはまだ、その連中がピストルを持って車を狙っていたとは気がつきませんでした。それほど不意だったんです」

詩人は手振りを加えて言った。

「実際、見ていると、あっという間でしたね。車が近づく。音が鳴る。青年が走り出す。……あとはもう、その車がフルスピードで走り去ったのと、巡警が路地のほうへ逃げてゆく二人の男を追っかけるのと、二つの光景がぼくの眼に分裂して見えただけです」

李承晩は負傷しなかった。彼は秘書一名と護衛警官一名とを乗せていたのだが、三人とも無事であった。

犯人は捕まらなかったが共産党か極左分子とみられた。このことも戒厳令の出る噂の因《もと》であった。

林和はアメリカ軍が戒厳令を施く前に、アンダーウッド牧師から頼まれたことを実行しなければならないと思っていた。戒厳令下で逮捕されたら間違いなく軍事裁判にかけられる。否応《いやおう》はなかった。日帝時代の憲兵裁判が恐怖の記憶になっていた。あれに輪をかけたものになりそうだ。この身体で牢屋にぶち込まれたら一たまりもない。

三か月くらいで参ってしまうだろう。

いや、それよりも、銃の前に目隠しで壁に立たされるかもしれない。アメリカの不利益な破壊分子。占領政策違反。叛乱罪《はんらんざい》。――

林和は、それとなく人に訊いて回った。味方に気取られてはならない。しかし、アメリカ側には、彼の努力を知っていてもらいたかった。《それだけでも》逮捕を免れるだろう。間違って逮捕されたら、兵士にでも警官にでも、そっとアンダーウッドの名前をささやこう。ロビンソンの名でもいい。いや、彼のほうがもっと有効かもしれぬ。牧師よりも、彼のほうが軍司令部にはより内部的であった。

しかし、釈放されても、仲間には事情を黙っていてもらうようにしなければならぬ。それは先方にとっても有益なはずだった。そう考えるように仕向けることだ。

薬の効き目があらわれた。えらいものだ。暗くなると、必ず出ていた熱が引っ込んでしまった。倦怠感《けんたいかん》が去り、身体が軽く感じられてきた。体重は逆にふえている。

生きたい、と林和は思った。蒼《あお》い空まで厚みをもった空気の堆積《たいせき》を流れ呑み、明るい陽を毛穴から吸い込んで身体中に暖かい光線を充満させたい。年老いるまで生きたい。死ぬときは平和な中で眠りこけるように息をひきとりたい。春なら木の芽や若葉の匂《にお》いのむせかえるなかで、秋なら落葉の音が雨のように鳴っているなかで。……むろん妻に手を握られてである。

それまで何十年、思う存分生きて、いい詩をつくりたい。革命とか、思想とか、共産主義とかを離れて、自然の中に純粋な人生を凝視したい。知らない土地をたくさん旅して、落日の翳《かげ》りの中に変化してゆく風景を眺めたい。——

牢獄の中で血へどを吐いて冷たくなるなど真平だった。まだ、若いのだ。生きられるだけ生きたい。これは死に誘いかけられている人間にしか分らぬ感情だ。死を肉体で捉《とら》えたものでないと恐怖は迫ってこない。

——林和は若い仲間とできるだけ接触するようにした。

理由はあった。民族青年団の名で、若者たちが李承晩に吸収されつつある。南鮮一帯で三十万はそちらのほうに動いている。李承晩はこれを国軍に仕立てようとしていた。水原の郊外では訓練班ができている。うしろにアメリカ人の鞭《むち》が鳴っていた。

青年たちを右翼から奪い返せ、というのが党の指令だった。若者たちを目ざめさせ、自覚を与えるには文化方面の工作が期待された。

林和の二重の仕事がすすんだ。多くの同志と話し合うことで、軍政庁内に入りこんでいる味方の分布に少しずつ見当がついてくる。英語が自在で、完全に向う側の人間だと思っていた通訳などが含まれていて、あの男が、と眼をむくような事実が知れてくる。

そういう若い人の中に金東碩がいた。彼は南朝鮮民戦宣伝部で活動している若い画家だった。

林和は知らなかったが、だれかの口から金東碩の姉が李承燁《リスンヨプ》の妻になっていることを聞かされた。林和は興味を覚えた。

李承燁も、趙一鳴も、まだ地上で悠々としていた。朴憲永や幹部のほとんどが追われるように地下に潜っているのに、中央委員の李承燁が表に残っている。彼は残された南朝鮮労働党の責任者の恰好《かっこう》になっていた。

林和は金東碩に近づいた。姉は美人だろうと想像できそうなやさしい顔をしていた。金東碩も林和を尊敬していたようだから、彼が話しかけてくるのを、この青年は光栄に思っている様子を示した。

金東碩は英語ができる。そのことで、彼は得意そうに洩らした。

「ぼくは、義兄が軍政庁のラーチ長官に会いに行くとき、いつも通訳としてついて行くんですよ。義兄に誰にもしゃべるなと口止めされているが、林和さんにだけは明かします。……軍政庁の通訳では正確に訳されるかどうか分りませんからね。ぼくだと義兄は安心するんです」

林和はどきりとなったが、さりげなく訊いた。

「李承燁さんは、ラーチ長官によく会いに行くのかね？」

「ときどきですがね。……共産党の立場を説明しに行っていました。アメリカ軍政庁が李承晩や金九一派の右翼に惑わされて、共産党を歪《ゆが》んだかたちで受け取っている。で、そのことを機会あるごとに訂正させようと努力しているのです」

「なるほどね。李承燁さんも大へんな仕事だな」

「そうなんです」

「で、その話は全部君の通訳つきかね？」

「そうなんですが、大事なところになると、ぼくを外して二人だけになることがあります。そんなときは、多分、筆談で行なっているのでしょう。義兄は言葉では英語が話せないが、書くほうは出来るのです」

林和は、青年と別れて考えこんだ。

李承燁がラーチ長官をたびたび訪問しているというのは初めて聞くことだった。ほかの者もあまりそのことを知ってはいないだろう。義弟は口止めされている。

今の話を単純なものに聞いていたら、おそらく、さほどの疑念は起らなかったかもしれない。が、前に蹴球選手玄孝燮から、叔父のアメリカ軍少佐玄・ピートと、その妹の玄・エリスとが李承燁と交際していることを林和は聞かされている。この二つの会話が彼の頭に重なって交わってくる。

（もしかすると、李承燁は向う側の人間ではなかろうか）

まさか、と一度は打ち消した。古い共産主義の闘士だし、党の機関紙『解放日報』の主筆として尖鋭《せんえい》な理論を展開してきた人物なのだ。疑っては悪い。

こちらが多少ともアメリカ側に接触があるので、李承燁もそのような色合いで見えるのだろうか。

林和は、そう考えて否定してみたが、一度起った疑念は、しつこい斑点《はんてん》のようにしみこんで除《と》れなかった。かえってひろがってゆくのである。

アメリカ軍政庁は、南鮮一帯に戒厳令を施いた。当然、予想されたものがやって来たのである。

林和のところには逮捕令がこなかった。これも彼の秘《ひそ》かな予想にあったことだ。逮捕令は主として朴憲永を目標にしていた。

李承燁も、趙一鳴も無事であった。林和が最も注意深く見守ってきたことだったが、やはり彼らは地上に残っている。李承燁よりずっと下級の党員に逮捕令が出ているのに。――

林和は、さらに一つの確証を加えて摑んだような気がした。しかし、仲間のなかで李承燁を疑っている者は一人もいない。米軍が彼を捕縛しなかったのは、さし当り、その口実がないからだと解釈しているようだ。朴憲永と違って李承燁は理論家だ。行動を直接指揮しているのではなかった。これが彼にアメリカ軍が手を出し得なかった理由だと思っているらしい。李承燁の戦術がうまいというわけだ。逮捕されなかった結果林和は、早く書類を先方に渡さなければならないと思った。軍政庁勤務の人名を書きならべた。

に義務を感じた。彼は、この前から推定してきた軍政庁勤務の人名を書きならべた。

むろん、証拠はない。これは自分の推測だが、と注を付けておいた。

そのほか、会合の場所での発言をメモしていたので、整理し控え目な表現にした。

なかには記憶だけで書いたものもある。このような報告を相手は喜ぶに違いなかった。

さて、だれがこれを取りに来るか、だ。

目下、安永達《アンヨンダル》はいないということだったが、その代人はだれだろう?

林和は家で待った。例の教会の会報は、ぴたりと郵送が止んでいた。そのこと自体が相手の意志を逆に強烈に見せている。この前アンダーウッドに会ったとき、あの方法は困ると言った苦情に先方は几帳面《きちようめん》にこたえたのであった。

そんな晩、ひょっこりやって来たのがほかならぬ安永達だった。例によって戸口から林和を手招きした。

「君はソウルにはいないということだったが」

林和は、秋の夜を彼とならんで歩きながら言った。

「少し用事があってね、南のほうに行っていた」

南といえば、いうまでもなく大邸だった。この男は、あの騒動の中に派遣されていたのだ。勿論《もちろん》、表面上は党からのオルグだ。なるほど、と林和はうなずいた。

「頼まれたものがあってね」

と、林和はふくらんだ胴衣の内ぶところに手を入れた。誰にという名前は不要だった。

「ここに持っているが、渡してくれるかね？」

「いや」と、安永達は首を振った。「そりゃあんたから直接に渡してもらおう」

「例の場所かね？」

林和は、教会を言ったつもりだった。

「ぼくが案内する」

安永達は場所を言葉に出さなかった。林和は話のつぎ穂を失って、少し白けた気持で歩いた。安永達は、ときどき、前方を透かして人影を見たり、うしろを振り返ったりしていたが、歩き方は速かった。

「あちらのほうはどうだったね？」

林和は、話題を思いついた。

「大へんだったろう？」

「いや」

安永達は、それにも短く答えた。

「大したことはない」

普段はもっと饒舌《じょうぜつ》のはずだが、今夜の安永達はいやにむっつりとしていた。帰ったばかりで疲れているのかもしれない。

電車にも乗らず、長いこと歩いて賑《にぎ》やかな街の中に入った。高い建物がすぐ横にある。表からでなく、路地側のドアを開けて安永達がさっと入った。

林和は、その建物が半島ホテルだと知って動悸《どうき》が高くなった。そこにどのような客が泊っているか、分り過ぎるくらい分っている。ソウル中の市民が知っているのだ。

安永達は、林和を引っぱるように、ずんずんとホテルの内部を進んだ。一度も振り返らない。林和が従《つ》いて来るのを当然と心得ているような大きな背中だった。

アメリカ人が一ぱい廊下を歩いていた。林和は顔を伏せた。

安永達が止ったのは、奥まった部屋の前だった。林和の顔はひとりでに赧《あか》くなった。このドアの中に足を入れた瞬間、自分の運命が完全に何ものに密着してゆくか分っていた。

部屋の中は、奥のほうが広くなっている。そこの窓際の椅子に凭《よ》りかかっている長い男が、脚を伸ばして起ち上がった。

林和はその男が薛貞植《ソルチョンシク》の家で会ったロビンソン博士と知るに時間はかからなかった。

あのときは春だったが、今もその時の愛想のよさと変りはなかった。

林和は客の扱いを受けて、真向いの籐椅子《とういす》に坐らせられた。

安永達は博士と顔を合わせただけで、無言のまま出口のドアを開けて消えた。

「病気はどうですか？」

と、ロビンソンは訊いた。アンダーウッド牧師よりもぎごちない朝鮮語だった。

林和が答えると、薬はずっと届けるつもりだから、欠かさないように飲んだほうがいい、と忠告した。

ずっと届けるという言葉に対手の強い意志が働いていた。林和は、見えない糸が自分の頸《くび》に巻きついてくるのを知った。

「アンダーウッド牧師からは聞いているが、今日はその用事で来てくれましたか？」

ロビンソンは長い脚を組み、暑くてたまらないといった恰好で、籐椅子の背に身体を自堕落に投げかけていた。

「これですがね」

林和は、内ぶところから書きものを出した。

ロビンソンはちらりと見て、口の端を曲げ、肩を竦《すく》めた。朝鮮語は読めないというのだ。いずれ適当な者に英文に訳させて読みたい、と言った。

「大体、どういう内容ですか？」

ロビンソン博士は質問しながらアメリカ煙草の函《はこ》を差し出したが、林和に断わられて、そのまま一本を口でくわえ取った。

林和が簡単な説明をすると、彼は何度もうなずいて、大へん結構だ、と礼を言った。

「何か心配なことでもあったら、遠慮なくわたしに相談してほしい」

ロビンソンは夥《おびただ》しい烟《けむり》を天井にあげた。アンダーウッド牧師よりもずっと体格が大きいし、顔も整っていた。鼻の頭が腫れたように赤くなっているのは少し気にかかった。

林和は落ち着かなかった。早くここから出なければいけない。だれに見られるか分らなかった。半島ホテルの宿泊人は、ほとんどがアメリカ軍属になっていた。

安永達はどういうつもりで自分をここに連れて来たのか。それはアンダーウッドの指示だと分っているが、危険な話だった。前には薛貞植の家だったからまだよかったものの、このように公然と敵の本拠に乗り込ませたとなれば、あとで仲間に分ったとき、どう弁解させるつもりだろうか。こちらの立場をわざと窮地に押しやっているようにみえる。

林和は、対手の無神経さと独りよがりに腹が立った。あの教会でさえ足踏みするのを断わったくらいなのに。

林和が、こういう場所は自分に好ましくない、と言うと、ロビンソンは、

「心配することはない。こういう場所はかえって盲点だ」

と笑っていた。

林和にふいと起させた質問は、たびたび朝鮮ホテル（軍政庁宿舎）にラーチ長官を訪ねているという李承燁のことだった。軍政庁顧問のロビンソンが知らぬはずはない。

林和が遠回しにそのことを訊くと、

「李承燁さんなら、よく知っている」と、対手は簡単に答えた。「彼はすぐれた理論家だ。われわれは彼を尊敬している」

林和が李承燁に直接会おうと決心したのは、そのホテルを出てすぐだった。彼の実体を突き止める段階がきたと思った。

しかし、素直に考えて想像もできない事実だった。あの李承燁がアメリカ機関の手先になっているとは。趙一鳴も同じ仲間に違いない。

彼らがそこに結びついたのは、一体、いつごろからだろうか。それも知りたかった。

李承燁は『解放日報』に激烈な論文を書いている。そんな論説を書かせたら、彼の右に出る者がいない。党員たちの間では李承燁は朴憲永の理論的な面を代表していると言っている。朴憲永は、行動派で、理論は得意ではなかった。彼は、その闘志と行動で党を統率している。党の理論はほとんど李承燁がまとめていたし、朴憲永の名で出された出版物も、李承燁の代筆が入っていた。

その李承燁がアメリカと手を組んでいる。——

林和は、身体がゆらぐような不安を覚えた。

南朝鮮労働党の本部はほとんど空虚であった。朴憲永以下の幹部に対する逮捕令が出てから、そこに来ている人間も少なくなっていた。ただ下級の党員が留守を寂しく預っているといった程度だった。そこでは李承燁には会えない。

林和は、だれに訊けば彼の所在が分るだろうかと考えた。いろいろ思案した末、やはり薛貞植以外にないと思った。もし、李承燁が軍政庁と連繫《れんけい》をもっているなら、ロビンソンの線から薛貞植に伝わっているかもしれない。

ここで問題なのは薛貞植の位置だった。彼は軍政庁の中で輿論局長という肩書を貰っているが、他の朝鮮人職員と同じように何らの実権もなかった。軍政庁は朝鮮人を傭っているというだけで、通訳以外、アメリカ側としてはあまり役に立てようとは考えていない。一般朝鮮人に対して、アメリカが民政に協力していることを示している擬態にすぎなかった。

軍政庁の朝鮮人は英語のできる人間に限られている。薛貞植もその一人だ。彼はほかの朝鮮人よりも少しだけインテリだというので局長の椅子を貰っていた。

薛貞植をどちら側の人間か判断するのはむずかしいことである。彼はなかなか進歩的なことを言う。だが、その生活がアメリカ人と同じだとはいえないにしても、少なくともアメリカ人の恩恵をもって生活していた。

戒厳令はまだ解かれていない。街には完全武装したアメリカ兵のジープが走っていた。

林和は遅い夜、博物館横を通って元薬学専門学校の裏に回り、薛貞植の家の戸を叩いた。

薛貞植は眩《まぶ》しいばかりの懐中電灯を林和の顔に突きつけ、上にはあげないで、何の用事で来たか、と言った。彼はアメリカ人のような派手なパジャマを着ていた。

「李承燁の居所だって？」

薛貞植は林和の顔をのぞきこむようにして眺めていたが、

「奴はいまソウルの梨花洞《りかどう》にいるはずだ。朝早く訪ねると会えるだろうな」

とすぐ簡単に答えた。

そのあけすけな彼の返事は、林和がどのような人間になっているのかを知った上のことに思えた。

薛貞植はすすんでその地図を書いて林和に渡した。

「あがって下さいと言いたいが」と、薛貞植は顔つきだけは気の毒そうにした。「ちょっと客があるのでね」

「いいえ、夜遅いので、すぐにお暇《いとま》するつもりでした」

「薬の効き目はどうかね？」

健康状態を訊かずにいきなり薬のことを言い出したのは、ロビンソンからでも話を聞いているに違いなかった。

「大へん楽です。このごろは、身体の調子がずっとよくなっています——」

そんな話をしているとき、奥の明るい部分を一人の女性が兎《うさぎ》のようによぎった。林和は、瞬間だったが、それがいつぞやジープの中で見た玄・エリスと分った。パジャマ姿の薛貞植が林和を内に通したくない理由が合点できた。

林和は表に出た。人通りが少なかった。しかし彼は、その中のだれかが自分の行動を監視しているような怯《ひる》みを覚えた。

あくる朝、陽が出てから間もなくだった。林和はいつもの服装を古びた洋服に着替えた。地図を頼りに梨花洞へ行った。路には人影もまばらだった。昇ったばかりの陽が彼の影を長く曳かせていた。

地図に印のついている家は小さな民家であった。まだ戸が閉まっている。林和がそれを叩くと、厚い土壁の横にできた小さい窓から女の顔がのぞいた。三十ばかりの細面だったが、腫れぼったい眼つきで彼をじっと見た。彼は自分の名を言って、李承燁がいたら会いたいと言うと、窓はすぐに閉じた。十分ばかりして戸が内側から開いた。

彼が入ると、女が間髪を入れずに戸を閉めて錠をかけた。

女は、こちらへ、と言った。別の入口から中庭を通って奥の離れへ連れて行った。しかし、上にあげるではなく、そこで待っていてくれ、と言った。横に芭蕉《ばしよう》の葉が大きくひろがっていた。

李承燁は、その家の陰からひょっこりと出て来た。林和は彼に警戒されるかと思ったが、そんな様子はなかった。

「しばらくだな」と、李承燁は縁に腰を下ろした。林和も横に掛けた。「よくここが分ったね？」

「はあ、薛貞植さんに教わりましたよ」

「ああ、そうか」

べつにそのことに不快な顔もせず、あっさりとうなずいた。

「朝早く伺ってご迷惑をかけましたが、こういう時間でないとあなたには会えないというので」

「そうだろう。昼間はいろいろと場所を変っているからね。……ここはわたしの知合いの家だ」

林和は、さっきの女と李承燁との関係をおぼろに想像した。

「で何か急な用？」

李承燁は、さすがに低い声を出した。あたりには誰もいなかった。

「少し伺いたいことがあるんです」

「ふむ」

李承燁は、その質問は分っているといった顔をした。べつに緊張するでもない。

「ぼくはロビンソン博士に会いました」

「そう」

「博士から聞いたんです、あなたがたびたびラーチ長官に会ってるということをね」

わざと金東碩の名は伏せた。

李承燁は、今度は即刻に返事をせず、しばらく空のほうを眺めていた。横に高い樹があって、梢《こずえ》の上に腹の白い鵲《かささぎ》が飛び回っていた。

林和が見て李承燁の顔はそれほど混乱しているとは思われなかった。その顔にはとぼけたようなうすら笑いが浮かんでいた。

「君は」と、彼は反問した。「そんなことを誰にも言ってないだろうね？」

「あなたがアメリカ機関と連絡を取っているということをですか？」

もう、回りくどいことを言う必要はなかった。こちらも納得する具体的な答えが聞きたい。

「林和君、大げさに取らないでくれ。ただ、こちらも彼らを少し手なずけておかないと、いろいろな面で不自由するからね」

この場になってまだ体裁をつくるのか、と林和は思った。なぜ、はっきりと事実を言わないのか。

質問を変えた。

「あなたがそういう工作をはじめたのは、いつごろからですか？」

「そうだな、西大門警察署に入っていたときだ。ほら、例の精版社事件でとばっちりを受けたときにね」

「趙一鳴《チョイルミョン》さんと一しょのときでしたね？」

「そうなんだ。入っていてね、アメリカの何とかいう中尉がやって来て、ぼくにこの際アメリカ機関の仕事をする気はないかと言った。彼はそのことが終局において朝鮮人民の利益だとも言ったよ。まあ、そんな御託はどちらでもいいがね、ぼくはよかろうと答えた」

「…………」

林和は、いつぞや警察から出たばかりの李承燁が肥った自分の身体を見せて、別荘も食糧のないときはかえって行ってみるものだ、と言ったことを思い出した。そういえば、あの頃よりもう一段と李承燁は肥えている。

「趙一鳴さんもそれを知っているんですか？」

李承燁は声を出して笑った。

「警察から出されてからね、趙一鳴君と会った。そのとき彼は、警察でアメリカ機関につくように強制されたと言って、ぼくの顔をじっと見て探るんだね。それで、ぼくが笑っていると、あいつは初めて安心したような顔をして、急にぼくに親愛感を示したよ」

林和はしばらくぼんやりしていた。

李承燁の言葉はドラマだった。趙一鳴と会ったときの表情まで眼に見えている。互いに対手の心をのぞき合うふしぎな視線が複雑な屈折をもって交叉《こうさ》されたに違いなかった。

林和は、頭から血が下ってゆくのを感じた。脚が震えてくる。眼の前の景色が不安定に傾いてゆく。ここにいる人物は大物だった。

「林和君」李承燁は、さすがに抑えた低い声になった。「今後は、何でもぼくに相談してくれないか」

「相談？」

林和が振り向くと、李承燁は黙ってうなずいていた。おそろしく厳しい横顔だった。

ロビンソンもおれに相談しろ、と言った。林和は、あたりの光線が急速に萎《しぼ》み、夕昏《ぐ》れを感じた。その空《くう》の中に彼自身の身体が浮いて漂っている。

軍政庁が朝鮮人民に行政権を委譲する方針をとった――。十月に入って左右合作委員会の右派から民主議院に代る新立法機関設置の要請があった。これに対し、十月十四日にアメリカ軍政庁は「南朝鮮臨時立法議院」の設置を公表した。発表者はこれによって軍政下の条件で「最高の自治権」を認める用意があると述べた。軍政庁の方針によれば、立法議院は官選民選おのおの四十五名、計九十名の議員から成るもので、官選議員は軍政庁の任命により、民選議員の選挙は十一月二日に行なうというのである。

これは明らかに右派の利益になるものとして、穏健左派と言われている社会労働党すら反対した。選挙の結果は韓民党、独促協議会などの当選者で占められ、右派の一方的な占拠に終った。十二月十二日、民主的なよそおいをこらした臨時立法議院が発足した。

この選挙を終った翌日の午前八時四十分ごろ、首都警察庁長張沢相は、水標洞の自宅から登庁のため自動車で出たが、乙支路二街八八番地の洋服屋の前にかかったとき、その場所をうろついていた青年二人が自動車を目がけて手榴弾《てりゅうだん》を投げつけた。乙支路は、前に黄金町といった街路である。

弾丸は自動車の前のガラスを貫いたが、張沢相は素早く同乗の二人の女を抱いて飛び出し、鼓膜と眉間《みけん》に若干の浅い傷を受けただけですんだ。彼はすぐに本町の米軍病院に入院したが、警護していた巡警は腹に破片をうけた。犯人は、その前から、色の褪《あ》せた軍隊服にズボンの裾《すそ》を紐《ひも》で結んだ服装で、洋服屋の前をぶらぶらと往ったり来たりしていたとあとで分った。

その事件の前にも、左派の大立者である呂運亨が暴漢に襲われて、危《あや》うく命を助かっている。

呂運亨の場合は、臨時立法議院の選挙の前であり、これを猛烈に攻撃する呂運亨を消そうとかかった右派の謀略と見られ、張沢相の場合は、右派の一方的な占拠に憤慨した左派のテロ団員が、選挙の直接責任者である首都警察庁長を殺害しようとかかったとみられた。

前の李承晩暗殺未遂以来、相次ぐテロ事件は、大邱の人民抗争がようやく終熄《しゅうそく》するころから続々と発生した。

あとにまだ誰が殺されるか分らなかった。

13

寒い新年が来た。漢江は凍り、トラックや牛車で対岸と往来できるようになった。

あらゆる液体が凍った。温突《オンドル》の火が乏しいので、室内で流れた水が五分と経《た》たないうち白く霜《しも》を吹く。

燃料はなかった。石炭の配給も少なかった。ヤミ市場では薪一把《まきいちわ》が大そうな値段を呼んだ。山に行っても雪のために焚木《たきぎ》が取れなかった。

林和《リムファ》のもとに教会のパンフレットがこなくなってから久しい。その代り尾行がつくようになった。

歩くと必ずうしろから誰かが尾《つ》いてくる。家にいても真前の民家にふしぎな人影が踞《うずくま》っていることが多くなった。

「気味が悪いわ」

妻の池河連は怖れていた。第一、近所の体裁《ていさい》が悪いというのである。そういえば、近ごろ人の眼が違ってきて、急激に交際から手を引いたようだった。

投獄されることはなかろう、と林和は思った。しかし警察の下部と先方との十分な連絡が取れているとは思えないので、あるいは逮捕されるかもしれなかった。留置場だけで済まず、裁判にかけられて刑務所に入れられるかも分らない。だが、長くはないと思う。李承燁《リスンヨプ》とはっきり連絡が取れてからは、この安心感が強くなっていた。

もっとも、あれきり李承燁とも会っていない。同様に趙一鳴《チョイルミョン》や薛貞植《ソルチョンシク》からの呼びかけはなかった。このまますっかり縁が切れたみたいだった。

しかし、ただ一つ、その意識を破るものがある。安永達《アンヨンダル》がせっせと肺病の薬を運んで来てくれることだった。

このごろは、妻も安永達を警戒している。そのせいか、彼も見知らない使いを寄こしたりした。いつも三週間分ぐらいの薬が新聞に無造作にくるまって届けられる。

「前から頼んであるのだ」

と、妻の疑問に林和は答えた。

「親切な人がアメリカのPXにいてね。こちらから出向いては人目があるので、ちゃんと向うから配達してくれる。ぼくの芸術論や詩に感心している奴《やつ》だ」

池河連は納得しないようだった。

「大丈夫か？」

或《あ》る日、久しぶりに来た安永達が戸外に出て会った林和に訊《き》いた。

「まあ、元気だ。いつもありがとう。君、この辺にはスパイがうろうろしている。君自身はここにこないほうがいいよ」

「分ってる」

と、安永達は防寒帽と毛糸の顔隠しの間の眼を細めた。半分は日本軍隊の流れ品だった。

「帰りは適当に撒《ま》くからね。今日はいつもの使いでは具合の悪いことがあった」

二人はあたりを見回した。湿気のない空気に粉雪が小さく舞っている。

「十八日の午後六時、鷺梁津の李徳昶の家に来てほしい……」

と安永達はささやいた。

林和は返事をせず、そっぽを向いた。安永達も逆のほうを見て独り言みたいに口を動かしていた。

「そこは李承燁の親戚《しんせき》の家だ」

この前と変ったな、と思った。李承燁も追われているのだ。

「趙一鳴も来るはずだ。午後六時、一月十八日」

安永達はそれだけ言うと、横を見ないですたこらと歩き去った。

林和は、立ったまま、しばらく寒い風にさらされていた。首を動かさないで眼だけを左右に配った。姿は見えないが、どこかで尾行者が見ているに違いなかった。しかし、安永達の歩き去った方向を追う人間はなかった。

朝から熱があるので、外の冷たい空気にふれてかえって爽快《そうかい》なくらいだったが、頭は空っぽで面倒くさい考えを寄せつけなかった。

一月十八日に何を相談するのだろう？

林和は、缶を切り開いて茶色っぽい薬の粉を匙《さじ》で掬《すく》い、口の中に投げた。舌がその粉でざらざらした。

李承燁、趙一鳴、安永達とならべると、もう一人や二人くらい、謀議の席に来るような気がした。約束はしたが、林和はそこに行く決心になっていなかった。

まだまだ自分はいつでも仲間から脱けられるという観念が残っていた。現在ではまださしたることはなさそうだ。危険には違いないが、決定的ではないのだ。最後のところでうまく脱出できそうであった。実践運動家ではなく、文学者であるから。芸術家という際《きわ》どい安全性をいつも確保しておきたかった。

まだいい。まだ安全なのだ。決定的な深みには足を踏み外してはいない。たしかに危い地点に立っているとはいえるが、絶対にのがれられないという状態ではなかった。

ここまで来ては人前での露骨な転向は出来なかった。外部から見て、それは確かにおかしいことだ。林和は共産主義芸術運動のリーダーとして履歴をつんで来た。その陣営では高い評価を与えられている。下っ端の若い者ではあるまいし、体面だってある。名誉は保持したい。

だが、おれは溺《おぼ》れはしない。激流の中心はまだまだ自分の立っているところよりはるかに向うにあった。ここはまさに浅瀬にすぎない。流れは確かに彼の脚を洗っているが、押し流されるほどの位置ではなかった。まだいいのだ。まだ、大丈夫だ。——

たとえば、林和は去年の十月に起った人民抗争について、それを朝鮮文学の立場から書いたことがある。人民抗争は今日の三・一運動であり、それは新しい民族文学運動の出発点である、というテーマだった。

「三十五年間の反帝国主義闘争と民主独立のための抗争の中において訓練され自覚した朝鮮人民は、一九四六年十月にその仇敵たちに向かって最大なる回答を与えたのであった。一九一九年三月一日の朝鮮人民がその仇敵たちに投げつけた回答よりももっと明快なる回答、彼らの先輩が奴隷生活十年目に表示した意志を、奴隷化の危険に迫られてわずか一年目で明快に表示したのであった。この人民抗争は、実に朝鮮人民のあらゆる自由の新しい出発点となったのである。文学の自由の危機はこうして救援され、闘争と勝利の新しい道はさらに開かれることになったのである。かくて人民抗争は朝鮮文学の新しい機縁となったのであり、朝鮮の文学運動は人民抗争と永遠に分離することが出来なく結合されたのである。これからの朝鮮文学は、さきの新文学がそうであったように、人民抗争の精神を離れては永久に存在することは出来ないであろう」

このように揚言した自分が、どうして群衆の前に姿勢を急激に変えることが出来ようか。足もとを洗う水はまだ彼を倒すまでには至らない。しかも、いざというときの命綱が彼の目前に黒々と一本張られていた。

――一九四七年に入っても相変らず、信託統治反対、臨時政府樹立、が叫ばれていた。李承晩や金九を中心とする右派の政党団体が執拗《しつよう》にこの要求声明を発表していた。

一方、左派は信託統治支持を掲げて、右派との争いを進めて行った。特に、三党が合同した南朝鮮労働党にとっては、軍政庁の弾圧下の運動だから苦しい姿だった。朴憲永《パクホニヨン》は十月の人民抗争を地下で指導していたと聞いたが、今ではどこに潜り込んだか消息が知れない。北に入ったという噂《うわさ》は伝えられるが、これだけは林和のもとにも正確な情報は届けられなかった。

李承燁の隠れ家で予定されている謀議は何を持ち出そうというのか。林和は、その日が来るまで落ち着かなかった。

彼は、熱のしずまった日は、精版社事件以来、廃墟《はいきょ》と同じになった朝鮮文化団体総連盟の事務所へ行く。この頃《ころ》になって必ずと言っていいほど尾行がつき、彼が家の中にいる間は、遠くのほうでぶらついて、出てくるまで待っているのだった。

その夜、林和は鷺梁津で電車を降りた。うしろを振り向かないで、駅を通って二〇〇メートルぐらいは真直《まっす》ぐに歩き、急に路地に走り込んだ。

黄金町から乗って来たのだが、電車を二度も乗り換えた。幸い車内は混み合っている。無理に押し込んで行くので、一人の刑事があとから入れなくてうろうろしているのを見た。南大門で一回、竜山で一回電車を換えた。

林和は、路地に十分ばかりしゃがみ込んでいた。そこから通りが見えるが、別段彼を捜しているような人影はなかった。彼は起ち上がり、元の道へ出て、逆に駅のほうへ向かった。安全だった。

安永達との出会いは、その角にある高いポプラが目印だった。漢江がすぐそばなので凍った風が強い。

安永達は、その根元で煙草を吸いながらぶらぶらしていた。

「うしろは大丈夫か？」

と彼はすぐに訊いた。

二人は、それでも別々に歩いた。安永達が絶えず二〇メートル先を行った。暗いので見失わないように林和は従ったが、ときどき振り返った。危険はなかった。

安永達が入ったのは農家のかたまっている部落だった。ここだと本洞里の近くだと知った。

安永達が一軒の家の戸を叩《たた》いた。指先で三回、電信を打つような音を響かせた。家から顔を出したのは小柄な女だったが、黙って二人を導き入れると、すぐに表を見て戸を閉めた。

李承燁は奥の間にいた。鏡の付いた螺鈿《らでんぼ》彫りの黒塗りのタンスが三方の壁を囲んでいた。そのタンスに凭《もた》れて三人が坐っていた。李承燁の隣に趙一鳴、もう一人は知らない男だった。顔は揃《そろ》っている。

李承燁は、やはり艶《つや》のいい顔をうす暗い電灯に照らさせていた。広い額がてかてかしていた。

ここにいるのは朴善忠だ、と李承燁は林和に初めての男を紹介した。変名臭かった。髪の長い男はぺこりと頭を下げた。汚ない周衣《ツルマキ》をつけているが、顴骨《けんこつ》が出て、まばらな髭《ひげ》が生え、典型的な朝鮮人の顔だった。

「お互い、気心が知れてるからね」と李承燁が言った。「何でも腹を割って話し合おうよ」

安永達は、李承燁の横に片膝《かたひざ》を立てて坐っていた。さっきから、みんなの前には濁酒《マッカリ》が甕《かめ》に入ったまま出ていた。林和と安永達の前に、さっきの女が茶碗《ちゃわん》を置いて引っ込んだ。

「集まってもらったのは、ほかでもないがね」と李承燁は言った。「ぼくと、この趙一鳴とは、いま逮捕令が出ているため、なかなか話し合う機会がないので、この際、ちょっと相談しておきたいことがあるんだ」

彼は、唇についた酒の滴を拭《ぬぐ》って言った。

「朝鮮の政界は相変らず混乱を繰り返している。しかし、李承晩や金九の一派がずっと優勢になっているのは、ごらんの通りだ。このままにして置くと、今に右翼の奴らの天下になる。うしろで軍政庁とちゃんと手を組んでいるからな。……そこで、この際、一挙に暴動を起してみようと思うんだが、どうだろう？」

彼はみんなの顔を見回した。

「この前の十月人民抗争は、なかなかの成功だった。あのときは朴憲永が地下で指揮を取っていたのだが、今度ぼくらが動けば、朴憲永は海州から指令を出すと言っている」

海州？――

林和は、はじめて朴憲永が北に潜り込んだのを知った。海州は三十八度線より数マイル北側に入った西海岸側の小都市だった。そこが北側の最前線拠点になっていることは彼も聞いていた。

「十月人民抗争は、大分外国でも高く評価されているらしい。そこで、この余勢を駆って三月一日に一騒動起してみようと思っている」

三・一は、いわゆる日帝時代に起った「万歳《マンセ》事件」の記念日だった。

「みんなの同意を得たら、早速にでもはじめるつもりだ」

林和は竦《すく》んだ。ここに呼ばれ、そんなことを打ち明けられた以上、その騒動に巻き込まれるのは分りきっていた。うかつな出席を後悔した。文学者という小さな安全が崩れかけていた。

李承燁がどうしてそのようなことを言い出したのか、林和にはよく分らなかった。

李承燁はアメリカ筋と或る種の連絡を持っていることは確かだ。いや、本人もそれらしいことを洩《も》らした。それなのに進んでこのような暴動計画を企むとは、どういう心理からであろうか。

挑発――それよりほかになかった。つまり、一騒動起し、そこから警察や軍政庁の狙っている人間を括《くく》ろうというのだろう。しかし、もう一つの場合もある。李承燁が自分の正体を仲間に知られないための偽装が、この辺で必要になったのではあるまいか。彼にしても露骨な挫折《ざせつ》には気怯《きおく》れがするだろう。

「それは賛成だな」と趙一鳴はすぐに言った。「いま、組織がばらばらになっている。十月人民抗争で目ぼしいところがみんな捕まえられたり、潜《もぐ》ったりしているのでな、このまま放っておくと、わが党はジリ貧になってくる。朴憲永がそれを心配しているのだ。李承晩や金九にうまい汁を吸わせることはない」

林和の知らない男が熱心にその説に賛成した。安永達はその尻《しり》についた。

林和は、自分を引きずり込む渦が大きく舞っているのをみた。ここに引きずり込まれてはならない。足を踏み外さないことだ。押し流されないために力を絞った。

「林和君、どうだね？」

と、李承燁が彼のほうに顔を向けた。

「そうですな」

林和の語尾は震えた。自分の動揺を見透されそうで狼狽《ろうばい》した。

「いいじゃないですか」と彼は言った。「一切任せますよ」

「うむ」

李承燁はうなずき、手巻きのヤミ煙草を指先につまんだ。それを見ただけでも彼の生活が分る。この男はいま軍政庁との連絡が跡絶《とだ》えている。潜っているので手もとが不如意とみえた。

李承燁はうしろから朴憲永につつかれているのかもしれない。いま自分で計画を作っているようなことを言っているが、北にいる朴憲永からのきびしい指令が彼を急《せ》き立てているに違いない。李承燁は弱っているのだ。困惑の揚句《あげく》に、ここに仲間を呼んだのかもしれない。頭数を揃えたのは、ひとりでは心細くなったのか。

「そうすると、今度は十月抗争くらいの犠牲者を出すわけですか？」

と林和は訊いた。

「さあ、それは時の成行きだな。ああいうものはその時の雰囲気次第で起るから、予想は出来ないね」

十月抗争のときは、大邱で興奮した数千の学生たちが前の日に虐殺された死体を担いで、警察署を襲撃した。

自分で武装を解いて逃亡する警官が続出したくらいだった。群衆は署長を脅迫し、警察署を占領した。さらに学生隊が警察署を占領したことが伝わると、官吏は逃亡し、駐在所は群衆に占拠された。

市の闘争委員会本部の前では、罷業団、民青員、農民、一般市民など二万名が集結したが、武装警官百五十名がこれを包囲し、折から演壇に登って演説していた女工を実弾で射殺した。つづいて登壇した労働者も射殺された。群衆は石と棍棒で武装警官隊と衝突、群衆側に二十名の死亡者を出した。

あとから米軍戦車隊と機関銃隊が出動したのだが、これらは、おそらく企図者の図上にはなかった事態であった。

――今度も、朴憲永からの指令が来たとすれば、李承燁のグループだけではない。ほかの地下団体にも同じ指令が飛んでいるに違いなかった。李承燁は実践運動家型ではない。それがわざわざ林和を呼んでこういう謀議に加えたのだ。

林和は、はじめの興奮が時間とともにやや静まってくると、そこに妙な心の亀裂《きれつ》を感じた。

何かしら実感としてこの場の謀議が胸にこないのだ。林和の知らない男を一人加えたのも合点がゆかぬところがある。林和は口を出した。

「このことをホッジは全然気がつかないんですか？　それによって計画に齟齬《そご》がくると思いますがね」

すると、李承燁がすぐに引き取った。

「ホッジは知っていない。それは連絡が来ているから確実だよ」

連絡？　どういう意味だろう。

林和に忽ち輿論局長薛貞植が浮かんだ。しかし、それは李承燁が薛貞植に連絡したのではなく、薛貞植から一方的な通告が来たような気がする。こちらから薛貞植に問い合せたのではなく、薛貞植のほうから李承燁に情報が流れてきた感じだった。

「まあ、われわれは」と、林和の顔色を素早く読んだように、李承燁が大儀そうな口調で言った。「アメリカ軍政庁の内部とは、絶えず或る程度の連絡を持っていなければいかんからな。それは闘争には必ず必要なんだ。がむしゃらにわれわれだけの行動を起しても、損失が大きくなるだけで愚かなことだと思うよ。だから、向うでほしがる情報は、無害なものは適当に餌《えさ》として与えておく必要もある。こちらから進んで言うことはないが、われわれの行動がたとえ無理解な同志に誤解されても、それは覚悟するんだな。勝利は最後のものだ。近視眼的にものを見たがる連中には分らないことだ」

李承燁はそのことを言いたいためにここに呼んだのではないかと林和は思った。三・一の暴動計画は、彼にとっては付け足しにすぎない。実際は、自分たちが《党員として》アメリカ側と接触しているのを、こんな理屈で発表したかったのだろう。どのように厚顔でも真相は言えまい。ここでは同志にさえ《共産主義者として》体面を保たなければならない李承燁の虚栄があった。

林和は李承燁の隠れ家を出た。夜が更けたので、空気が顔の皮を剝《む》きそうだった。一人ずつ外に出たのだが、林和は見覚えのポプラの樹のところであとから来る安永達を待った。地面が石のように凍っていた。

安永達が来て林和の影を認め、ぎょっとしたようだったが、林和から合図した。両人は肩をならべた。漢江のほうに星が流れた。風がその方角から吹きつけて来る。

「今の男はなんだい？」

はじめて会ったばかりの男のことを訊いた。

「あいつか」

と、安永達は地面に唾《つば》を吐いて言った。

「よく名前が分らない。君も気づいただろうが、朴善忠というのはむろん偽名だろう。どうやら、北から送られて来た男らしいな」

「北？」

「多分、朴憲永の線だろうな」

安永達は寒そうに口を尖らして歩いていた。

北から送られて来た人間か。それなら李承燁があの姿勢をとっていた意味が解《わか》る。軍政庁に対する彼の弁解も、そのことを前提に置いて初めて分るのだ。李承燁はアメリカ側から取った情報も北に流しているに違いなかった。

黙々と歩いたが、林和は、そういう男が今夜の謀議に加わった以上、結局、渦に引きこまれるだろうと感じた。自分は抜き差しならないところに来たようだ。意志から離れて身体だけが地すべりの上に乗っているような気持だった。

安永達は何を考えているのだろう。黙っているところをみると、この男も案外同じ思いをしているのではなかろうか。ただ安永達の場合は、もっと薛貞植やアンダーウッドに近づいている。してみると、北から送られて来た男はこんな事情に無知なのだろうか。

林和は、電車に乗った。

片隅に旧日本軍の外套《がいとう》を着た男が睡《ねむ》ったふりをして腰かけている。林和は尾行者だと知った。執念深く駅に張り込んでいたとみえる。先方も林和がやっとつかまえられて安心したという表情だった。安永達は駅の前からうまくずらかったらしい。林和も気づかない間だった。

翌る朝から林和は気分が悪くなった。昨夜、身体を冷やしたせいかもしれない。胸が妙に詰まった感じだった。予感があった。池河連に言いつけて枕《まくら》もとに金盥《かなだらい》を用意させた。

アメリカの薬もアテにならないなと思った。この薬に縋《すが》りついていただけに死の恐怖が湧《わ》いてきた。一度安心させて、あとで恐怖を与えるとはひどい話だと思った。果してすぐに胸の内側が暖かくなり、血を吐いた。金盥の中が泡立っている。きれいな冴《さ》えた色だった。

医者は来てくれたが、静養することだけを言い渡し、注射薬はないと言った。薬を買うのもみんなヤミだとこぼしていた。

それからしばらくして、済州島に暴動が起ったという報《し》らせがあった。林和は途端に、李承燁のところで見た顴骨の高い、まばら髭の男を思い出した。ふしぎに彼らからの連絡はなかった。

ただ、二月の末近くに、安永達が外まで来て帰った。池河連が林和の病気を言って追い返したのだった。

「そういうと、お大事に、と言ってましたわ。ねえ、なんだか、あの人、うす気味悪いわね。いい加減につき合いを断わったら?」

安永達が李承燁たちに伝えたのかもしれない。やはりその後も林和に連絡がなかった。病気では仕方がないと諦《あきら》めたのかも分らぬ。それなら幸いだった。悪くならない程度に病気がつづけばいいと考えた。

喀血《かっけつ》は一回だけで止まった。さすがだった。以前はそんなことはなく、一度はじめると二、三回はつづいたものだった。やはりそれだけアメリカの新薬が効いたのかもしれぬ。林和は、このまま死ねば理想通りの最期だと思ったが、今度は猛烈に生の執着がはじまった。

生きていてもあまりいいことはなさそうだったが、死ぬのはいやだった。

三月一日になった。林和の心待ちにした日だった。

「あんた、大変よ」

と、池河連が報らせて来たのが昼過ぎだった。

「市内で左右両派の衝突が起ったんです。詳しいことは分らないけれど、なんでも、両方で射ち合いをやって、二十人ばかり死んだらしい様子よ。……この前のような騒動になるのかしら？」

十月人民抗争では京城の街も夜通し銃声が鳴った。池河連はそれを言っている。死者二十名は大げさだとあとで分ったが、たしかに両派の間で争闘が起ったのである。三・一を記念してそれぞれがデモ行進をつづけていたのが、接触した途端はじまったというのだ。

林和はまた、李承燁の隠れ家で見た北の男の顔が、その争闘の場面からくっきり浮いた。李承燁は本当にやったのだろうか。それなら、危いところで逃げられたと思った。ときには病気もするものだ。これがなかったら、どうなったか分らなかった。

しかし、そう考えたのはほんの僅《わず》かの間だった。林和の家に、或る朝早く、四、五人の警官が私服で乗り込んで来た。林和が床から起きて会うと、この前から尾行している刑事の顔がその中に交っていた。

「すまないが、すぐに西大門署に来てくれないか」

一ばん年配の男が彼の前に立ちはだかり、うすら笑いして言った。

「これから飯を食うところだ。その間待ってくれ」

林和は咽喉《のど》に詰まりそうな声で言った。

「早くしてくれ。その間に、その辺を少し掃除させてもらうよ」

彼らは狭い部屋の中に上がりこみ、林和の本立てや机の中を家捜ししはじめた。書き溜めた詩の草稿が押収された。

池河連が悲しそうな顔をしていた。

「心配することはない」

と林和は妻に言ったが、実際、自分でもおどろくほど落ち着いていた。ただ、なぜ、おれを捕まえに来たかだ。すぐ脳裏に来たのは三・一の騒擾《そうじょう》にひっかけて検挙に来たことだった。李承燁が言っていた言葉通りであった。

林和には、何もしていなかったという安心があった。実際に病気で寝ていたのだ。

いや、それよりも、彼の前にはやはり太く一本伸びている命綱が映っていた。

池河連がそれでも気丈夫に、タンスの中から厚い外套や、古びたシャツなどを出し、寒いから着込んで行けといった。

「心配することはない。すぐ帰って来る」

林和は言った。すぐにジープに乗せられた。手錠はなかった。

西大門署に着くと、二階に上げられた。すぐ留置場に行くのかと思ったら、その前に取調べがあるらしい。林和は、だだっ広い部屋の隅に腰を下ろした。ほかに捕えられて来たような姿は見えなかった。朝が早いせいか、署員も少なかった。板の間の中央に達磨《だるま》ストーブが据えられ、一人の男がしきりと板を折っては火の中に入れていた。

林和は、のろのろとストーブの傍に近づき、壊れそうな椅子に腰を下ろした。鋳物《いもの》のストーブは真赤に灼《や》けている。暖かかった。

焚きものを投げ込んでいた警察の男は、はじめ林和をどういう人間か判断ができないふうだった。彼は上眼づかいにじろじろと林和を見ていたが、

「君はここに何か用で来たのかね?」

と、曖昧《あいまい》な語調で訊いた。

林和は、実は、こんな寛大な扱いがやはり薛貞植かアンダーウッドの線できた通《つう》牒《ちょう》のせいかと思っていた。日帝時代に逮捕された経験とは雲泥の違いなのである。

「いや、なんだか知らないが、今朝、警察の人が多勢来てね、ぼくに来てくれ、と言ったので、ここで待っているんだよ」

林和はそう答えた。

「なに」

突然、その男は眼を剝《む》くと、椅子から猛烈な勢いで立ち上がった。

「なんだ、貴様、横着者。おまえたちのような者を、こんなところで火にあたらせることはない。離れろ」

すさまじい怒号だった。私服警官は、被疑者が悠々と自分と一しょに火にあたっていたのにひどく腹が立ったようだった。

林和は、のろのろと壁のほうに戻った。急に火から遠ざかったので、顔からぬくもりがひいた。

階段から二人の労働者のような恰好をした男が上がって来て林和の肩を摑んだ。

「おい、おまえはすぐにこっちに来るんだ」

一人は始終尾行していた顔だった。眉のない、眼の細い、唇のうすい、四十男だった。

留置場は一ぱいになっていた。

林和は、あらゆる帯や紐を取り外され、腰のあたりを押えて房の中に入った。臭気が鼻を襲った。人間の臭《にお》いと、監房の隅にある屎尿溜《しにょうだめ》の異臭とだった。一ばんあとから来る新入りは、当然、屎尿溜の近くにしか場所はなかった。蓋《ふた》のない、むき出しのコンクリート槽があり、板が二枚、その上に差し渡されているだけだった。

大便をする男が皆に尻をまくって屁《へ》を放った。溜った屎尿は寒さのために白く固まっていた。

林和は、知った顔はないかと探したが、見憶えの人間はいなかった。声をかけてくる者もなかった。会合の場所では、芸術運動の組織者として壇上によくならんでいたので、あるいは顔を知られているかと思ったが、思い過しだった。彼は少し当てが違ったような気がした。

前からここにいる連中はぼそぼそと話していた。青年たちは朝鮮語が出来ずに日本語ばかりだった。聞くともなく聞いていると、ヤミ屋や泥棒ばかりだった。中で一ばんよくしゃべる男が強盗強姦《ごうかん》の被疑者だった。

しかし、この二十人ばかりの中には、たしかに今度の検挙にひっかかった者がいた。長い髪を垂らし、膝を寒そうに抱えて背を曲げているのがそれかもしれなかった。互いに知らない顔とみえて、べつに話し合うでもなかった。想うに、彼らも今朝ここに抛《ほう》り込まれたばかりらしい。

昼飯が来た。欠けた木の椀《わん》に水が入っている。この食器も日本警察からそのまま受け継いだものだった。林和は飯が食えなかった。そのまま突き返すと、横の男が彼の食事を素早く奪い取った。

房に馴《な》れた男が厚い周衣《ツルマキ》の裾を破って綿を出していた。何をするのかと見ていると、それをチリ紙の裂いたのに包み込み、煙草にして口に咬《くわ》え、隠し持ったマッチの棒を壁で擦《こす》り火をつけた。ここに来馴れた男で、棒は硫黄《いおう》の強いアメリカのものだ。キナ臭いにおいがした。煙草に飢えて烟でさえあれば満足だった。

李承燁はどうしているだろうと林和は思った。趙一鳴、安永達、彼らも一しょに逮捕されたのだろうか。それとも李承燁だけは小狡《こずる》く立ち回って逃げたのだろうか。やっと気がついたのは、林和が捕縛された理由だった。彼らのために彼自身は何もしていなかった。実際の活動に加わらなかった林和だけを警察の手に渡したのだ。それが「北から来た男」の指図のような気がする。

今まで多少持っていた自信が俄《にわ》かに崩れた。

夜になった。——

林和は容易に眠れなかった。ぐるりに寝息が聞えている。暗い中でさっぱり見当がつかない。小便も出来なかった。

このまま処刑されそうな気もする。ともかくも、共産党では幹部クラスのすぐ下だった。無事には釈放すまい。最後は李承燁やアンダーウッドの名前を出すことだが、それも妙な事態になれば、逆な効果を来《きた》しそうだった。

こうなるのだったら、もう少し相手側にいい材料を与えればよかったと思う。三党合同時の幹部名や、その影響下にある芸術家の会員名簿を彼らに渡したところであまり役には立っていないはずだ。北から回って来た新聞、雑誌も先方に手渡した。組織の中にいて手に入れたものだが、そんな他愛のないものは先方だって無価値に判断しているだろう。要するに、林和の持って来るものはみんなガラクタで仕方のないものだと決められているのだろう。林和は、出し惜しみをするのではなかったと後悔した。あのときの奇妙な潔癖感がいけなかった。

しかし、林和は、真正面から殴られて眼が醒《さ》めたようになった。

――「敵」は、林和が持ってきた情報が役に立たないことを知っている。おそらく、あれは屑籠《くずかご》に投げこまれたに違いない。あらゆる情報を各方面から蒐《あつ》めている敵のことだ、価値判断は正確なはずだ。価値を識別する彼らの技術は、占領当初からみると、はるかに進歩しているのだ。

アメリカ側の価値基準は、林和の持ってくる貧弱な情報よりも、林和そのものに置かれている。この男を捉《とら》えておくことだ、と敵は考えている。どのようなやくざな情報であれ、林和から買い上げたということで、彼の弱点を確実に捕捉しているのだ。

敵は林和の将来に期待をかけている。彼にもっといいものを運ばせるために、今はガラクタを承知で引き取っているのだ。もちろん、敵はそれをおくびにも出さない。彼の、ちゃちな情報を大事そうにしてくれている。敵が大事なのは、それによって林和という重宝な人物を押さえていることなのである。

この男はいずれ何かに使える。敵はそう考えている。彼らがいま、詰まらない「物」を買っているのは、資本投下だった。それもきわめて安い値段である。

林和の身体から力が脱け、脚が萎《な》えた。

ふいと足音が聞え、光が動いて来た。暗い中に光だけをこちらに向けているので相手の顔は分らない。物々しい気配だけが伝わった。

懐中電灯の光を一人一人の顔に当てて検《しら》べている。

この男だ、と声が言った。

この指定のたびに警官が房内の男を一人ずつ引き出してゆく。強盗やヤミ屋ではなかった。今朝入った連中ばかりだ。林和の番になった。光が正面から当り眼が眩《くら》んだ。

「この男だ」

声は林和をまっすぐに指定した。

林和の肩を警官の強い力が摑み、引きずり出されたのが廊下だった。

はじめて知ったが、六、七人の警官が物々しい恰好で立っている。先ほどひきずり出された連中は向うのほうに連れ去られていた。足音が冷えたコンクリートに響く。

「こっちへこい」

林和を摑んでいた警官が同じ方向へ彼を連行しようとした。

「待って。その男は別だ」

声が追った。一人一人、顔を指定した男だった。

林和は、はじめてその顔を見た。男は眼もとをかすかに笑わせた。李承燁のところで紹介された朴善忠であった。安永達のいう《北から来た男》は警察の中にいた。――

14

林和は釈放された。

ほかの者はどこに移されたか分らなかった。思いがけないことになったものだ。李承燁のところで会った《北から来た男》が警察のスパイとは知らなかった。

林和は、しかし、逆にそのことで李承燁や安永達の正体がはっきりとしてきたと思った。あの男は適当なグループに潜りこんで、そこから警察に渡す人間を物色しているのであろう。わざと挑発しておいて、相手が思わず興奮してしゃべったのを証拠にして警察に送る。——よくある手だった。

李承燁の家に集まったとき、李承燁が妙に遠慮そうにしていたのは《北から来た男》への思惑ではなく、警察から回って来た男に気兼ねをしていたのだ。分ったことは、今もああいう狩人《かりゅうど》がほうぼうに潜入して活動している事実だった。

大邱事件以来、夥《おびただ》しい党員や労働組合の指導者が刑務所にぶち込まれているのは、みんなああいう手合いに乗せられてきたのに違いない。

「大したことがなくてよかったわ」と、妻の池河連は言った。「怕《こわ》かったわ。このままあんたがまた戻ってこないような気がして。いいえ、本気にそう思ったんです。そんな身体で留置場や刑務所に入れられたら、ひとたまりもないわ。わたしは、警察に死体を受取りに行く覚悟でいました」

喀血の直後だったから、妻がそう言うのも無理はなかった。しかし、もう一度こういうことがあるかもしれない、という予想はあった。今度は赦《ゆる》されるが、次は駄目だろう。

林和は、このまま家をたたんで田舎《いなか》に引っ返そうかと思った。彼が接触している人間の危険から脱れるのだ。

だが、すぐに旗を巻いて帰る決心はつかなかった。彼はこれまで輝かしい文学理論の指導者だった。弾圧にあったからといって引っ込めば嗤《わら》い者になる。脱出するのだったら、巧妙な方法をとりたかった。現在はどうすることもできなかったが、そのうち、考えよう。

寒い朝がつづいた。外に出した甕《かめ》の水はそのままの厚さで凍る。

――熱がないと、林和は家にじっとしていられなかった。たびたびグループからも使いがやって来る。その手前もあった。

彼は事務所に顔を出す。顔色が蒼《あお》いですな、と言ってくれる者もあれば、瘦《や》せた、と指摘する者もいた。

みなは、それを林和が留置場に押し込められたせいにしていた。ひどいことをする、と憤慨している。ここでは、地下に潜った幹部たちの臆測が低い声でささやかれていた。李承燁と趙一鳴は早くから北に潜ったことになっていた。

残っているのは、いわば下っぱだった。林和は彼らの感情の中に微妙なものをみてとった。つまり、官憲から追われている者は昂然《こうぜん》として肩をそびやかし、取り残された者は、劣等感に小さくなっている。敵に追われていることが当人を「大物」にし、相手にされないことで値打ちがなく見えている。言葉に出せないだけに、この対立は陰気であった。

林和は、当然、官憲から追われる立場にあると皆から思い込まれていた。だから、彼がグループに無事な顔を出すと、奇異な眼と、安堵《あんど》した表情に迎えられた。安心感は、林和のような人間でさえも残留している、という同じ立場からの親近感と言ってもいい。

林和は、そのことが自分のうしろに付いている影を連中に気取られはしないかとおそれた。林和でさえも、というのは、当然彼が追われていい人間だという評価である。それが、のんびりと動いているのは不思議だと疑われはしないだろうか。

ここでも林和は激越な口調にならざるをえなかった。

むろん、若い連中は彼の演説に同調した。だが、つい最近までだと、拳《こぶし》を上げたり、絶叫したりして派手に床を踏み鳴らすところだったが、さすがに今は声も低いし、要心深かった。今はいつ、襲われるか分らないためで、林和を疑っているわけではなかった。彼はカップ時代の闘士だ。解放後はいち早く民主主義的芸術団体を組織した。彼の組織力は高く買われているのだ。

しかし、林和は、眼に見えないものが次第に自分を包んで締めつけてくるような気がしてならなかった。現在の安泰さが決して長つづきするとは思っていない。その安泰さは、留置場から自分を出した延長の上にあった。

南鮮には、まだ共産党員が百万はいると計算されていた。幹部に対する弾圧は行なわれていたが、当初獲得した党員はまだ根強く残っていた。これが林和の未練を支えていた。思い切って運動から手を引く決心を鈍らせるのだ。それに、世の中もこれからどう変るか分らない。現在が決定的ではなかった。林和に都合のいいような機会がめぐってくるかしれない。

——政情はつづいて揺れていた。

五月二十二日、米ソ共同委員会はソウルで再開された。

六月になると、右派の一部はデモを敢行し、米国代表ブラウン少将に面会を求め、李承晩、金九の擁立を叫ぶと共に、ソ連代表シュチコフ大将の乗用車に投石するようになった。左派の民主主義民族戦線は、六月十七日、共同委員会への協議参加を決定すると共に共和国の樹立を要求した。当時、南鮮で米ソ共同委員会との協議に参加を表明した政党と社会団体は四二五の多きに達した。

しかし、相次ぐ米軍政庁の左派への弾圧によって右派勢力が全く支配的地位を占める傾向になり、七月二十七日になると、京城で民主主義民族戦線主催の共同委員会慶祝臨時政府樹立促進大会が開かれたが、ここでも左右両派の衝突事件が勃発《ぼっぱつ》した。

九月十七日、マーシャル米国務長官が朝鮮問題の国連総会上程を声明したのに対し、左派陣営は直ちにこれをモスクワ協定違反と非難した。一方、右派の臨時政府樹立対策協議会はこれを独立への飛躍的前提として賛辞を送り、韓国民主党は国連議長に感謝決議文を送った。

しかし、米ソ共同委員会の席上、ソ連代表シュチコフ大将が米ソ両軍の同時撤兵を提案したのに対し、李承晩、金奎植などの右派は米軍の撤退に反対した。この頃、李承晩の支配下にある西北青年連盟が、北鮮人民委員会打倒、米国支持、を叫んで大デモを行なったが、ソ連領事館前で警察隊と衝突事件を起した。つづいて反ソ民族大会が京城で開かれ、李承晩の国連派遣、南鮮軍組織をホッジ司令官その他に要求した。

暑い夏が一足飛びに来た。

八月に入ってすぐ、林和は安永達の呼出しを受けた。それまでも例の薬だけはほかの者から滞りなく届けられていた。呼び出した安永達は、最近の党の動きを知っているか、と訊いた。林和は、うすうす分っている、と答えた。

八月十五日の解放記念日を期して或る種の指令が流れて来ていた。それはデモを大仕掛に展開しようというのだったが、一つは相次ぐ左派弾圧のため下部党員に動揺が起きているため、彼らを奮起させるための対策だと林和は考えていた。

「ところが違うんだ」と安永達は言った。「軍政庁では、労働党が八・一五記念日を期して革命を起そうと計画しているように解釈しているらしい」

林和は軽く笑った。

「そんなばかな。今のように右翼がのさばっているときに、そんなことが出来るものか。第一、指導者の多くはみんな地下に潜っているではないか」

「名目はどうにでも作れる」と安永達は言った。「軍政庁では、労働党の幹部がまだ残っていると思っている。今度は、それにひっかけて根こそぎ党を潰滅《かいめつ》させようという狙《ねら》いだ」

林和は、最近、アンダーウッドにも、薛貞植にも会う機会がないので、全然、その辺の様子が分らなかった。しかし、安永達の言う情報なら、まず間違いはなさそうである。

「そうすると、おれなんかも危いかな」

林和は軽口めいて言ったが、唇は硬張《こわば》っていた。いよいよ最後の決着が来た、と思った。今度は甘い考えでは抜け切れそうになかった。

どうしたらいいか。今度こそ自分が残っていては味方に怪しまれると思った。といって、検挙されたら、身体がどうなるか分らなかった。アンダーウッドや薛貞植と結んでいる線はいかにも頼りなかった。いざとなれば、そんなものは何の役にも立たない気がする。

埃《ほこり》っぽい街を歩いた。太陽の熱が痛いくらいに降りそそいで来る。

「それについて君に話したいことがある。今後の君の身の振り方だ」

安永達が身の振り方と言ったとき、林和は、この男のうしろにいる誰かがものを言っていると思った。李承燁も、趙一鳴も、あれ以来どこに行ったか消息が知れない。しかし、安永達をここに使いに寄越したのは彼らのうちの誰かに違いないと思った。

林和が黙っていると、安永達がうしろを振り向いた。暗い緑色のジープがすぐそこに来ていた。

「歩くのは大へんだ。乗ろう」

と、安永達はまるで馬車にでも乗るような言い方で林和を先に押し込んだ。

「どこに行くんだ？」

と、車が走り出してから訊いた。運転手は軍政庁の制服を着ていた。教会だ、と安永達はそっぽを向いて言った。

家の屋根にかっと陽《ひ》が射《さ》し、軒の下が真暗くなっていた。子供が裸になって走り回っている。

これまでのように夜の訪問ではなかった。白昼堂々と軍政庁のジープで教会に乗り着けるのだ。事態はここまで来ている。その切迫感が林和の胸を締めつけた。足の先が微かに震える。彼のすぐ前を奔《ほとばし》って流れている激流が浮かんでいた。

教会の中はひんやりとしていた。板の間だけのせいかもしれない。入ったところが礼拝堂でなく、いつぞや来たことのある香部屋だった。

ここで林和はアンダーウッドと久しぶりに会った。彼は相変らずにこにこしていた。

身体の調子を訊《たず》ねた上、

「あなたも南にはいられなくなりましたね」

　と、いきなり言った。

　外国人の朝鮮語は、かえって切迫感をもっていた。

「南にいると、あなたの身体は危いです。われわれでも保証ができない」アンダーウッドはつづけた。「それに、あなたは南ではあまりに目立ち過ぎたから、軍政庁があなたを捕まえないという法はない。今度は根こそぎやると言っている」

　林和は、アンダーウッドの口もとをみつめていた。

「どうすればいいんですか」

「北に行きなさい」

「いつ？」

「準備が出来次第」

　と、アンダーウッドはちらりと安永達のほうに眼を流した。

「万事はこの人がやってくれるでしょう。これからは北以外にはあなたの任務はない。南では何も残っていない」

「…………」

「向うに行けば、李承燁さんがあなたの面倒をみてくれるはずです。すべては彼に連絡して下さい」

「李承燁さんはどこにいるんですか？」

「今は言えません。しかし、あなたが北に入ったら、必ず李承燁さんから声がかかって来るはずです」

「アンダーウッドさん」

と、林和は外聞もなく哀願的な眼になった。

「わたしはこういう身体だ。北に行けば、気候の激変で仆《たお》れるかも分らないのです。南に残してもらえる方法はありませんか？」

「あなたが南の残留を希望するなら」アンダーウッドは冷たく答えた。「牢獄《ろうごく》に行くよりほかありませんね。……今度は苛酷な扱いとなるでしょう。日本の警察よりも、もっと酷《ひど》い刑罰がコンミュニストを待っています。悪くすると、そっちのほうであなたの身体が早く参ってしまうかも分りませんね。われわれの保護にも限度がある」

「…………」

「これまであなたに協力してもらったが、次にはもっと大きなものを期待しています」

アンダーウッドは、今までの林和の仕事が大した価値でなかったことを臭わせた。

その賠償をこれからやってほしいと催促していた。

安永達は横で膝《ひざ》を組み、横着そうに首をうしろに倒して両人の問答を聞いていた。

「まもなく共産党の弾圧がはじまります。あと二週間ぐらい。それまでに早く身を隠して下さい」

「…………」

「もし、機会を逃すと、あなたは牢獄行きです。そうなると、誰にもあなたを助けることはできません。分りますね？」

林和は、安永達を見た。安永達は微かに首を起した。安永達が林和の世話を承知しているらしかった。

林和は教会を出た。

安永達の片頬《かたほお》に強い陽射しが当り、真白くなっていた。信者らしい女が三人、教会の横から入っている。

「当分旅行をするとでも奥さんには言うんだね」安永達は指示した。「いつ、指令がくるか分らない。それまでに支度を終えていてくれ」

林和の胸にまだ現実がこなかった。話はたった半時間かそこいらの間に決まったのである。彼の一生を決める仰々しい儀式もなければ、物々しい雰囲気もなかった。いつものように安永達がふらりと来て、いつものように教会でアンダーウッドと雑談的に会っただけである。

林和は、まだまだ数十日くらいの余裕はありそうに思った。その間にだけ彼の自由である。アメリカの指令に従って北にもぐるか、拒絶して死を択《えら》ぶかを考える時間があった。

夜は冷えた。星がきれいに冴《さ》えている。十一月に入っていた。

林和は歩いていた。肩が冷える。開城を過ぎたのが二時間ぐらい前だ。鉄道線路がずっと向うにあるが、むろん汽車は走っていない。広い平野だ。空が広かった。

林和のほかに一人の男がついていた。安永達が紹介したもので、二十五、六ぐらいの青年だった。林和の荷物を肩に担いでくれている。男は何も言わなかった。

どこまでも歩く。黒々と流れている川の前に出た。すると、男は林和だけを残して闇《やみ》の中に消えた。何かを捜しに行ったらしい。

林和は、この礼成江の上流が三十八度線の境界に入っていることを知っていた。男の注意で林和は河原にしゃがんでいた。黒い外套《がいとう》を上からすっぽりと被《き》ている。遠い所で銃声が聞えたが、足音はなかった。林和は、うずくまったままかすかに水音の鳴る黒い川面《かわも》に眼を置いていた。

池河連には日を置いてあとから来るように言っておいたが、これもあてにはならなかった。

胴がひとりでに震えてくる。男は容易に帰ってこなかった。声もしない。この辺は絶えず警備隊が巡回するので気をつけてくれ、と男は注意を残していた。

とうとう、ここまで来た！

それでも、まだ、気持の中では脱走を考えていた。相手が戻ってこないうち、このまま来た方角に引っ返すことだった。向うに越えれば、どう足掻《あが》いても逃れることの出来ない絶対的な運命の中に陥る。しかし、いま二分か三分の自由があった。決断するなら今なのだ。

林和はうしろを向いた。ポプラの影が暗い空に伸びている。そこから二〇〇メートルぐらいの距離だった。彼は、その陰に走りこんで行く自分を想像した。

「お待たせしました」

と、ふいに声が傍でした。

「さあ行きましょう」

と男は、林和の考えに頓着《とんちゃく》なく、石の上に置いた彼の荷物を取り上げた。

「川を渡るのかね？」

林和は絶望感のなかで声を出した。

「ここには舟がないのです。この川に沿って行きましょう。これから一キロで三十八度線を越します」

「見つからないかね？」

「あと一時間ばかり気をつければ、大丈夫です。向うのほうに警備隊がうろうろしていますからね、足音を忍ばして下さい」

普通の路は歩けないというのだ。河原にも南鮮の警備隊がずっと出ていると彼は言った。南から北に入って行く人間を取り締まるため、右翼の青年隊が旧日本軍隊の銃を持って見回りに加わっているというのだ。右翼はソウルでテロをふるっていた。捕えられたら、何をされるか分らなかった。労働党員だと分ると、殺されかねない。

男は田の畔《あぜ》を伝わって歩いた。これでは一キロを歩くに一時間かかるはずだと思った。林和は、畔を何度か踏み外してそのたびに水の中に足を落した。水にうす氷が張っていた。

林和は咳が出そうだった。実際、三十分ぐらい、その場に伏せて袖《そで》を噛《か》んでいた。

「困りましたな」

と、青年が小声で言った。彼も当惑していた。

「大丈夫ですか?」

背中を軽く叩いてくれた。また、遠くで銃声がした。

二人は歩き出した。光は一切使えなかった。うすいかたちを求めて畔路を歩いた。河原が左手に絶えずつづいている。

林和は、いつかこういう場面が自分にあったような気がした。全く同じような情景だ。真暗い中を誰かのあとに従ってこれと同じような場所を歩いていた。前の男も、こんなふうに彼の荷物を背負ってくれていた。この通りに空に星があった。たしかに前にみた夢の中にあった。――

林和は、一足ずつ三十八度線へ近づいている自分を知った。向う側には李承燁も、趙一鳴もいる。そのほか、林和自身が知らない多くの「仲間」が彼を待っているに違いなかった。もっと大物もいるかしれない。前にも考えたことだが、どう思っても李承燁が親分とは思えなかった。もう一つ上に大物がいるような気がしてならない。それが誰だか分らない。ただ、朝鮮人であることは間違いないようだった。組織というものはそういうものかもしれなかった。

その組織の中に林和はいま吸い込まれに行こうとしている。彼は自分ではないような気がした。

「あと三十分ですよ」

と、前を歩いている男が小さな声をかけてきた。林和の元気を引き立てようとしているらしい。畔路が畑に変った。一物もない土だけとなった。前方の星のひろがりが半分から下で切れていた。山が出ているのだった。川は遠くなったらしい。

林和は歩きつづけたが、男のうしろに仕方なく従《つ》いて行っているような脚の動かし方だった。もはや、前を歩いている男以外にはこの暗い世界で頼りになる人間はいないような気持になった。ここまで来ると、発見者のほうが敵であった。

林和は、自分につぶやいた。

——一体、おれはどうなるのだ？

解放後、外国の軍隊の都合で仮に区切られた三十八度線が、このように朝鮮民族全体を二つに引き裂き、それぞれの人間の運命を決定的にしようとは予想もしなかった。彼のしてきた仕事が、彼自身をこの裂け目に引きずってこようとは知らなかった。これは戦争と同じだった。

林和は、いま、これが自由な立場で歩けたら、と思う。昼間だと、この辺の景色は素晴しいに違いなかった。彼は田園が好きだった。貧しい農家の点在する風景を人間的な詩にうたいたかった。それこそ、虐待の中に生き抜いてきた民族の詩を黄昏《たそがれ》の色の中でうたいたい。

革命とか、抵抗とかいう字句を一切使わずに、心からうたう詩を書きたい……。

林和は木の株につまずいた。

「どうしたんですか？　気をつけて下さいよ」

と、青年が起してくれた。親切な男だ。どんな素性か見当もつかなかった。

灯一つ見えない闇の中でどれくらい歩きつづけたか分らない。寒い風だけが、二人の歩行に抗《あらが》っていた。三十分と男は言ったが一時間近くも経っていた。田圃《たんぼ》は畑に変り、畑は雪のまばらな山路に変った。川はどこに失せたのか見当もつかなかった。

男は方向に馴れていた。山林の細い路を高く上って行く。雪は多くなるし、上りは絶えず起伏がつづいた。見ると星は天頂だけに残っていた。

突然、男は声を出して大きな欠伸《あくび》をした。林和はびっくりして足を停《と》めた。

「は、ははは」

と、男は大声をあげて笑った。

「もう、大丈夫ですよ」

「え？」

「もう、三十八度線を越えました。これから先は、どんな大声を出しても、足音を立ててても構いませんよ。同志林和、万歳です」

林和は声が出なかった。とうとう、越えた！　熱が出る前のように、身体ががたがたと慄《ふる》えた。

このとき、夜の雪の中から黒い姿が三つ動いて来た。懐中電灯が林和の眼を眩《くら》ませた。

「同志林和をお連れしました」

と、案内者は横から対手《あいて》に声をかけた。

「ご苦労さまです」

と、先方の若い声は挨拶《あいさつ》した。

「さぞお疲れになったでしょう。……もう、大丈夫です。ここは北朝鮮人民委員会の勢力下です」

若い男が進んで林和の手を握った。

「同志林和、ようこそ」

彼らは一せいに明るい声で言った。

「ぼくらはあなたのおいでを待っていました。あなたの詩は前から拝見していますよ。立派なものです。ぼくらはあなたのファンです」

林和は口の中で、ありがとう、と言った。声を出してみて分ったが、咽喉《のど》が痛かった。唾《つば》がなく、表皮のように乾いた。

若者たちは武装していた。彼らは林和を囲んで歩いた。ここまで彼を連れて来た案内者も一しょだった。

しばらくすると、バラック小屋があった。石油の空缶の中で火が燃えていた。

「寒かったでしょう。さあ、あたって下さい」

一人が枯れた木をブリキ缶の中についだ。

「お茶を喫《の》んで下さい」

別な青年が茶碗に湯を注《つ》いで来た。林和は一口つけたが、流すとき咽喉が痛かった。

その小屋の壁に打ちつけられた釘に彼らの衣類が掛けられていたが、まん中のところだけは空いていた。その位置の上には二つの肖像がかかっていた。一つは北の若い将軍の顔で、一つは朴憲永《パクホニヨン》の顔だった。

「ここでは寝《やす》んでいただく所もありませんから、海州でゆっくり休養をとって下さい。海州までは、あと四〇キロあまりです」

林和は小屋を出た。今度は二人だけが付いて来た。林和が歩き出すと、さきほどの案内者が林和の横に来た。

「では、ぼくはこれで帰ります。どうぞお元気で奮闘して下さい」

林和はその手を握り返した。対手の掌の力の中にはアンダーウッドや、李承燁や薛貞植や、安永達たちの信号があった。

「三十八度線を連絡して来る人です。これであの人はどれだけの人数を北に送って来たか分りません」

案内者が去ったとき、新しい護衛者は説明した。誰もその男の正体を知っていないことがここでも分った。

山の斜面を下りると、あたりがうす明るくなっていた。東の空に夜明けが来ていた。山の白い稜線《りようせん》が明確な輪郭を現わし、その上にうす蒼いが、力の籠《こも》った光が滲んでいた。斜面の下に黒い川の流れと、小さな舟が岸にあった。舟は白かった。

その川と舟のかたちが彼の意志を押し流してゆく巨大なものにみえた。——

15

一九五三年、朝鮮戦争の休戦協定が成立した直後、すなわち八月三日、林和は朝鮮民主主義人民共和国最高裁判所の特別軍事法廷に立っていた。牢獄《ろうごく》生活がつづいて病状が悪化し、顔は熱で酔ったように赤く、絶えず咳《せ》き入った。萎《な》えた脚は身体の重みを支えかねた。弁護人が、裁判長に被告は病気のため長時間の起立に耐えられないようだから椅子《いす》にかけさせてもらいたいと頼んだ。裁判長は着席を許可した。林和の脳からはいっさいの面倒な思考が脱けていた。熱のせいか、一種の恍惚《こうこつ》状態になっていた。裁判長の訊問《じんもん》も検事の論告も、遠いところから声が辷《すべ》って聞えているようだった。彼の暗い陶酔のなかには、運命というテーマが茫乎《ぼうこ》としてひろがっていた。彼は相変らず詩人であった。詩を——彼はその恍惚の中でつくっていた。

一九五三年八月三日〜六日の四日間にわたって、朝鮮民主主義人民共和国最高裁判所特別軍事法廷で行なわれた朴憲永＝李承燁グループに対する裁判所記録（一部）

起訴状

林和　朝ソ文化協会中央委員会前副委員長

かれは一九三五年日本帝国主義の警察と野合して革命的な文化団体「カップ」を解散させ、親日的「文人報国会」の理事の職位にあって、日本帝国主義の植民地政策を正当化するため、いわゆる内鮮一体の思想を主唱するなど、民族叛逆《はんぎゃく》行為をおこなってきた（記録第五巻二二八〜二三二ページ）。

八・一五解放後にはアメリカ諜報《ちょうほう》機関のスパイとして荷担し、李承燁らとの連繫《れんけい》のもとにスパイ行為をおこなってきたものである。

（イ）一九四五年十二月からアメリカ諜報機関、あるいは前南朝鮮アメリカ軍政庁弘報処輿論《よろん》局長であった被告薛貞植らとの連繫のもとに、党および文化団体の秘密をかれらに継続的に収集・提供した（記録第五巻八三〜八九ページ）。

一九四七年十一月から被告李承燁とスパイとしての連繫をもちながら、趙一鳴、朴承源、李康国らと結託して、十余回にわたってアメリカ諜報機関に提供するために、共和国の政治・軍事・経済の各分野にわたる情報資料などを連絡した。また六・二八以後京城で李承燁の指示によって、政治情報を収集・提供した（記録第五巻七六〜七九ページおよび一一〇～一二五ページ)。
(ロ)李承燁らの政治的な謀略活動に参加して、趙一鳴、朴承源、李源朝らとともに、変節者とその他の不純分子たちをかれらの周囲に集結し、党と政府の施策に反対する反国家的な宣伝・煽動《せんどう》をおこなった(記録第五巻一七二～一七八ページ)。
一九五一年八月には武装暴動の陰謀活動に参加し、暴動陰謀本部を組織して暴動時には趙一鳴とともに政治および宣伝・煽動組織の責任を担当し、その勢力を集結するために、文化芸術団体をその手中に掌握しようと活動した(記録第五巻一八〇～一九〇ページ)。

被告林和の陳述

裁判長 公判を継続します(五時三〇分)。被告の経歴について述べなさい。
林和 私は一九〇八年貧農の家に生まれ、四、五歳の時、家は小企業を営み、十七歳から十八歳まで小市民の家庭環境の中で育ちました。一九二一年より京城《ソウル》市普成《ポソン》中学に在学していましたが、その時から文学に興味をおぼえ、詩を書きはじめ、一九二六年十二月ごろには韓雪野、李箕永等とともに、一九二五年に朝鮮共産党の影響の下に組織されたプロ文学団体であるカップに加入し、一九二八年七月ごろよりはカップ中央委員として活動し、その後、一九三三年四月ごろよりは、そこの書記長として朝鮮文学指導部の一人になりました。

このように活動して来たところ、一九三四年四月と五月に、日帝警察の弾圧で、私とともに活動していたカップの指導者であった韓雪野、李箕永等を初めとする幹部たちが、全羅北道警察部に検挙されました。このとき私も検束されましたが、病中であったので、これから私に加えられる日帝の弾圧に恐怖を抱き、むしろこの機会を利用して、日帝に迎合することによって、わたしの一身上の安全をはかるのがよいと考えました。一九三五年六月下旬ごろには、京畿道警察部主任である日本人警部斎賀と、京城市新設町にある寺院「ダムッ　ドウン　スン　バン」にて会い、彼が私にカップを解散させる意志に対し問議したので、私は前記のような思想的企図をもって、斎賀に私が署名したカップの解散宣言書を提出し、日帝と完全に結託しました。

その後、プロ文学の階級的立場を離れ、純粋文学を主張しながら、内鮮一体と反ソ・反共行為をおこなってきました。すなわち、一九三五年八月より一九三七年九月初旬ごろまで、慶尚南道馬山市の私の妻の宅にて病気を治療し、一九三七年九月中旬ごろ京城に再び戻って来て、同年十月ごろから民族解放闘争で変節した者たちの集団である京城市の保護観察所に荷担し、一方、金剛企業主である崔南周の資本支出の下に日帝の合法的出版機関である「学芸社」を経営してきました。一九三九年四月ごろには「学芸社」を代表し、朝鮮総督府図書課の主催で京城府民館において開催された各出版機関代表者と文壇の重要作家たちの会合に参加し、この席上で竜山に駐屯していた朝鮮軍司令部報道部の代表である少佐鄭氏の呼びかけで「時局協力」に呼応しました。同年六月ごろには、いわゆる「国民総力連盟」の文化部長であった日本人ヤナベと彼の事務室にて会い、約三十分間の討議を行ない、これより朝鮮人文学者たちが時局に協力し、「内鮮一体」の強化と「国民精神」の培養に努力するという決意を表明しました。この時の会談においては、同報道部のカメラマンも参加し、その会談の場面を撮影し、それを雑誌に発表するようにさせ、多くの文壇活動家と朝鮮人民をして日帝のため忠実であるよう誘いました。一九三九年九月には、「言葉を移植する」という題目の日本語論文を直接『京城日報』に発表して、朝鮮人作家に日本精神を注ぎこもうとしました。

その後、一九四〇年六月ごろには、「朝鮮反共協会」機関紙である『反共の友』に「北韓山脈」または「泰平洞」等の随筆を発表して、読者たちに反ソ・反共の思想的傾向を注入し、同年六月ごろより一九四二年十二月ごろまでは、ブルジョア映画会社である「高麗映画社」文芸部の嘱託として働きながら、一九四三年三月ごろには、「朝鮮軍司令部報道部」において製作した、朝鮮青年を日帝の徴兵として出動させる宣伝映画である『キミとボク』の台本を直接校正し、一九四三年一月より一九四四年十二月までは「朝鮮映画文化研究所」の嘱託をして、反動的内容の『朝鮮映画年鑑』及び『朝鮮映画発達史』を編集し、朝鮮文学及び映画の発達のためには当然日帝と合同するのが正当であるということを強調しました。

一九四五年、私は八・一五解放を迎え、同月十六日、京城においてブルジョア純粋文学の提唱者である金南天、李源朝、李泰俊等とともに朝鮮文学建設中央協議会を組織し、活動していましたが、一九四七年秋、平壌にはいり、同年末朴憲永の指示で海州第一印刷所にて服務するようになりました。そして六・二五戦争が開始されるや、京城に行き朝鮮文化総同盟を組織し、その副委員長として工作しておりました。

裁判長　被告の間諜行為について述べなさい。

林和　私は八・一五解放後、文学芸術の方面で指導権を握ろうとする野望を抱くようになりました。そして、一九四五年八月十六日に京城にて朝鮮文学建設中央協議会を組織し、活動しながら、同年十二月ごろ、京城市中区域太平洞にある米軍諜報機関CICと結託し、祖国と人民を売りとばすスパイ行為の道に入りました。（略）

このようにして一九四七年十一月二十日李承燁の指示によって入北し、海州第一印刷所にて働いていたが、或る日、趙一鳴が探していると言うから、平壌に行ったところ、彼は朴憲永と李承燁を支持する文化芸術運動を進行させることについて話したので、私は同意し、その後、朴憲永の応接室で李承燁と対面して、朴承源と連絡せよ、という内容の任務を具体的に受け、その翌日、趙一鳴よりスパイ資料を受け取り、海州に行き朴承源に渡しました。

その後も継続してスパイ網の連絡をしておりましたが、一九四八年十一月ごろ第一次に趙一鳴より受けたスパイ資料の内容は、共和国内閣閣僚の経歴文書と、北朝鮮の産業の発展状況に関する資料などであり、第二次に一九四九年二月ごろ渡した資料は、北朝鮮人民経済の発展状況に関する資料と、南北朝鮮労働党連合中央委員会の構成員の名簿と、北朝鮮地域からのソ連軍隊が撤退した状況を記録した文書などであり、第三次に渡した資料は、一九四九年四月ごろで、人民軍隊の兵種別兵力数、その駐屯位置に関する資料と、司法省で作成した一九四八年度の犯罪統計表、党政治委員会決定三通などでありました。これらの資料は、そのつど私が直接朴承源に伝達し、彼をして南朝鮮に送るようにしました。

その後、六・二五戦争と同時に解放された京城に行き、李承燁と会い、彼より、軍隊、政権機関の活動とその施策、かれら相互間の不和関係、人民たちの思想動態、物価などを探知報告せよとの指示を受け、私が指導する文学芸術総同盟の心僕（手下）たちを利用する方法で調査し、これを李承燁に伝達したところ、これが遅くなったので李承燁より催促を受けたこともあります。

そのうち、一九五〇年七月末に洛東江前線に従軍するようになり、この事業は一時中断されました。

一九五一年七月、李承燁の事務所にて李康国とともに会ったとき、李承燁は李康国に、これからもっと私と会うほうが良いと言い、資料があったら林和を通じて送ってくれるよう話していました。一九五一年十一月、李康国は私の事務室を訪ねて来て、張時雨、韓柄玉、朴憲永等が党と政府に対して不平を述べているという話をしたので、私はこの話を李承燁に伝えました。一九五二年九月、李康国より、①前線の軍需物資供給状況が改善され三か月の軍需品が確保されたこと、②開城停戦談判にて朝鮮側代表よりも中国代表が強硬であるということを聞き取って、それを李承燁に伝達しました。

このように、私は一九四五年十二月米軍政庁弘報処に資料を提供した時より一九五二年九月まで、以上のようなスパイ活動をつづけて来ました。

裁判長　次は武装暴動について述べなさい。ただし、すでに陳述した内容（他の被告）を略し、言及されない部分、または他の被告との陳述と相違する点のみを述べなさい。

林和　では武装暴動について述べます。

私とともに醜悪なスパイ分子たちが米帝侵略者どもを背景にして武装暴動を組織したのは当然な成行きと言えます。このような政治的謀略運動は、解放前後を通じた私の反党的文化運動から、また個人的英雄主義と出世主義的イデオロギーから出発し敢行するようになりました。
暴動組織に対する内容は李承燁の陳述と同じであるのでこれを略し、単に一九五二年九月朴憲永の家で新政府を画策した当時、張時雨と朱寧河を副首相として、私が直接推薦した点を付加いたします。
裁判長　被告林和の自意陳述は終りました。検事、訊問があったらして下さい。
検事　CICと連繋をもったというが、CICとはどんな機関であるか。
林和　米国の情報機関です。
検事　アンダーウッドと会い、通訳なしに話し合ったというが、どの程度意志が通じあったのか。
林和　彼は朝鮮人と同じくらい朝鮮語をよく話せたので、意志は十分に通じ合いました。
検事　アンダーウッドとの談話の際、文化事業に対し弘報処と連絡関係を保ったというが、その連絡の内容とは何であるか。
林和　それは、文学の方面においてプロレタリア的階級性を除外し、米帝の御用文学としての朝鮮文学の確立とその方針などであります。
検事　日本帝国主義時代の被告がおこなって来た文学運動は、階級的文学運動であったのか。
林和　違います。それは日帝の御用文学でありました。
検事　米軍の歓迎事業を組織したことがあるか。
林和　約三百名の文化人を動員し、米軍歓迎示威をおこなったことがあります。
検事　スパイ活動のとき、平壌にいる李承燁、趙一鳴と、海州にいる朴承源との間の連絡を担当した事実のみを述べたが、朴承源の陳述によれば、被告が甕津にも一緒に行ったことと照らし、単に連絡のみならず資料を集めるのにも努力したのではなかったのか。
林和　それはそうであります。
検事　李康国と李承燁との間の連絡責任を被告が担当した理由は何であるか。
林和　李康国は公開的不平分子で、副官が日常的についている李承燁と直接会うのは機密保持上不利であったので、私が中間連絡をするようになりました。
検事　文学芸術総同盟において反動的宣伝をした内容を話しなさい。
林和　文学芸術総同盟の作家たちに、まだ北朝鮮には文芸路線が明白に出ていないから作品を創作するのを見合わせるよう話し、彼らの創作と階級的文学芸術活動を麻《ま》痺《ひ》させました。
検事　その理由は何であるか。

林和　それは、プロレタリアートの文学が完成されればわれわれの思想が破綻《はたん》するためであり、再び言うならば、文学活動で反動的イデオロギーを注入するためでありました。
裁判長　被告朴承源、林和の陳述に相違する点はないか。
朴承源　ありません。
裁判長（林和に）武装暴動の時に文化団体を掌握することについての指示を李承燁より受けたと言うが、その内容を述べなさい。
林和　武装暴動と関連して、不純な文化人たちを掌握し、彼らを鼓舞し、そそのかして、暴動に利用するところに李承燁の企図があり、私も同じくそうでありました。
裁判長　その計画の実践はどのようなものであったか。
林和　実例としては、李源朝、李泰俊たちと密接に連繫を保ち、次に作家間の対立をかもし出し、その隙《すき》を利用して南朝鮮出身作家たちをそそのかして糾合しようとしました。
裁判長　アンダーウッド、ロビンソンは何者か。
林和　アンダーウッドはCIC所属であり、ロビンソンは弘報処の責任指導者であります。
判事　彼らと何度会ったのか。

林和　三度会いました。

裁判長　李承燁との関係においてスパイ資料を伝達した回数を述べなさい。

林和　朴承源に連絡したのが六回であり、京城で文化団体を通じて収集した、軍事・政治・経済・人民の動態などの資料を提供したのが一回であります。

判事　いわゆる新内閣で被告の地位は何であるか。

林和　教育相であります。

判事　張時雨、朱寧河を副首相に推薦した理由は？

林和　彼らがわれわれと、また特に朴憲永と親しくしていたからです。

裁判長　検事、補足質問事項はありませんか。

検事　ありません。

裁判長　弁護人補足質問はありませんか。

弁護人　李承燁が三十八度線を視察するとき、彼と同行したのはなぜですか。

林和　甕津地区まで同行しましたが、李承燁のスパイ活動を直接的に助けるためでありました。

ここで裁判長は休廷を宣した。

判決文

朝鮮民主主義人民共和国の名において

一九五三年八月三日から同月六日までにわたって、朝鮮民主主義人民共和国最高裁判所軍事裁判部は、最高裁判所長金益善を裁判長とし、判事朴竜塾と朴亨浩を成員とし、軍官金栄柱（音訳）が立ちあった公開公判において、検事副総長金東学、検事李昌浩、検事金允植、弁護人池永大（音訳）、吉炳玉（音訳）、金文平（音訳）、李圭弘（音訳）、鄭英化（音訳）の係りのもとに、刑法第七十八条、おなじく第六十五条一項、おなじく第七十六条二項、おなじく第六十八条、おなじく第七十二条に該当する犯罪によって起訴された被告李承燁、おなじく趙一鳴と、刑法第七十八条、おなじく第六十五条一項、おなじく第七十六条二項、おなじく第六十八条に該当する犯罪によって起訴された被告林和、おなじく朴承源と、刑法第六十八条、おなじく第七十六条二項に該当する犯罪によって起訴された被告李康国と、刑法第七十八条、おなじく第六十五条一項、おなじく第七十六条二項、おなじく第百十二条四項に該当する犯罪によって起訴された被告裵哲、おなじく尹淳達と、刑法第七十八条、おなじく第六十五条二項、おなじく第七十六条二項に該当する犯罪によって起訴された被告李源朝と、刑法第七十九条、おなじく第七十一条に該当する犯罪によって起訴された被告白亨福、おなじく趙鏞福と、刑法第七十八条、おなじく第六十五条二項、おなじく第七十六条二項、おなじく第七十二条、おなじく第六十八条に該当する犯罪によって起訴された被告孟鍾鎬と、刑法第七十九条に該当する犯罪によって起訴された被告薛貞植ら十二名にたいする事件を審理した。

一、李承燁　一九〇五年二月八日生。男。京畿道富川郡霊興面外里に本籍をおき、平安南道大同郡林原面清湲里に居住し、職業は朝鮮労働党中央委員会前秘書兼朝鮮民主主義人民共和国人民検閲委員会前委員長。

二、林和　一九〇八年十月十三日生。男。京城市嘉会洞に本籍をおき、平安南道大同郡内里に居住し、職業は朝ソ文化協会中央委員会前副委員長。

三、薛貞植　一九一二年九月十八日生。男。京城市孝子洞に本籍をおき、平安南道大同郡キアム里に居住し、職業は朝鮮人民軍最高司令部政治総局第七部前部員。

（以下略）

当裁判所は、予審および公判審理においてあらわれた資料によって、つぎのような事実を確認する。

アメリカ帝国主義者どもは朝鮮の南半部に上陸したその当初から、偉大なソビエト軍隊の決定的な役割によって日本帝国主義の植民地的なきずなから解放された朝鮮を、ふたたび自己の植民地にかえ、ひいては中国とソ同盟に反対する極東侵略の軍事基地とするための、掠奪的《りゃくだつてき》な戦争計画の実践のために狂奔してきた。そして、朝鮮人民の悪辣《あくらつ》な仇敵アメリカ帝国主義侵略者どもは、朝鮮にたいする侵略計画をどこまでも達成しようとする野望にもとづいて、朝鮮問題にかんする国際公約を乱暴にも破壊し、ふみにじりながら、親日派、民族叛逆者どもをかきあつめて共和国の南半部にファッショ的な反動統治機構を組織し、民主陣営を弾圧し、幾多の愛国的な人民を虐殺する一方、すでにながいあいだ準備・計画されてきた朝鮮にたいする侵略政策によって、一九五〇年六月、ついに武力干渉を断行した。アメリカ帝国主義者どものおやといスパイ分子どもであり、叛逆者どもである李承燁売国奴一味は、アメリカ帝国主義の卑劣な、醜悪きわまる侵略計画を実現させるために、朝鮮労働党および共和国政権機関の要職にもぐりこみ、指導的な職位を利用して、アメリカ帝国主義諜報機関に軍事・政治・経済・文化の諸分野にわたる重要な機密情報・資料を提供する一方、朝鮮人民の統一した闘争力量を分裂・破壊し、党と政府の諸般の施策の実現を妨害し、党と政府と人民大衆とのあいだの離脱をはかり、アメリカ帝国主義者の軍事作戦に呼応して、武装暴動をひきおこし、朝鮮人民の総意によって創建された朝鮮民主主義人民共和国の主権を転覆し、アメリカ帝国主義の支配のもとに植民地的な地主・資本家の政権をうちたてようとする、反人民的な犯罪の目的を達成するために、あらゆる凶悪な陰謀活動を継続的におこなってきた。

本件の予審過程および公判審理の過程において判明したとおり、被告李承燁と趙一鳴は一九四六年二月アメリカ軍政庁弘報処輿論局政治研究課の責任者であるアメリカ陸軍のいわゆるペーチのスパイになってから、李承燁の指導のもとにスパイ活動をおこなうことになった。このようにして、アメリカ帝国主義のスパイに転落した被告李承燁、おなじく趙一鳴は、一九四六年三月ごろから朝鮮共産党中央および地方の組織体系とその指導部の所在、および党内のいっさいの機密資料と共和国北半部の政治・経済にかんする機密資料などをアメリカ諜報機関に提供した。

被告李承燁は、一九四七年五月からアメリカ国務省の嘱託、当時は南朝鮮駐屯アメリカ軍司令官ジョン・R・ホッジの最高政治顧問であったノーブルと直接連繫をむすんで、それ以後かれの指示のもとにスパイ活動を継続した。被告李承燁は一九四八年七月、入北まえにノーブルをたずねて、かれから北朝鮮での諸般の情勢を探知せよとの指令をうけとった。被告李承燁はこの指令を忠実に履行するために、すでに自分よりもさきに一九四七年十二月に入北した共同被告趙一鳴とともに、こんごのスパイ活動の「成果的な」保障について密議をおこない、スパイ網組織の拡張・強化のために狂奔した。こうして一九四八年八月、当時海州第一印刷所の副責任者であった共同被告朴承源をひきいれ、また同年十一月にはすでに一九四五年十二月から京城に駐屯していたアメリカ軍将校ロビンソン、あるいはアメリカ軍政庁弘報処輿論局長であった共同被告薛貞植との連繫のもとにスパイ行為をはたらいていた、当時海州第一印刷所の編集委員であった共同被告林和をひきいれることによって、こんご収集すべきスパイ資料をノーブルに伝達する連絡線を完成するにいたったのである。

被告李承燁は、一九四八年九月、ノーブルが派遣した安永達から、こんご越南することができなかったら、これまでどおり以北において活動せよ、という指令をうけとり、前記安永達をつうじてノーブルにこんごスパイ資料を伝達するにあたっての連絡線を報告するとともに、共和国政府の構成にかんする資料をはじめ、数種の機密資料などを提供した。このようにスパイ分子の配置と、アメリカ諜報機関との連絡線の確立などのスパイ活動の土台を完全にきずきあげた被告李承燁一味は、アメリカ諜報機関の直接の指令によって、かれらのいわゆる北伐計画を目的とする軍事情報を探知するために、いっそう熱中した。被告李承燁は一九四九年九月九日、西海岸の黄海道甕津地区から東海岸の江原道襄陽《シャンヤン》の線にいたる三十八度線全地域を巡回しながら、三十八度線に配置された共和国警備隊の兵力数、武装状態、およびその配置状況、部隊の駐屯位置などの軍事機密をいちいち踏査して、略図までそえた、めんみつな資料をノーブルに提供した。のみならず、これよりさき同年の夏には〃カチ山〃の戦闘状況についての軍事情報を探知するため、共同被告趙一鳴を現地に派遣し、趙一鳴はまた共同被告朴承源にその任務をあたえ、入手した〃カチ山〃の戦闘状況および兵力配置状況などの軍事機密をノーブルに提供した。アメリカ帝国主義掠奪者どもの、朝鮮民主主義人民共和国の主権を転覆するための気狂《きちが》いじみた軍事的侵略準備活動が積極化されるにつれて、被告李承燁、おなじく趙一鳴、おなじく朴承源一味のスパイ活動もいっそう悪辣になっていった。一九五〇年二月から被告李承燁は、ノーブルの指示をうけていたアメリカ極東司令部航空情報官ニコルスによって指導される共同被告白亨福、およびいわゆる安永達や共同被告趙鏞福の一味と連繋をむすんだ。被告李承燁はその後同年四月までのあいだに、前後三回にわたって軍事機密と朝鮮労働党内部の実情にかんする機密などを提供した。被告李承燁は一九五〇年五月、ノーブルの指示によって入北した安永達、趙鏞福、白亨福などからノーブルからの指令——遠からずしてアメリカ軍が共和国に侵入する戦争を開始するから、人民軍がさきに挑発したかのようにみせかける政治的な謀略資料をねつぞうして提供せよ、というあたらしい指令をうけとり、被告李承燁はラジオをつうじて、人民軍が侵攻を開始したということを広範に宣伝する一方、東部山岳地帯では人民軍に偽装した国防軍を南進させ、人民に蛮行をくわえることによって、人民大衆のあいだに輿論をよびおこす方法をとれ、という内容をもつ凶悪な奸計《かんけい》を安永達をつうじてノーブルに伝達した。そしてまた、安永達にたいしては京城党委員会指導部にもぐりこんで、党内部の実情と党内の機密を系統的にさぐってノーブルに提供する責任をおわせるとともに、ノーブルからの緊急な情報・資料の要求にこたえるための、連絡の迅速性を保障するために、無電機と特殊暗号をもたせて京城にかえした。それから、共同被告白亨福を共和国の内務機関にもぐりこませ、アメリカおよび李承晩一味が派遣したスパイたちの身辺を保護させる一方、被告李承燁との直接の連繋のもとに機密を探知する責任をおわせ、被告趙鏞福にはスパイ資料を伝達する責任をおわせた。

被告李承燁は朝鮮にたいするアメリカ帝国主義の武力干渉がはじまるや、一九五〇年七月から京城市臨時人民委員会委員長の職位にいながら、ノーブルのあたらしい指令を執行するための綿密な計画のもとに、アメリカ帝国主義のおやといスパイである林和に指示をくだして、かれの影響下にある南朝鮮の文化団体を動員させる方法によって、党と政府および人民軍と内務機関にたいする人民の動態を調査させ、これらを情報・資料としてアメリカ諜報機関に提供するために活動した。被告李承燁は、人民軍の進撃によって敗走したため、切断されたノーブルとのスパイ連絡線をふたたび回復する目的で、いわゆる崔益煥（音訳）、朴進睦（音訳）らを活動させた結果、朴進睦は一九五一年七月、被告李承燁に伝達すべきノーブルのあたらしい指令をうけとって入北した。被告李承燁は一九五一年七月、当時朝鮮人民軍第七十二号病院長で、アメリカ軍のおやといスパイである共同被告李康国を自分のスパイ活動にひきいれることによって、そのスパイ網をいっそう拡張させるにいたった。

被告李康国は、すでに一九三五年アメリカのニューヨークでアメリカ諜報部の手先となって活動することを誓約した。

被告李康国は八・一五解放後アメリカスパイ機関と連繋をむすぶために、一九四六年六月、自分の妾である金秀任（音訳）をアメリカ軍二十四軍団憲兵司令官ペード大佐の妾として生活させるという手段によって、ペードと連繋をむすび、アメリカ軍のスパイとなってから、一九四六年九月アメリカ軍政庁がでっちあげた逮捕令を理由に、愛国者の仮面をかぶって共和国の北半部にもぐりこんだ。被告李康国は北半部にはいる直前、ペードから人民政権機関内の主要な職位にもぐりこみ、国家機関の正常な活動を破壊し、混乱させ、北朝鮮の軍事・政治・経済にかんする重要機密を探知して提供する一方、アメリカ諜報機関から派遣されるスパイどもに指導・保護をあたえるという指令をうけとり、それを実践することをちかった。そして被告李康国は、一九四七年一月から北朝鮮人民委員会外務局長の要職にもぐりこんで、継続的に共和国人民政権を破壊・弱化させるための、あらゆる謀略行為をおこなうとともに、軍事・政治・経済の各分野にわたる重要機密を探知して提供した。

被告李康国は祖国解放戦争勃発後、一九五〇年七月アメリカ諜報機関によって派遣された軍事スパイ玄・エリス、李・ウイリアムと前後二回にわたって平壌の自分の家で会って、軍事スパイ活動の実行にかんする協議をおこなった。

李承燁、趙一鳴、朴承源、林和一味のスパイ活動に荷担した被告李康国は、その後一九五二年十月までのあいだに、軍事機密をはじめ前後四回にわたって党と政府の重要機密を林和をつうじて被告李承燁に提供した。

本件の予審および公判審理の過程において判明したように、李承燁をはじめとする売国奴一味は、アメリカ諜報機関の指令によって、スパイとして活動する一方、アメリカ帝国主義のいわゆる戦時後方粛清なる凶策に歩調をあわせて、南朝鮮労働党を破壊するのに協力すると同時に、かれらがすでに犯した反党的・反人民的な犯罪をいんぺいするために、数多くの党幹部と民主的人士たちを殺害することによって、共和国の民主勢力を破壊し、弱化させる罪行をおかした。

被告李承燁の指導のもとに活動してきたいわゆる安永達なるものは、アメリカ極東司令部航空情報官ニコルスの直接指導のもとに、当時李承晩カイライ政府治安査察課中央分室長であった共同被告白亨福と結託して、共同被告趙鏞福を自分のスパイ活動にひきいれてから、かれの協力のもとに一九五〇年三月二十七日、朝鮮労働党政治委員である金三竜、李舟河同志をついに白亨福に逮捕させた。このように李承燁一味は、党指導幹部を逮捕・虐殺させ、また巧妙な政治的な謀略をもちいて民主勢力を破壊し、弱化させる反党的・反人民的罪行をかさねておかす一方、自分たちのこうした悪辣な犯罪事実をひきつづきいんぺいするため、幾多の人びとを手当りしだい虐殺した。

被告李承燁は一九四九年夏、玄仁草（音訳）ほか三名をスパイ嫌疑者という名目で、裏陽連絡所の指導責任者崔東根（音訳）に指示して、銃殺させた。また、被告李承燁の直系の部下である、いわゆる安永達なるものの指示によって、一九四八年五月から同年八月までのあいだに、前後十三回にわたって変節者あるいはスパイ嫌疑者の名目をつけて、四十二名の愛国者たちを殺害した。のみならず一九四八年八月初旬ごろ、おなじくいわゆる安永達の指示によって、開城市党委員長であった金在燦（音訳）と同年十月ごろには長端郡党委員長であった徐九敦（音訳）とを変節者だとして虐殺する目的で、逮捕・監禁していたが、三八警備隊に発見されたため、所期の目的を達成することができなかった。被告李承燁一味のテロ・虐殺行為は、祖国解放戦争開始後、解放された京城地区において、いっそう残虐かつ狡猾な方法でおこなわれた。一九五〇年六月二十八日京城解放直後、被告李承燁は京城市臨時人民委員会委員長の職位にありながら、自分のもっとも忠実な手先である李重業を頭目とするテロ・虐殺団体をつくり、同庁舎の地下室に監禁されていた労働党員とその他七名を、秘密の保障という口実をつけて銃殺した。のみならず被告李承燁は、一九五〇年七月初旬、自分たちの売国的な犯行の秘密を知っているものたち、またかれらにとって邪魔になるものたちを虐殺する目的で、安永達を頭目とする殺人団体、いわゆる土地調査委員会を組織した。その後すでに上部からこの団体の解散命令をうけていたにもかかわらず、李承燁一味はかれらのテロ・虐殺の陰謀をひきつづき維持するために、自分の指導のもとにある義勇軍本部内にいわゆる特殊部を設置して、この団体を依然としてそのまま存置したのである。

この二つの殺人団体によって、労働党員と民主的人士たちをふくむ数多くの人びとが虐殺された。李承燁一味は、かれらの共謀者のあいだでも、犯罪の秘密が露出される危険性があるときは、ためらうことなく虐殺をおこなった。

一九五〇年七月下旬ころ、被告李承燁は、安永達が金三竜を逮捕させたということが流布《るふ》されるや、朴憲永と協議のうえ、かれらの犯行をいんぺいする目的で前線に動員される林鐘煥部隊に安永達を配属させて、かれに安永達を処断する任務をあたえた。

李承燁一味はこのように、何らためらうことなく数多くの人びとを虐殺した。

被告裵哲は一九五二年十一月ごろ、かれらの反国家的な活動の組織者であり、その頭目である共同被告李承燁の淫乱《いんらん》な生活面が暴露されるおそれがあり、またいわゆる威信を保持するという理由で、共同被告孟鍾鎬に指示をくだして、無辜《むこ》の婦女子たちを殺害する陰謀までも画策した。

本件の予審と公判審理の過程において判明したように、アメリカ帝国主義の忠実な手先被告李承燁一味は、スパイ行為、民主勢力の破壊・弱化、およびテロ・虐殺などの反国家的な犯罪活動をおこなう一方、ながい時日にわたって、共和国の主権を転覆する陰謀を継続してきた。

李承燁一味がおこなった共和国の主権を転覆する陰謀活動は、みずから政権を掌握しようとする政治的な野望を実現する目的で、朝鮮労働党副委員長および共和国内閣副首相の職位にまでもぐりこみ、各種の謀略を画策してきた朴憲永によって庇護《ひご》・保障されたのである。

被告李承燁一味は、八・一五解放直後から、政権を掌握しようとする朴憲永の犯罪的な謀略を巧妙に利用して、朝鮮にアメリカ帝国主義のカイライ政権、つまり地主・資本家の政権を樹立しようとする犯罪的な陰謀活動を一貫しておこなってきた。

一九四五年十二月、朝鮮問題にかんするモスクワ三国外相会議の決定が発表されるや、アメリカ帝国主義者どもの政治的な謀略宣伝に呼応して、被告趙一鳴、おなじく朴承源は、共産党機関紙『解放日報』に〝信託統治〟反対の記事を発表したし、被告林和、おなじく李源朝は三国外相会議の決定は〝信託統治〟のことであるから反対せよ、という内容の講演を組織し、演説した。被告李承燁一味は、ソ米共同委員会がおこなわれていた期間、すなわち一九四六年から一九四七年五月までにわたって、アメリカ帝国主義者どもによる朝鮮民族分裂政策と密接な連繫のもとに、人為的につくりだされた三十八度線を境界線として、朝鮮を両断しようとする民族分裂の凶計を露骨におこなった。これと関連して、被告李康国、おなじく朴承源、おなじく李源朝らはたがいに結託して、一九四六年九月から海州の第一印刷所を民族分裂の思想を培養し、鼓吹する犯罪的な謀略の巣窟《そうくつ》にかえてしまった。

被告李承燁一味はアメリカ帝国主義の直接の指令のもとに、共和国の樹立を契機として、愛国者の仮面をつけ、党と政府の要職にもぐりこんだのち、かれらの政治的な謀略活動の勢力拡張のため、変節者、民族叛逆者、スパイ分子、反革命分子たちのなかで、かれらにもっとも忠実なものたちを、かれらの不純な正体をいんぺいして、党と国家機関の高い職位に登用しようと狂奔した。

被告李承燁一味の政治的謀略行動は、六・二八以後李承燁が京城市臨時人民委員会委員長になるのを契機に、いっそう露骨になってきた。

ノーブルは一九五〇年六月二十六日、京城から敗北するさい、安永達をつうじて、スパイ活動とともに、こんごアメリカ軍が上陸する機会を利用して、人民軍の後方にあってアメリカ軍の軍事作戦と呼応して武装蜂起《ほうき》を組織すること、および人民軍によって解放された地域では寛大政策という口実をもうけて、中間および右翼分子たちを保護し、アメリカ軍が進攻してきたとき、ふたたびたちあがれるよう保障せよ、という指示をくだしたのであった。

　この指示をうけとった被告李承燁は、一九五〇年七月から反動陣営の首魁《しゅかい》たちとその影響下にある中間および右翼分子たちを庇護《ひご》するとともに、これらを自分のまわりにかきあつめるために活動する一方、京城市と京畿道内での自己の基盤を堅固にするとともに、こんごこの地域を強力な活動の根拠地にかえる目的で、党および政権機関の指導的な職位にその腹心どもを登用・集結した。同時にこれは、ノーブルの指示による人民蜂起を組織する目的でおこなわれたのである。被告李承燁は、一九五一年八月末以後三回にわたって、アメリカ軍の秋期攻勢による軍事情勢の急変にともない、混乱状態がかもしだされるものと妄想し、この機会を利用して武装暴動をひきおこし、共和国の主権を転覆する目的で、共同被告裵哲、朴承源、林和らとともに武装暴動の指揮部を組織し、暴動部隊としては、自分たちの管下にある武装部隊を動員することにかんする決定をおこなった。数回にわたる秘密会議で、アメリカ軍が進撃してきたとき、その軍事作戦に呼応して武装暴動を断行すること、それを準備し、また遂行するために、李承燁を総司令、被告趙一鳴、おなじく林和を政治および宣伝・煽動組織の責任者に、被告朴承源を参謀長に、被告裵哲を軍事組織責任者に、いわゆる金応彬を武装暴動指揮責任者にそれぞれ選定した。これと同時に、武装暴動時に動員すべき勢力集結のための、当面の任務を討議し、武装暴動の力量に予定された諸部隊を暴動のさい機敏に動員するために、それを平壌付近に移動すべきであるとし、その人員を拡張し、武装装備を強化するとともに、武装部隊の指導部を信任しうる者たちによって交替・編成すること、連絡部傘下の各連絡所を強化する責任を被告裵哲と朴承源にあたえた。このほか、文学芸術総同盟をはじめとする各社会団体のなかで、かれらの影響下にある不純分子たちを中心にその影響を拡大する責任を被告趙一鳴と林和におわせた。こうして被告李承燁、おなじく裵哲、おなじく朴承源らは、武装部隊の責任ある幹部として自分たちにもっとも忠実な金応彬、孟鍾鎬を配置するとともに、党中央連絡部を武装部隊の参謀部にかえるために、不純な過去をもつ者たちを集中するなど、武装部隊の組織強化に狂奔した。

のみならず被告李承燁は、一九五一年十一月、政府をして、解放された甕津、南延白、開豊、長端などの地域を統合させ、開城を中心とする京畿道人民委員会を創設し、それが実現したなら、京畿道管内を自分たちの犯罪的陰謀の基地にしようと狂奔した。そして、被告李承燁は共同被告裵哲、おなじく朴承源に現地の実情調査および幹部の選抜準備工作をおこなうよう指示をあたえ、また同年十一月下旬には、被告裵哲、おなじく朴承源、おなじく林和らをあつめて、どのような方法をもってしても、京畿道をかれらがにぎり、ここを反革命的な犯罪を遂行するために必要な幹部の養成および勢力培養の基地にし、活動の根拠地にすべきことを強調し、その実現を促進させた。

被告李承燁は、このような反党的・反人民的な目的をもって、あらたに組織される京畿道人民委員会委員長には被告朴承源、副委員長にはアメリカ軍政庁民政長官を歴任したことのある、悪名たかい民族叛逆者安在鴻、または自分の義父安基成（音訳）、書記長には鄭容求（音訳）をはじめ自分の腹心の者を配置しようとまで画策した。その後被告李承燁は、一九五二年二月南延白に駐屯していた遊撃隊を、すでに破綻してしまった京畿道人民委員会創設の陰謀のさい、もくろんでいた犯罪的な勢力の確保の支点にしようと企図した。被告李承燁は共同被告裵哲、おなじく朴承源らとともに、武装部隊の急速な強化のために活動した結果、一九五二年十一月までに遊撃隊に総員三、九〇〇余名を集結した。被告李承燁は、その陰謀活動の「成果的な」保障のために、自分の腹心である共同被告孟鍾鎬を遊撃隊第十支隊長に任命し、柳変植（音訳）をおなじく政治部支隊長として派遣するとともに、かれらにたいしていかなるときでも自分たちの犯罪的な命令のために動員しうるようにし、党と政府に叛逆する思想によってみずからを教育するよう指示した。

のみならず被告李承燁は、一九五二年三月から一九五三年一月まで前後四回にわたって、遊撃隊第十支隊を直接検閲し、かれらの犯罪的な陰謀の実現のために活動する支隊長孟鍾鎬を鼓舞・激励する一方、隊員たちにはいわゆる「愛郷思想」にもとづいて発揮された勇敢性をたかくほめたたえながら、かれらを鼓舞した。被告李承燁、おなじく裵哲、おなじく朴承源は遊撃隊第十支隊の組織と関連して、一九五二年三月に は洪賢基（音訳）部隊をおなじくかれらの武装暴動の陰謀に動員する目的で、平壌付 近の中和地方にうつし、その武装力の拡充のために積極的に活動した。

共和国の主権を転覆するための反国家的な武装暴動の陰謀に狂奔した被告李承燁一 味は、かれらの基盤をいっそう強化するために、一九五二年三月ごろから工作上の必 要を口実にして、各連絡所の武装成員を増強し、その機構を拡張または新設した。被 告李承燁売国奴一味は、武装暴動によって共和国の主権を転覆するために、武装力を 組織・整備すると同時に、国家機関と社会団体内でかれらの影響下にはいりうるもの を吸収して基盤をさらに強化するための謀略活動を、被告趙一鳴、おなじく林和、お なじく李源朝などによって文化宣伝省、文学芸術総同盟、朝ソ文化協会、職業総同盟 内でおこなわせた。被告李承燁一味はこのような武装暴動とその実現のための政治的 な謀略活動を積極的におしすすめる一方、一九五二年九月初旬頃、朴憲永宅の応接室 に被告李承燁をはじめ裵哲、趙一鳴、林和、朴承源、尹淳達らがあつまり、かれらが こんご樹立しようとする、いわゆる〝新党〟と〝新政府〟の構成を決定する会合をも った。この会議では新政府の「首相」に朴憲永、「副首相」に朱寧河、張時雨、「内務 相」に朴承源、「外務相」に李康国、「武力相」に金応彬、「宣伝相」に趙一鳴、「教育 相」に林和、「労働相」に裵哲、「商業相」に尹淳達、そして「新党」の第一秘書に李承燁がそれぞれ決定された。

　以上で判明された被告李承燁一味のおこなった一連の反人民的・反党的・反国家的な売国的犯罪活動は、それがとりもなおさず、アメリカ帝国主義者どもの朝鮮にたいする侵略行為をたすけることであり、とくに本件の叛逆徒党の極悪な犯罪活動は、朝鮮人民がアメリカ帝国主義武力侵略者に反対して貴重な血をながしてたたかっているとき、仇敵をたすけるためにおこなわれた反党的・反国家的・反人民的な悪辣きわまる犯罪であることを確認するとともに、当裁判所は被告各個人にたいする罪状を、つぎのように認定する。

一、被告李承燁　朝鮮労働党中央委員会前秘書兼朝鮮民主主義人民共和国人民検閲委員会前委員長

　かれは、一九三四年釜山刑務所において共産主義実践活動を放棄することを誓約し、一九四〇年日本帝国主義警察のため思想転向をしたものであり、八・一五解放後自分の不純な過去をいんぺいして、党および政府の要職にもぐりこみ、反国家的な犯罪をおこなった。

　(イ)　一九四六年二月京城においてアメリカ軍諜報機関に荷担したのち、共同被告趙一鳴とともにスパイ行為をおこなった。入北後おなじく共同被告趙一鳴とともに、一

九四八年八月共同被告朴承源を、その後一九五一年九月ごろまでアメリカ軍諜報機関のスパイ分子であった共同被告林和、趙鏞福、白亨福、李康国およびいわゆる安永達らを自分のスパイ活動にそれぞれ連結させ、かれらを指導しながら、党および共和国の軍事・政治・経済の各分野にわたる重要秘密資料を前後十八回にわたってアメリカ軍諜報機関に提供した。そしていわゆる安永達、共同被告趙鏞福らと結託して、南朝鮮民主勢力を破壊し弱化させる謀略活動を継続的におこなったし、また一九五〇年三月二十七日、かれらをして朝鮮労働党政治委員である金三竜を李承晩カイライ警察であった共同被告白亨福に密告して逮捕させた。

(ロ) 共和国にたいするスパイ行為および民主勢力を破壊し弱化させる陰謀策動と関連して、かれらの反国家的な活動に妨害になる活動家たち、そして、かれらがすでに犯した反国家的な罪状を知っている者たちをテロ・虐殺するために、一九四八年からいわゆる安永達、共同被告孟鍾鎬、そのほかかれらの腹心たちに指示して、党の幹部と無辜《むこ》の人民をテロ・虐殺した。六・二八以後京城にはいってから、いっそう大量虐殺を目的とする殺人団体、いわゆる土地調査委員会などを組織し指導した。

(ハ) 八・一五解放直後からアメリカ諜報機関の直接のあやつりのもとで、共同被告李康国、おなじく趙一鳴、おなじく朴承源らとともに、人民を党と政府から離脱させ、民族を分裂することについて画策した。さらにまた、変節者、叛逆者など不純分子たちを党と国家機関の重要職位に配置して、自分たちの影響を拡張することによって、あらゆる政治的な謀略活動を組織し指導した。一九五〇年七月初旬、いわゆる安永達をつうじて、人民軍の後方で人民蜂起を組織することにかんするノーブルの指令をうけて、一九五一年八月下旬から朝鮮民主主義人民共和国の主権を転覆する目的で、共同被告裵哲、おなじく朴承源、おなじく趙一鳴、おなじく林和らと結託して、武装暴動本部を組織し、その目的を達成するための武装部隊と勢力基盤を強化する上で、その首魁《しゅかい》として活動した。

二、被告林和　朝ソ文化協会中央委員会前副委員長

かれは一九三五年日本帝国主義警察と野合して「カップ」を解体し、また親日的「文人報国会」の理事の職位にあって、いわゆる内鮮一体を主張するなどの民族叛逆行為をおこなってきた。八・一五解放後はアメリカ軍諜報機関のスパイとして荷担し、李承燁一味との連繫のもとに、スパイ行為をはたらいてきた。

(イ)一九四五年十二月からアメリカ軍諜報機関、または南朝鮮アメリカ軍政庁弘報処輿論局長であった共同被告薛貞植らと連繫をむすんで、党および文化団体の重要な秘密を提供した。一九四七年十一月からは共同被告李承燁とスパイ活動のための連繫をむすんで、共同被告趙一鳴、おなじく朴承源、おなじく李康国等と結託して、前後十回にわたって共和国の政治・軍事・経済の各分野の情報・資料をアメリカ軍諜報機

関に連絡・提供した。六・二八以後には京城で共同被告李承燁の指示によって、政治情報を収集して提供した。

(ロ) 李承燁の政治的な謀略活動に荷担して、共同被告趙一鳴、おなじく朴承源、おなじく李源朝等とともに、変節者、その他の不純分子たちをかれらのまわりに集結する一方、党と政府の施策に反対する、反国家的な宣伝・煽動をおこなった。一九五一年八月下旬、李承燁らの武装暴動陰謀の活動に参加して、暴動陰謀本部を組織し、共同被告趙一鳴とともに、政治および宣伝・煽動の責任を担当し、その勢力集結のために、文化芸術団体を自分の手中ににぎろうと活動した。

三、被告薛貞植　前アメリカ軍政庁弘報処輿論局長、また逮捕直前には朝鮮人民軍最高司令部政治総局第七部部員

かれは八・一五解放前にアメリカ人の奨学資金によってアメリカのマウント・ユニオン大学とコロンビア大学を卒業し、八・一五解放後には一九四五年十一月からアメリカ軍政庁弘報処輿論局長の職位にあって、南朝鮮労働党と民主陣営を破壊し、弾圧するために活動してきた。一九四六年五月、アメリカ軍政庁弘報処所属のアメリカ軍将校ロビンソンとの結託のもとに、当時南朝鮮文化団体総連盟の副委員長であった林和をスパイ活動にひきいれて、南朝鮮の文化団体と党内部の秘密資料を収集してロビンソンに提供した。一九四六年九月、共同被告林和の保証によって自分の正体をかく

して党にもぐりこんだ。一九四九年十二月、変節者どもの思想転向の機関である「保導連盟」に荷担し、カイライ警察と結託し、党と共和国政府と民主陣営に反対し、誹謗《ひぼう》する反動的な文芸作品を創作、発表するなどの叛逆行為をおこなってきた。

以上の事実は、証人金英愛（音訳）、尹大鉉（音訳）、車若道（音訳）の証言と被告たちの相互の符合する陳述によって確証された。

被告李承燁、おなじく趙一鳴、おなじく林和、おなじく朴承源、おなじく李源朝、おなじく孟鍾鎬らが共和国の主権を破壊し、転覆する目的で指導部を組織し、その実現のために活動した行為は、それぞれ刑法第七十八条および刑法第六十五条に該当する犯罪を構成し、被告李承燁、おなじく趙一鳴、おなじく林和、おなじく朴承源、おなじく李康国、おなじく趙鏞福、おなじく孟鍾鎬らが共和国の軍事・政治・経済の各分野にわたる秘密資料を仇敵どもに提供した行為は、それぞれ刑法第六十八条に該当する犯罪を構成し、被告李承燁、おなじく趙一鳴、おなじく林和、おなじく朴承源、おなじく李康国、おなじく裵哲、おなじく尹淳達、おなじく李源朝、おなじく孟鍾鎬らが政治的な謀略をもって、反国家的な宣伝・煽動をおこない、党と政府のまわりから人民を離脱させ、民族の分裂を企図した行為は、それぞれ刑法第七十六条の犯罪を構成し、被告李承燁、おなじく趙一鳴、おなじく孟鍾鎬らが自己の犯罪的な活動をいんぺいするためにテロ行為をおこなった行為は、それぞれ刑法第七十二条に該当した犯罪を構成し、被告白亨福、おなじく薛貞植らがアメリカ軍政庁の責任ある地位、あるいは李承晩カイライ警察の要職にあって、人民民主主義運動を弾圧した叛逆的な行為は、それぞれ第七十九条に該当する犯罪を構成し、被告白亨福がアメリカ軍諜報機関の指令によって安永達、趙鏞福らとの連繫のもとに、共和国の軍事・政治・経済にかんする秘密資料を提供した行為は、刑法第七十一条に該当した犯罪を構成し、被告裵哲、おなじく尹淳達らが自己の犯罪をいんぺいするために、人を殺害した行為は、それぞれ刑法第百十二条に該当する犯罪を構成することを確認し、当裁判所は刑事訴訟法第二百十三条、おなじく第二百二十八条二号、第二百三十七条によって、つぎのとおり判決する。

主文

被告李承燁にたいして、刑法第七十八条および刑法第六十五条一項によって死刑、刑法第七十六条二項によって死刑、刑法第六十八条によって死刑、刑法第七十二条によって死刑をそれぞれ量定し、刑法第五十条一項によって、刑法第六十八条の死刑に処する。かれに属する全財産を没収する。

被告林和にたいして、刑法第七十八条および刑法第六十五条一項によって死刑、刑法

第七十六条二項によって死刑、刑法第六十八条によって死刑をそれぞれ量定し、刑法第五十条一項によって、刑法第六十八条の死刑に処する。かれに属する全財産を没収する。
被告薛貞植にたいして、刑法第七十九条によって死刑に処する。かれに属する全財産を没収する。

朝鮮民主主義人民共和国
最高裁判所軍事裁判部
裁判長　所長　金益善
判事　朴竜塾
判事　朴亨浩

註　この判決文の抄録は、現代朝鮮研究会訳編『暴かれた陰謀』に拠った。同書によると、「訳出した公判記録のテキストは、朝鮮民主主義人民共和国政府機関紙『民主朝鮮』一九五三年八月五日号（起訴状）、同紙一九五三年八月七日・八日号（公判廷における被告たちの犯行陳述）、および朝鮮労働党中央委員会機関紙『労働新聞』一九五三年八月八日号（判決文）などによった」とある。抽出と省略は著者の判断による――著者

解説

三《み》ツ《つ》井《い》　崇《たかし》（東京大学大学院教授）

歴史家であるわたしが文学作品の解説を書くというのは、いささか不相応な気がしないでもないが、個人的には松本清張《まつもとせいちょう》作品のファンであり、本作『北の詩人』の舞台である朝鮮半島の歴史研究を専門とする立場でもあることから、勝手気ままに思いつくことを書いてみたいと思う。もっとも、すでに作品をめぐる批評としては、朝鮮文学研究者の渡辺直紀《わたなべなおき》氏の論文（「『北の詩人』の読まれ方」『現代思想』三三―三、二〇〇五年）もあり、わたしも同氏の研究成果を大いに参考にしたが、以下の解説は、あくまで歴史研究者としての観点からのものになることを断っておく。

『北の詩人』の主人公林和《リムファ》（本名：林仁植《インシク》、一九〇八―一九五三）は実在した朝鮮のプロレタリア詩人である。ソウルに生まれ、一九二〇年代には東京への留学経験もあり、一九三二年からは朝鮮プロレタリア芸術（家）同盟（カップ、ＫＡＰＦ）の書記長となった。日本の植民地支配からの解放後は「朝鮮文学建設本部」を組織し、「民族文学」の再建にも尽力した。その後、一九四七年にはアメリカ軍政による弾圧を逃れて、北朝鮮に入る（＝「越北」）が、一九五三年に北朝鮮（朝鮮民主主義人民共和国）でアメリカのスパイとされ、死刑宣告を受け、粛清された。

ただし、本作が歴史を題材にするものである以上、どうしても史実との距離という問題がつきまとう。その意味で、史実を題材にはしているが、フィクションであるということになる。一九八〇年代以降に「越北作家」の研究が広がり、林和についてもその生い立ちや著作に対する研究が盛んになる。あわせて『北の詩人』も韓国で翻訳書が刊行され、その林和像に対する検証も行われるようになる。そして、清張の描いた林和像と実際との差異が指摘されるようにもなった。その差異としてよく指摘されるのが、林和がカップ解散に際して、警察に検挙・投獄され、「解散宣言書」を提出したという叙述が史実とは異なるというものである。このような差異が生じてしまった原因の一つが、清張が本作で基にした資料にある。清張が参考にした現代朝鮮研究会訳編『暴かれた陰謀』（一九五四年）は、アメリカのスパイのかどで処罰された林和ら朝鮮知識人の公判記録を含む資料である。しかし、その性格についてはいろいろと吟味を要する。一九五〇年に開戦した朝鮮戦争と前後して、北朝鮮では抗日パルチザン系の金日成《キムイルソン》に権限が集中する一方、朴憲永《パクホニヨン》、李承燁《リスンヨプ》、林和ら南朝鮮労働党系などの他系列の人士は粛清されていく。つまり、資料の性格として、そのような政治闘争の存在を背景として考えてみる必要があるのである。しかし、ただでさえ情報量の少ない北朝鮮に関して、まして一九六〇年代前半という時期にここまでの考証を行うことは難しかったかもしれない。

このように限界を書き連ねると、本作に魅力がないかのようにとられるかもしれないが、決してそうではない。むしろこのような限界がありながら、本作品は朝鮮半島の近現代史を考えるうえで非常に重要な示唆を与えてくれるのである。とくに権力との接触からさらに権力側へとどんどん取り込まれていく林和の葛藤《かっとう》の描写は読者をひきつけるものがある。「民族」の独立という名分とそのための権力との接触、そして、東西冷戦、朝鮮半島の南北分断という時代の文脈のなか、「民族」の亀裂へと帰結していく構造を、林和の心理描写を通して描き出した点は秀逸である。本作品は、直接は植民地支配からの解放後の朝鮮を舞台に、一人の左派知識人と米軍政という権力機構との微妙な距離と、非対称的な力関係という問題を浮かび上がらせる。そして、その物語の伏線にある、カップ解散を促した自身の「転向」＝「親日」行為という物語もまた、植民地支配権力との距離と、非対称的な力関係という問題をはらんでいた。史実かどうかはともかく、支配権力と朝鮮知識人との間の非対称的な関係性をめぐる視点――苦悩、葛藤――が、戦前・戦中期と戦後との間で連続していることを清張は描き出した。さらに言えば、史実の抽出という点では限界要素であるくだんの公判資料も、林和と支配権力との接触という経験（と南北分断）が生み出した悲劇性を浮き立たせるのに有効に作用している。

近年の日本と韓国双方における朝鮮近代思想史・文学史研究の世界では、植民地期における朝鮮知識人の対日協力や社会主義者の「転向」に関する研究が進みつつある。朝鮮総督府や日本軍との権力関係のなかで、知識層がどのような情勢判断に基づきどのような対応を取ったのかについて、その内的論理や葛藤に注目する研究成果が蓄積されてきている。それらの研究では、対日協力や「転向」を生み出した外的要因と知識人の内的論理との相互規定関係を描き出し、スタティックな「親日派」批判に終始しない、複雑な政治・社会構造が焦点化される。言い換えれば、「抵抗」から「協力」にいたるまでの幅広いパースペクティヴのなかで、知識人の営為をダイナミックに捉えようとする試みであるともいえるだろう。言うまでもなく、このような視点の有効性は解放後の事象においても当てはまる。朝鮮知識人にとって、支配権力との関係の取り方という問題は、統治者が日本からアメリカに変わったとはいえ残り続けたからである。このように朝鮮知識人が局面ごとに行った判断や行動の選択を歴史的に意味づけていく作業が、アカデミズムの世界で普通になったのは一九九〇年代以降のことである。重要なのは、それよりもはるかに早い時期に清張は、このような視点を先取りし、フィクションではありながらも、読者に対して、林和が味わったであろう解放直後の時代の緊張を生々しく見せつけ、歴史への想像力を掻き立てたということである。

『昭和史発掘』や『日本の黒い霧』に代表されるように、歴史に対する鋭いまなざしと執着は、清張文学を特徴づける一つの柱であろう。本作は資料的な限界を抱えながらも、やはりそのような特徴を有する作品として位置づけられるのではないだろうか。本作を通読して、あらためて清張の情熱と力量に驚嘆させられるのである。

本書は、昭和五十八年六月に小社より刊行した文庫を改版したものです。なお本文中には、乞食、弱小民族、女中など、今日の人権擁護の見地に照らして、不適切と思われる表現がありますが、作品全体として差別を助長するものではなく、また、著者が故人である点も考慮して、原文のままとしました。

（編集部）

北《きた》の詩人《しじん》
新装版《しんそうばん》
松本清張《まつもとせいちょう》

昭和58年 6月10日 初版発行
令和4年 4月25日 改版初版発行
令和6年 11月25日 改版再版発行

発行者●山下直久

発行●株式会社KADOKAWA
〒102-8177 東京都千代田区富士見2-13-3
電話 0570-002-301(ナビダイヤル)

角川文庫 23145

印刷所●株式会社KADOKAWA
製本所●株式会社KADOKAWA

表紙画●和田三造

ISBN 978-4-04-112332-4 C0193

◆◇◇

角川文庫発刊に際して

角川源義

第二次世界大戦の敗北は、軍事力の敗北であった以上に、私たちの若い文化力の敗退であった。私たちの文化が戦争に対して如何に無力であり、単なるあだ花に過ぎなかったかを、私たちは身を以て体験し痛感した。西洋近代文化の摂取にとって、明治以後八十年の歳月は決して短かすぎたとは言えない。にもかかわらず、近代文化の伝統を確立し、自由な批判と柔軟な良識に富む文化層として自らを形成することに私たちは失敗して来た。そしてこれは、各層への文化の普及滲透を任務とする出版人の責任でもあった。

一九四五年以来、私たちは再び振出しに戻り、第一歩から踏み出すことを余儀なくされた。これは大きな不幸ではあるが、反面、これまでの混沌・未熟・歪曲の中にあった我が国の文化に秩序と確たる基礎を齎らすためには絶好の機会でもある。角川書店は、このような祖国の文化的危機にあたり、微力をも顧みず再建の礎石たるべき抱負と決意とをもって出発したが、ここに創立以来の念願を果すべく角川文庫を発刊する。これまで刊行されたあらゆる全集叢書文庫類の長所と短所とを検討し、古今東西の不朽の典籍を、良心的編集のもとに、廉価に、そして書架にふさわしい美本として、多くのひとびとに提供しようとする。しかし私たちは徒らに百科全書的な知識のジレッタントを作ることを目的とせず、あくまで祖国の文化に秩序と再建への道を示し、この文庫を角川書店の栄ある事業として、今後永久に継続発展せしめ、学芸と教養との殿堂として大成せんことを期したい。多くの読書子の愛情ある忠言と支持とによって、この希望と抱負とを完遂せしめられんことを願う。

一九四九年五月三日

角川文庫ベストセラー

顔・白い闇　松本清張

有名になる幸運は破滅への道でもあった。役者が抱える過去の秘密を描く「顔」、出張先から戻らぬ夫の思いがけない裏切り話に潜む罠を描く「白い闇」の他、「張込み」「声」「地方紙を買う女」の計5編を収録。

小説帝銀事件　新装版　松本清張

占領下の昭和23年1月26日、豊島区の帝国銀行で発生した毒殺強盗事件。捜査本部は旧軍関係者を疑うが、画家・平沢貞通に自白だけで死刑判決が下る。昭和史の闇に挑んだ清張史観の出発点となった記念碑的名作。

山峡の章　松本清張

昌子は九州旅行で知り合ったエリート官僚の堀沢と結婚したが、平穏で空虚な日々ののちに妹伶子と夫の失踪が起こる。死体で発見された二人は果たして不倫だったのか。若手官僚の死の謎に秘められた国際的陰謀。

水の炎　松本清張

東都相互銀行の若手常務で野心家の夫、塩川弘治との結婚生活に心満たされぬ信子は、独身助教授の浅野を知る。彼女の知的美しさに心惹かれ、愛を告白する浅野。美しい人妻の心の遍歴を描く長編サスペンス。

死の発送　新装版　松本清張

東北本線・五百川駅近くで死体入りトランクが発見された。被害者は東京の三流新聞編集長・山崎。しかし東京・田端駅からトランクを発送したのも山崎自身だった。競馬界を舞台に描く巨匠の本格長編推理小説。

角川文庫ベストセラー

失踪の果て　松本清張

中年の大学教授が大学からの帰途に失踪し、赤坂のマンションの一室で首吊り死体で発見された。自殺か他殺か。表題作の他、「額と歯」「やさしい地方」「繁盛するメス」「春田氏の講演」「速記録」の計6編。

紅い白描　松本清張

美大を卒業したばかりの葉子は、憧れの葛山デザイン研究所に入所する。だが不可解な葛山の言動から、彼の作品のオリジナリティに疑惑をもつ。一流デザイナーの恍惚と苦悩を華やかな業界を背景に描くサスペンス。

松本清張の日本史探訪　松本清張

独自の史眼を持つ、社会派推理小説の巨星が、日本史の空白の真相をめぐって作家や硯学と大いに語る。日本の黎明期の謎に挑み、時の権力者の政治手腕を問う。聖徳太子、豊臣秀吉など13のテーマを収録。

落差（上）（下）　新装版　松本清張

日本史教科書編纂の分野で名を馳せる島地章吾助教授は、学生時代の友人の妻などに浮気心を働かせていた。教科書出版社の思惑にうまく乗り、島地は自分の欲望のまま人生を謳歌していたのだが……社会派長編。

葦の浮船　新装版　松本清張

某大学の国史科に勤める小関は、出世株である同僚の折戸に比べ風采が上らない。好色な折戸は、小関が親密にする女性にまで歩み寄るが……大学内の派閥争いと2人の男たちの愛憎を描いた、松本清張の野心作！